अज्ञेय और पूर्वोत्तर भारत

अज्ञेय और पूर्वोत्तर भारत

(स्थानीय, जनजातीय जीवन और युद्ध के प्रश्न)

सम्पादक

रीतारानी पालीवाल

वाणी प्रकाशन

वाणी प्रकाशन
4695, 21-ए, दरियागंज, नयी दिल्ली 110 002
शाखा
अशोक राजपथ, पटना 800 204
फ़ोन: +91 11 23273167 *फ़ैक्स:* +911123275710
www.vaniprakashan.in
vaniprakashan@gmail.com

AJNEYA AUR POORVOTTAR BHARAT
Edited by Ritarani Paliwal

ISBN : 978-93-5000-732-7
Stories/Travelogue

प्रथम संस्करण

आर. टेक ऑफ़सेट, दिल्ली-110095 में मुद्रित

वाणी प्रकाशन का लोगो मक़बूल फ़िदा हुसेन की कूची से

अनुक्रम

भूमिका

रचनाकार के रूप में अज्ञेय कई तरह की पहल और प्रयोग के लिए जाने जाते हैं। वह अक्सर उन प्रश्नों और समस्याओं को उठाते हैं जिन पर लोगों का ध्यान नहीं गया है, लेकिन ध्यान जाने की ज़रूरत है। पूर्वोत्तर को केन्द्र में रखते हुए भी उन्होंने कुछ ऐसे ही प्रसंग अपनी कहानियों और यात्रा संस्मरणों में, प्रस्तुत किए हैं। यह लेखन अज्ञेय की पूर्वोत्तर भारत की यात्राओं और प्रवास से जुड़ा है। अज्ञेय द्वारा की गयी यह पहल कितनी महत्त्वपूर्ण है यह बात आज हम आसानी से समझ सकते हैं। आज सभी महसूस कर रहे हैं कि पूर्वोत्तर राज्यों की ओर खास तौर पर ध्यान दिया जाना चाहिए। ऐसा अब तक न किये जाने का परिणाम यह हुआ है कि पूर्वोत्तर भारत के लोगों ने अपने को उपेक्षित और अलग-थलग महसूस किया है और पूर्वोत्तर की समस्याएँ सुलझने की बजाय उलझती गयी हैं। छह दशक पहले अज्ञेय द्वारा प्रस्तुत पूर्वोत्तर सीमा प्रान्त की ये झाँकियाँ उन इलाकों की जातीय संवेदना से हमारा साक्षात्कार कराती हैं।

जनजातीय जीवन, मनुष्य और प्रकृति के साहचर्यपूर्ण अस्तित्व की मानसिकता के लिए निहायत स्थानीय (local) देशीय (native) वैशिष्ट्य से हमारा तादात्म्य कराने के साथ-साथ आज के पारिस्थितिकी संकट (ecological crisis) के जमाने में हमें बहुत कुछ सिखा सकती हैं। इसके साथ ही पूर्वोत्तर के लोगों को वृहत्तर हिन्दी समाज और साहित्य के बीच अपनी मौजूदगी का अहसास कराने में सहायक बनती हैं।

प्राचीन और मध्यकालीन इतिहास, पुराण, मिथक साहित्य और लोक-विश्वासों के बीच भारत के सांस्कृतिक-भूगोल की तलाश इन यात्रा-वृत्तान्तों और कहानियों का एक मूल्यवान पहलू है। दूसरी ओर आधुनिक समय के ज्वलंत प्रश्नों—उपनिवेशवाद, साम्राज्यवाद; जनजाति बनाम मूलधारा; मनुष्य, प्रकृति और वन्य जीवन के बीच सम्बन्ध और साहचर्य; महायुद्ध—महाशक्तियों के संघर्षों के नीचे पिसता आम आदमी विशेष कर सीमाक्षेत्रों की औरतें; सैन्य जीवन की विडम्बनाएँ; मोर्चे पर तैनात सैनिकों का मानसिक, भावनात्मक अधःपतन; उनकी मानसिक-शारीरिक समस्याएँ; शौर्य और पराक्रम की छलनाएँ—पूर्वोत्तर केन्द्रित इन कहानियों और यात्रा संस्मरणों में अन्तरंग मानवीय पीड़ा बोध और सहानुभूति के साथ मौजूद है।

मध्यकाल तक युद्ध वीरता और शौर्य के गौरव से मण्डित था क्योंकि असत् पर सत् की विजय श्रेष्ठ मानवीय मूल्य मानी जाती थी। वह एक लोक कल्याणकारी कार्य था जिसके लिए आत्म-बलिदान गरिमापूर्ण कृत्य था निजी स्वार्थ से ऊपर उठना था। रणभूमि में प्राण गँवाना जीवन के चरम लक्ष्यों में से एक था। गुलाम भारत की आजादी की लड़ाई भी इसी मनोभूमिका के साथ लड़ी गई थी। अतः आधुनिक भारतीय साहित्य की मूलचेतना नवजागरण और स्वाधीनता की चेतना है। वहाँ युद्ध एक राष्ट्रीय कर्त्तव्य के रूप में वर्णित है। किन्तु विश्व पटल पर बीसवीं सदी का पूर्वार्द्ध दो महायुद्धों के भीषण नर-संहार और वैज्ञानिक प्रगति के भयानक विनाशकारी परिणामों को झेलता उपनिवेशवाद, राष्ट्रवाद, साम्राज्यवाद की अधिकार लिप्सा से जन्मे अवमानवीकरण का इतिहास रहा है।

स्वाभाविक ही था कि युद्ध से जुड़े अँधेरे पक्ष की ओर रचनाकार का ध्यान जाता। अज्ञेय की पूर्वोत्तर से जुड़ी कहानियाँ सैन्य जीवन से जुड़ी सामाजिक और वैयक्तिक विडम्बनाओं को उजागर करती हैं; मनुष्यता के अवमूल्यन के विभिन्न रूपों को उद्‌घाटित करती हैं। पचास के दशक तक हिन्दी में इस तरह की संवेदना की अभिव्यक्ति संभवतया एक पहल ही थी बहुत कुछ लेखक के अपने सैन्य सेवा के अनुभवों पर आधारित।

मुक्तिबोध और अज्ञेय दोनों ने साहित्य को एक सांस्कृतिक प्रक्रिया माना है तो इसलिए साहित्य देशकाल की सीमाओं का अतिक्रमण करता हुआ हमारी संवेदना का विस्तार करता है। परम्परा की निरन्तरता को पहचानने और उसके बीच अपने तथा दूसरों के होने से जुड़े विभिन्न पहलुओं को उजागर करता है। अज्ञेय का पूर्वोत्तर विषयक यह लेखन स्थानीय जीवन, प्रकृति, मिथक और जातीय सामूहिक अवचेतन की दृष्टि से प्राचीन और नवीन का एक महत्त्वपूर्ण सांस्कृतिक अध्ययन है। इसे हम दो सन्दर्भों में देख सकते हैं—जनजातीय जीवन और उससे जुड़े प्रश्न तथा पूर्वोत्तर की संस्कृति और शेष भारत से उसका सम्बन्ध। ऐसा ही एक प्रयास अगले पृष्ठों में किया गया है। पाठक इस नज़रिए से सहमत हों या न हों अज्ञेय की इन रचनाओं के महत्त्व से तो शायद ही इनकार कर सकेंगे; और इस महत्त्व को स्वीकार करेंगे तो इन्हें नये नज़रिए से देखने का प्रयास करेंगे। यदि ऐसा हुआ तब भी यह पुस्तक अपनी सार्थकता ही सिद्ध करेगी।

साकेत, नई दिल्ली
10.10.10

—रीतारानी पालीवाल
निदेशक
मानविकी विद्यापीठ
इन्दिरा गांधी राष्ट्रीय मुक्त
विश्वविद्यालय, मैदान गढ़ी,
नई दिल्ली-110068

पूर्वोत्तर की संस्कृति और अज्ञेय

पूर्वोत्तर भारत की चर्चा, उस पर सेमिनार, संगोष्ठी, परिचर्चा का आयोजन, वहाँ की सांस्कृतिक गतिविधियों से जुड़े कार्यक्रम, प्रदर्शनियाँ आदि आजकल—कहना चाहिए पिछले डेढ़ दो-दशकों से काफी तादाद में देखने में आते हैं। थोड़े-बहुत पहले भी होते रहते थे लेकिन अब यह तेजी से बढ़े हैं, राष्ट्रीय स्तर पर अकादेमियों, सांस्कृतिक केन्द्रों, शैक्षिक संगठनों आदि सभी का ध्यान इस तरफ तेजी से आकृष्ट हुआ है। इस दिशा में शोध और अध्ययनों का सिलसिला बढ़ा है। पूर्वोत्तर साहित्य पर केन्द्रित पत्रिकाएँ, पुस्तकें भी प्रकाशित हुई हैं। एनसीईआरटी, केन्द्रीय हिन्दी संस्थान, राष्ट्रभाषा प्रचार समिति, वर्धा आदि जैसी संस्थाएँ तो पहले भी शिक्षा के क्षेत्र में इस ओर सक्रिय थीं, अब उत्तर भारत को पूर्वोत्तर से जोड़ने के प्रयास इधर कुछ समय से और तेजी से होते दिखाई दे रहे हैं। विभिन्न संस्थाओं, स्वैच्छिक संगठनों और वैयक्तिक स्तरों पर भी पूर्वोत्तर को हिन्दी से जोड़ने के प्रति जागरूकता बढ़ी है। वहाँ के विश्वविद्यालयों, महाविद्यालयों में हिन्दी विभागों की शुरुआत ने भी इसमें थोड़ा-बहुत योगदान दिया है।

जिसे हम पूर्वोत्तर अथवा नार्थ-ईस्ट कहते हैं वह हिमालय से लेकर बांग्लादेश, बर्मा, चीन, तिब्बत, नेपाल और भूटान की सीमाओं को छूता हुआ आठ राज्यों—अमस, मेघालय, मणिपुर, मिजोरम, त्रिपुरा, नागालैण्ड, अरुणाचल प्रदेश और सिक्किम—का इलाका है। सिक्किम इनमें अपेक्षाकृत बाद में शामिल हुआ और शेष सात राज्यों से कुछ दूरी पर भी है। अतः काफी समय तक पूर्वोत्तर की चर्चा 'सेवन सिस्टर्स' के रूप में होती रही है। पूर्वोत्तर के विभिन्न इलाकों का राज्यों के रूप में गठन तो आजादी के बाद हुआ है, इससे पहले तो यह असम का पूर्वी सीमाप्रान्त ही था। बंगाल के समीप होने के कारण बांग्ला भाषा और संस्कृति ने असम को प्रभावित भी किया है। असमिया की तो लिपि भी थोड़े-बहुत अन्तर के साथ बांग्ला लिपि ही है। आज भी शेष भारत से यह इलाका पश्चिम बंगाल के रास्ते ही जुड़ा है।

पूर्वोत्तर सीमा प्रान्त भारत को पूर्व एशिया और दक्षिण-पूर्व एशिया से जोड़ने वाला भूभाग है। इस कारण यहाँ की सभ्यता-संस्कृति प्राचीनकाल से बहुलतापरक और वैविध्यपरक रही है जिसे कई बार संस्कृतियों के मेल के रूप में और कई बार भिन्नता के रूप में पहचाना जाता रहा है। बौद्ध, वैष्णव और शाक्त परम्पराओं के साथ यहाँ स्थानीय जनजातीय अथवा वनवासी सांस्कृतिक परम्पराएँ भी रही हैं। जिनकी थोड़ी-थोड़ी दूरी के फासले पर ही अलग-अलग निजी अस्मिता है, भाषा है, मौखिक परम्परा है। मिशनरियों के आगमन और औपनिवेशिक तन्त्र के विस्तार के बाद इन इलाकों में कई तरह के सांस्कृतिक बदलाव आये। बर्मा (म्यांमार) को ब्रिटिश भारत में जोड़ लेने के बाद अंग्रेजों ने पूर्वोत्तर भारत में अलगाव

की राजनीति फैलायी। पूर्वोत्तर के लोगों को शेष भारत से भिन्न सिद्ध करते हुए इस भिन्नता को बढ़ा-चढ़ा कर प्रस्तुत किया। शेष उत्तर भारत को आर्य सभ्यता कहते हुए उनके मन में यह बैठाने का प्रयास भी किया कि वे आर्य भारत से भिन्न हैं। जब भारत को आजादी दिये जाने सम्बन्धी विचार-विमर्श और कागजी कार्रवाई चल रही थी तभी उन्होंने यहाँ तक प्रयास किया कि पूर्वोत्तर को बर्मा से जोड़कर एक अलग ब्रिटिश उपनिवेश बना शिक्षा जाये तो भारत के आजाद होने के बाद भी ब्रिटिश शासन के हाथ में रहे। हमारे यहाँ इस विषय पर शोध नहीं हुए हैं किन्तु तोक्यो के कोमाबा तोदाइ विश्वविद्यालय की शोध छात्रा चान ताई फोंग ने सन् 2002 में इसी विषय पर शोध किया है। चान ताई फोंग ताइवानी मूल की चीनीभाषी हैं और कोमाबा तोदाइ में विदेशी छात्रा के रूप में अध्ययन कर चुकी हैं।

हालाँकि ब्रिटिश अधिकारियों की यह योजना तो कारगर नहीं हुई किन्तु यह पूर्वोत्तर भारत के लोगों के मन में कई तरह की फूट-दरार अवश्य डाल गयी। अपनी प्राकृतिक ऐतिहासिक-सांस्कृतिक विशिष्टता को लेकर वहाँ के लोगों में शेष भारत से नितान्त अलग और कटा हुआ होने की भावना पैदा कर गयी जिसे अब तक तरह-तरह से प्रकट होते देखा जा सकता है। आजादी के बाद पूर्वोत्तर के विभिन्न राज्यों के बनने के बाद से ही एक-न-एक इलाके में विद्रोह और अशान्ति की घटनाएँ सुनी जाती हैं। कभी नगा और मिज़ो विद्रोह के रूप में तो कभी नगा-खुकी संघर्ष के रूप में, कभी असम आक्रोश के रूप में तो कभी मणिपुर आन्दोलन के रूप में। आर्य-अनार्य नस्लों की भिन्नता, आर्य-द्रविड़ भिन्नता और संघर्ष जैसे औपनिवेशिक सत्ता-ज्ञानमूलक सिद्धान्तों के विस्तार के चलते इस देश में कई तरह के वैमनस्य और प्रतिरोध पनपते रहे हैं और पूर्वोत्तर की शेष भारत से यह मानसिक दूरी आज तक अलंघ्य खाई सी महसूस की जाती रही है। पूर्वोत्तर की युवा पीढ़ी कई बार बहुत तीखे स्वरों में कहती दिखाई देती है कि हम आर्य नहीं हैं। हम 'भिन्न' हैं, हम संस्कृत परम्परा के नहीं हैं अलग भाषिक परम्परा के हैं। कारण, उन्हें यह तो बताया गया है कि उनके पूर्वज कम्बोडिया और बर्मा से भारत के इन इलाकों में आये थे लेकिन इस बात की ओर ध्यान नहीं दिलाया गया कि बौद्ध, वैष्णव और शैव संस्कृतियाँ भारत से ही दक्षिण-पूर्व एशिया पहुँची थीं और आज भी वहाँ मौजूद हैं—अपने संश्लिष्ट रूप में। उन्हें इस बात से भी अनभिज्ञ रखा गया है कि दक्षिण-पूर्व एशिया के देशों में बौद्ध और इस्लाम मतों के विस्तार के बावजूद रामायण, महाभारत की कथाएँ वहाँ की संस्कृति का अभिन्न अंग बनी हुई हैं। उन्हें यह भी नहीं बताया गया कि थाई, मलय या कम्पूचियाई (कम्बोडियाई) भाषाओं में संस्कृत शब्दावली प्रचुर मात्रा में हैं और उनकी लिपियाँ दक्षिण भारतीय लिपियों के काफी निकट हैं। परिणाम यह हुआ है कि भारत संघ (इंडियन यूनियन) का हिस्सा बन जाने के बावजूद पूर्वोत्तर भारत के अधिकांश राज्य अपने को अलग-थलग और कटा हुआ महसूस करते हैं। कई बार यह शिकायत भी करते हैं कि दिल्ली में हम से लोग पूछते हैं क्या तुम विदेशी हो? चीनी या कोरियाई हो? इस तरह पूर्वोत्तर को शेष भारत से सांस्कृतिक-सामाजिक-मानसिक रूप से जोड़ने के अब तक के सभी सरकारी, गैर-सरकारी, संस्थागत, शैक्षणिक प्रयासों के बावजूद वहाँ के लोगों के असन्तोष से जुड़े प्रश्न मुँह बाए खड़े प्रतीत होते हैं और समाधान के प्रयास अपर्याप्त।

भारतीय सामूहिक अवचेतन की बनावट-बुनावट में पूर्वोत्तर की भागीदारी का सही-सही अध्ययन-आकलन न होने के कारण वहाँ का इतिहास, भूगोल, भाषा, नस्ल, मिथक, प्रतीक, रीति-रिवाज, जीवन-व्यवहार रहन-सहन सब कुछ अलग और केवल प्रतीत होने लगता है—लगता रहा है, सिद्ध किया जाता रहा है। काफी हद तक इसे नितान्त अलग महसूस कराया जाता रहा है—यहाँ तक कि आज यह राष्ट्रीय चिन्ता का विषय बना हुआ है जिसके समाधान के लिए भिन्न-भिन्न स्तरों पर प्रयास हो रहे हैं; होने भी चाहिए।

वास्तविकता यह है कि आज हिन्दीभाषी समाज से पूर्वोत्तर प्रान्तों का जुड़ाव कम नहीं है क्योंकि सेना और व्यापार के माध्यम से, केन्द्र सरकार के कार्यालयों, बैंकों आदि के माध्यम से वहाँ पर्याप्त हिन्दीभाषी पहुँचा है। किन्तु वहाँ के लोगों के बीच साहित्य और संस्कृति की दृष्टि से बांग्लाभाषियों की प्रधानता है क्योंकि बंगाल से ये इलाके काफी नजदीक से जुड़े हैं।

हिन्दी साहित्य में इन इलाकों को प्रस्तुत करने वालों में अग्रणी रहे हैं सच्चिदानन्द हीरानन्द वात्स्यायन अज्ञेय। 1943-46 के बीच ब्रिटिश सेना में नौकरी और अज्ञेय की यायावरी प्रवृत्ति तथा रचनाकार के सृजनशील मन—तीनों ने मिलकर हिन्दी जगत में पूर्वोत्तर भारत के जीवन, समाज, संस्कृति, प्रकृति, परम्परा और मानसिकताओं की मौजूदगी दर्ज कराई है। यह उपस्थिति कई तरह से दर्ज होती है—

1. वहाँ के लोगों के जीवन, सोच-विचार, रहन-सहन, मिथक आदि की चर्चा के द्वारा;
2. उनके इतिहास की चर्चा के द्वारा इतिहास में उनकी जीवन पद्धति, आपसी सम्बन्धों, सभ्यता के विकास में उसकी भूमिका आदि की चर्चा के द्वारा;
3. पड़ोसी देशों—पूर्वी एशिया और दक्षिण-पूर्व एशिया से उनके सम्बन्ध-सम्पर्क की चर्चा के द्वारा;
4. औपनिवेशिक दखल के कारण उनके समाज में आये बदलावों की चर्चा के द्वारा;
5. विश्वयुद्ध काल में उनसे सम्पर्क और उनके जीवन पर पड़े प्रभाव की चर्चा के द्वारा;
6. उस इलाके की प्रकृति के स्वरूप की चर्चा के द्वारा;
7. प्रकृति के साथ मनुष्य के सम्बन्धों के विविध रूप की चर्चा के द्वारा;
8. प्राकृतिक और सांस्कृतिक प्रतीकों की चर्चा के द्वारा;
9. प्राचीन भारतीय मिथकों की उन प्रदेशों की संस्कृति में मौजूदगी की तलाश के द्वारा;
10. वहाँ सामाजिक-सांस्कृतिक जीवन प्रक्रिया और उनके स्वरूप की चर्चा के द्वारा।

उनकी पाँच कहानियाँ—'जयदोल', 'हीली-बोन् की बत्तखें', 'मेजर चौधरी की वापसी', 'नगा पर्वत की एक घटना', 'नीली हँसी' और तीन यात्रा संस्मरण—'परशुराम से तूरखम', 'माझुली' और 'बहता पानी निर्मला' इस दृष्टि से विशेष रूप से उल्लेखनीय हैं। हिन्दी पाठक को वे एक अब तक अपरिचित और नये संसार से अवगत कराती हैं। नया इस अर्थ में कि मध्य देश यानी हिन्दी इलाके से भौगोलिक रूप से दूर होने के कारण हिन्दी समाज इनके बारे में अक्सर बहुत कम ही जानता रहा है। साहित्य की मूल धारा में भी उसकी मौजूदगी लगभग नहीं रही है। भूगोल की किताबों में ही ब्रह्मपुत्र के विषय में पढ़ने वाला हिन्दीभाषी ब्रह्मपुत्र जैसी विशालकाय नदी के आकार, स्वभाव और फैलाव से भी आमतौर पर अपरिचित ही रहा है। नदी की धारा के बीच विराट द्वीपों की तो वह कल्पना भी नहीं कर सकता; उन द्वीप-वासियों की जीवन शैली के बारे में तो जानने की बात ही असम्भव है। इसी तरह पूर्वोत्तर के रहन-सहन और लोक विश्वासों से अज्ञेय पहली बार हिन्दीभाषी को जोड़ते हैं। हिन्दीभाषी लोकमन में गंगा, यमुना, सरस्वती, सरयू, बेतवा आदि की जैसी व्याप्ति है वैसी ब्रह्मपुत्र की नहीं क्योंकि व्यापक पुराकथाओं—रामकथा-कृष्णकथा का घटना विस्तार उस क्षेत्र में नहीं है, न ही मध्य क्षेत्र के राजाओं-बादशाहों के विजय अभियान उस क्षेत्र से जुड़े रहे हैं। यही कारण है कि "गंगे च यमुने चैव गोदावरी सरस्वती। नर्मदे सिन्धु कावेरि जले अस्मत् सान्निधि कुरू॥" के सांस्कृतिक भूगोल में ब्रह्मपुत्र शामिल नहीं है। अज्ञेय अपने यात्रा संस्मरणों के माध्यम से देश के सांस्कृतिक भूगोल में पूर्वोत्तर के इन इलाकों की तलाश करते हैं। मिथकीय सन्दर्भों, भाषिक एवं वैचारिक और सामाजिक-सांस्कृतिक इतिहास की धारा में उनके अस्तित्व को उजागर करते हैं। उनका यायावर रचनाकार के साथ मिलकर एक सृजनशील खोजी की

भूमिका ले लेता है।

द्वितीय विश्व युद्ध के दौरान जब जापानी अभियान (जिसमें आजाद हिन्द फौज का भी सहयोग था) बर्मा के रास्ते इंफाल की ओर बढ़ा, तब अज्ञेय सीमा प्रान्त पर ब्रिटिश फौज के कप्तान रूप में तैनात थे। इस मोर्चे पर जापानियों की पराजय के बाद अज्ञेय को समझ आ गया था कि जल्दी है वहाँ से स्थानान्तरित होना है। इसलिए जब पूर्वी सीमा-प्रान्त के भी पूर्वोत्तर प्रदेश का दौरा उनके हिस्से में पड़ा, तब उन्होंने तत्परता से स्वीकार कर लिया "और दौरे के प्रोग्राम में कई ऐसे स्थान भी जोड़ लिये जो प्रायः दौरा करने वाले अफसरों की सूची से छूट जाया करते हैं।" असम के सीमा प्रदेश सदिया फ्रंटियर ट्रैक्ट जाना उन्हें नितान्त जरूरी लगा। इस यात्रा का वृतान्त है 'परशुराम से तूरखम' नामक संस्मरण के पहले खण्ड में। यह खण्ड पूर्वोत्तर की प्रकृति, ब्रह्मपुत्र के मिथकीय प्रसंगों, उनसे जुड़े लोक-विश्वासों, जनजातीय संस्कृति, औपनिवेशिक हस्तक्षेप तथा पूर्वी एशिया और दक्षिण-पूर्वी एशिया से प्राचीन सम्पर्कों से हिन्दी पाठक को अवगत कराने के साथ-साथ सांस्कृतिक अध्ययन के कई सूत्र प्रस्तुत करता है। पाठक अनायास ही 'ब्रह्मपुत्र की समतल यात्रा के आरम्भ बिन्दुओं' और उससे जुड़े 'महाभारत' के प्रसंगों की मानस यात्रा करने लगता है—

'परशुराम का तपोवन और कुण्ड' जहाँ जाने के लिए "टामेई घाट पर उत्तरकर ब्रह्मपुत्र पार करनी पड़ती है—टामेई में ब्रह्मपुत्र अपने प्राचीन नाम 'लुहित' से जानी जाती है (लुहित का संस्कृत नाम महाभारत में लौहित्य है)। xxx सदिया से थोड़ी दूर जाकर ब्रह्मपुर की एक उपनदी—कुंडिन है। इस नदी के किनारे कुंडिनपुर की राजधानी थी।"

यायावर उसके अवशेष खोजने निकल पड़ता है—

"कुंडिनपुर के उन महलों के अवशेष जहाँ बैठकर रुक्मिणी ने कृष्ण की प्रतीक्षा की होगी; गैंडे, हाथी और मिठून (अरना भैंसा) द्वारा सेवित कदली वन, आबोर और मिश्मी और खामटी वन्य जातियों के आश्रयदाता सदिया सीमा-प्रदेश के दुर्भेद्य जंगल और माघ-पूर्णिमा यानी संक्राति के दिन परशुराम कुण्ड पर लगने वाला मेला। (परशुराम से तूरखम)

माझुली द्वीप के सांस्कृतिक जीवन का विवरण साहित्यिक और सांस्कृतिक दृष्टि से तो महत्त्वपूर्ण है ही देशव्यापी भक्ति आन्दोलन के पूर्वोत्तर स्वरूप का परिचय, मिलने के साथ ही समकालीन जीवन में उसकी भूमिका की जानकारी भी इसमें मिलती है:

"माझुली का यही महत्त्व हो सो नहीं। असमिया सांस्कृतिक जीवन में उसका एक गौरवपूर्ण स्थान हैं। वैष्णव सन्त शंकरदेव और उनके शिष्य माधवदेव के सम्प्रदाय ने यहीं पर सत्र स्थापित किये और उनकी परम्परा को चलाने वाले वैष्णवों के कई सत्र यहाँ अब भी चल रहे हैं। एकेश्वरवादी निराकारोपासक असमिया वैष्णव असम भर में फैल हुए हैं और उनके धार्मिक जीवन को माझुली के जीवन से ही प्रेरणा मिलती है। यों विभिन्न सत्रों की प्रतिष्ठा में न्यूनाधिक अन्तर होना स्वाभाविक है, पर उत्तर भारत के अनेक मठों और मठाधीशों की तरह ये स्थान व्यसन और विलासिता के शिकार होकर जन-साधारण की दृष्टि में पतित नहीं हो गये हैं, और सभी सत्र असमिया हिन्दुओं द्वारा आदर की दृष्टि से देखे जाते हैं।" (माझुली)

अज्ञेय वैष्णव परम्परा के इन सत्रों (केन्द्रों)—आउनियाटी सत्र, दक्षिण पाट सत्र और गड़ामूर सत्र की यात्रा करते हैं। वहाँ के सत्राधिकारी (सत्र के प्रधान अथवा गोसाईं) तथा अन्य अधिकारियों, शिष्यों से मिलकर बातचीत करके सांस्कृतिक आदान-प्रदान को आगे बढ़ाते हैं; इस प्रक्रिया में असमिया जीवन

और रहन-सहन पद्धति, सत्रों में शिष्य समुदाय के विषय में जानकारी हिन्दी पाठक को प्रदान करने के साथ-साथ असमिया भाषा और हिन्दी भाषा एवं संस्कृति की नज़दीकी की ओर भी ध्यान दिलाते हैं। अपनी समकालीन दुनिया से इन सत्रों के सम्बन्ध-तटस्थता और उलझाव-टकराव दोनों की ओर ध्यानाकृष्ट कराते हैं; स्थानीय संस्कृति में इन सत्रों के योगदान और शिरकत की ओर पाठक का ध्यान दिलाते हैं, सत्रों की शिष्य मण्डली को तत्कालीन विश्व-परिस्थिति से अवगत कराते हैं। गोसाईं से कविता, समाज, संस्कृति आदि-आदि पर बातचीत करते हैं—गोसाईं की असमिया और अज्ञेय की संस्कृत मिश्रित हिन्दी में संवाद दोनों को बहुत अच्छा लगता है। बांग्ला जानने के कारण अज्ञेय असमिया पढ़ सकते थे। दोनों ने असमिया वैष्णव सम्प्रदाय के विषय में बातचीत की, तब उन्होंने गोसाईं को बताया था।

> "शंकरदेव-माधवदेव के जो कुछ भक्ति के गीत मैंने पढ़कर देखे वे ब्रजभाषा के काफी निकट मालूम हुए—ये बड़ गीत नागरी में छपे हों तो हम सब समझ लें।" गोसाईं ने कहा "यहाँ जो परदेशी आते हैं उनमें ऐसे कम होते हैं जो हमारे देश और संस्कृति में रुचि रखते हैं" और एक क्षीण सी उदासी उनके चेहरे पर दौड़ गयी। (माझुली)

आज के भारतीय जीवन में भी यही स्थिति मौजूद है। हम अपने यहाँ के विषय में बहुत कम जानते हैं, जानने के ज्यादा इच्छुक भी नहीं होते। पश्चिम के बारे में जान लेना ही पर्याप्त समझते हैं। पूर्वोत्तर के वैष्णव सत्रों की यह चर्चा देशव्यापी भक्ति आन्दोलन के सन्दर्भ में मध्यकालीन भारतीय नवजागरण की परम्परा का विस्तार तो करती ही है मौजूदा समय में हिन्दी प्रदेश का पूर्वोत्तर से सम्बन्ध स्थापित करती है।

पूर्वोत्तर की प्रकृति के विवरण (यात्रा संस्मरणों और कहानियों दोनों में) भारतीय प्रकृति की विविधता से परिचित कराने के साथ-साथ उसको साहित्यिक-सांस्कृतिक परम्परा से भी जोड़ती है। जैसे मीलों फैले कदली वनों का यह चित्र :

> "कदली वन...जिसने वह नहीं देखा, वह नहीं मानेगा कि संस्कृत काव्यों में कदली वनों में विचरते हाथियों का जो वर्णन है, वह अक्षरशः सत्य हो सकता है xxx चिकनी गहरी, हरी छाँहों में कहीं हाथियों के झुण्ड और कहीं बड़ी शालीनता से घूमते मिठुन...मिठुन अरना भैंसा ही होता है किन्तु अरने भैंसे से कहीं अधिक गठे शरीर वाला और फुर्तीला..." (परशुराम से तूरखम)

ब्रह्मपुत्र के विभिन्न रूपों की झाँकी इन यात्रा संस्मरणों में मिलती है। नदी अपने आप में एक संस्कृति होती है क्योंकि अपने आसपास बसने वाले लोगों की जीवन-पद्धति को निर्धारित करती है। उन लोगों के बाहरी रहन-सहन को ही प्रभावित नहीं करती उनकी सम्पूर्ण मनोभूमिका के निर्माण में योगदान देती है। 'गंगायाम् घोषः' जैसी उक्ति अथवा सिन्धु और नाइल जैसी नदी सभ्यताएँ इसका प्रमाण हैं। ब्रह्मपुत्र बहुत विशाल और विराट नदी है जिसमें अनेक द्वीप हैं। इनमें से एक है माझुली। ब्रह्मपुत्र का सबसे बड़ा, कहना चाहिए दुनिया का सबसे बड़ा नदी का द्वीप। आजकल भी हम इसका नाम ब्रह्मपुत्र में बाढ़ के दिनों में अक्सर अखबार में पढ़ते हैं। हमें जानकारी मिलती है कि हर वर्ष की बाढ़ थोड़ा-थोड़ा करके इसे निगलती जाती है। विराट नदी की धारा इसे लगातार काटती जाती है। चालीस के दशक की शुरुआत में जब अज्ञेय जी ने इसकी यात्रा की थी तब इसका

> "क्षेत्रफल लगभग 100 वर्गमील था—नदियों में छोटे-मोटे टापू होना मामूली बात है। लेकिन माझुली अपने ढंग का अनोखा टापू है—संसार की किसी और नदी में 70 मील लम्बा और 10 मील चौड़ा, लगभग 25 हजार जनसंख्या वाला द्वीप मैंने तो नहीं सुना।" (माझुली)

'माझुली' नामक यह यात्रा संस्मरण एक तरफ तो असमिया घर, आतिथ्य, मिलनसारी, जीवन पद्धति, मानसिक बनावट भाषा और सांस्कृतिक परम्परा का परिचय देता है–

"घर तो प्रायः बाँस और फूस के बासे हैं–सम्पन्न घर में दीवार पर गारे की पपड़ी जमाकर ऊपर चूने से पुताई कर दी जाती है, बस। इस वर्णन से अनुमान नहीं हो सकता कि असमिया घर कितना स्वच्छ और सुव्यवस्थित होता है, वह देखकर अनुभव करने की चीज़ है।"

"बुनाई असम की प्रत्येक गृहस्थी में अनिवार्य रूप से होती है और सुन्दर होती है।"

"असमिया जो हो, अशिष्ट कभी नहीं होता।"

"असमिया हिन्दी से ऐसी दूर नहीं है, उच्चारण भेद न होते तो आसानी से समझ में आ जाती। पढ़ने में अन्तर कम हो जाता है।"

"असम के हर गाँव में एक नाम घर होता है जहाँ कीर्तन भी होता है और सार्वजनिक कामों के लिए सम्मिलनी भी जुटती है।"

दूसरी ओर ब्रह्मपुत्र नदी के विराट क्रुद्ध रूप से और उसके स्वभाव के अनुरूप अपने जीवन को ढालते असमिया लोगों से पाठक को रू-ब-रू कराता है। इनमें सबसे रोचक चित्र है बाढ़ के दिनों का जब "नदी में पानी चढ़ता है तो द्वीप की लम्बाई बीस मील कम हो जाती है।" पशु-पंछी, जीव-जन्तु और मनुष्य सब मिलकर बाढ़ के उतरने की प्रतीक्षा करते हैं; मनुष्य और प्रकृति के कठिन साहचर्य की निरन्तरता की पारिस्थितिकी (ईकोलॉजी) का बहुत मार्मिक अंकन है यहाँ–

"बाढ़ में जब गाँवों में पानी भर जाता है तब नीचे के प्रदेश तो डूब ही जाते हैं। तब द्वीप भर के साँप ऊँची जमीन पर या पेड़ों पर चढ़ जाते हैं; वन्य पशु जिनमें बाघ की पर्याप्त संख्या भी है, दलदल और हाथी-घास के प्रदेश से सिमटते हुए क्रमशः सड़क की पटरी की ओर बढ़ आते हैं और अन्त में सड़क पर ही आ जमते हैं।

दूसरी ओर गाँवों में जलप्लावन द्वारा खदेड़े जाकर ग्रामवासी भी ऊँची जमीनों पर आश्रय लेते हैं। xxx हर गाँव के अपने-अपने मचान भी बने होते हैं, xxx पानी अधिक बढ़ आने पर ग्रामवासी पेड़ों के पर बने हुए इन मचानों का आश्रय लेते हैं, और अपने–ढोर-डाँगरों को खदेड़कर सड़क की पटरी पर कर देते हैं।

इस प्रकार बाढ़ के दिनों में वह दस-एक मील की सड़क की पटरी एक विराट मेले का रूप ले लेती है–भेड़-बकरी, लोमड़ी, सियार, बाघ-बघेल-बिलार, साँप-बिच्छू सब मानो अपनी-अपनी भीटी पर आ जमते हैं, और मचानों पर बैठे मानव प्राणी धैर्यपूर्वक मेला देखा करते हैं। परदेशी वह दृश्य देखकर थर्रा जायें, किन्तु जिस तरह मौसम में मौसमी बुखार होता ही है और कोई यह नहीं कहता कि महामारी फैल गयी है, उसी तरह माझुली के वासी भी अपने जीवनचक्र के इस नियत अनिवार्य अंश को स्वीकार कर लेते हैं। दैव पर झल्लाया नहीं जाता, उसे सहने का उपाय किया जाता है।" (माझुली)

इस यात्रा संस्मरण के लेखन के छह दशक बाद आज हम समाचार पढ़ते हैं कि ब्रह्मपुत्र के माझुली द्वीप का क्षेत्रफल हर वर्ष घट रहा है। अन्य द्वीपों का भी घट रहा है, हर वर्ष का जलप्लावन उन्हें निगल रहा है, कगार टूट रहे हैं तो हमें याद आती है अज्ञेय की 1954 में लिखी गयी कहानी 'नीली हँसी' जिसमें एक द्वीप के वासियों में हर बाढ़ के पश्चात् नई शुरुआत के उत्साह का चित्रण भी है और अन्तिम रूप से डूब जाने के भय से पलायन की पीड़ा भी। प्राकृतिक विपदाओं के बीच जीवन की सनातनता को सहजता से बनाये रखने के चित्र के साथ ही नदी के विकराल रूप और विनाश की लीला फैलने और

पुनः नयी शुरुआत के चित्र है 'नीली हँसी' में। चेतन-अचेतन, भय-निष्ठा के बीच झूलती इस कहानी की चिन्ता है कि लगातार ध्वस्त होकर समाप्त होते द्वीप के मनुष्य तो दूसरी जगह तलाश लेंगे पर जानवरों का क्या होगा—

"पानी-पानी-पानी...केवल पैरों के बिल्कुल निकट, जहाँ ब्रह्मपुत्र के बौराये हुए पानी ने अभी थोड़ी देर पहले किनारे के एक बड़े टुकड़े को नेवला बना लिया था। xxx कुछ नहीं बचा है, केवल द्वीप के आर-पार की ऊँची पटरी और पेड़ों के ऊपरी हिस्से—उन पर मचान, पटरी पर अनगिनत ढोर-डाँगर, कुछ कुत्ते, कहीं-कहीं दुबकते लोमड़ी-सियार, जगह-जगह अधमरे रेंगते साँप, तीन-चार हाथी...और कभी-कभी दूर के एक टीले की हाथी-डूब घास में से आती हुई बाघ की चिंघाड़। और कुछ नहीं बचा है, लेकिन यही तो सब कुछ है, इससे कम पर भी बार-बार उनका जीवन भरा-पूरा हुआ है, बाढ़ उतरेगी तो फिर मादक गूँजेंगे और मृदंग गमक लेंगे और ऋतुस्नाता की भाँति कान्तिमान द्वीप-भूमि मेमनों की मिनमिनाती हँसी से मुखरित हो उठेगी...xxx नीली की चिट्ठी। वे लोग द्वीप छोड़कर जाने वाले हैं। बाढ़ आ रही है, और सुना है कि इस साल सब डूब जायेगा—" (नीली हँसी)

पूर्वोत्तर की प्रकृति का यह विस्तृत विवरण सांस्कृतिक भूगोल के विस्तार का ही एक रूप है। आजादी की लड़ाई की संवेदना अपने इतिहास, भूगोल, प्रकृति के प्रति जागरूकता के माध्यम से निर्मित हुई थी। यहीं शुक्ल जी की एक बात याद आती है 'चिन्तामणि' नामक पुस्तक में 'लोभ और प्रीति' नामक निबन्ध में उन्होंने लिखा है "यदि किसी को अपने देश से प्रेम है तो उसे अपने देश के मनुष्य, पशु-पक्षी, लता-गुल्म, पेड़-पत्ते, वन-पर्वत, नदी-निर्झर, सबसे प्रेम होगा; सबको वह एक दृष्टि से देखेगा, सबको सुध कर के वह विदेश में आँसू बहाएगा जो यह भी नहीं जानते कोयल किस चिड़िया का नाम है, जो यह भी नहीं सुनते कि चातक कहाँ चिल्लाता है, जो आँख भर यह भी नहीं देखते कि आम प्रणय सौरभपूर्ण मंजरियों से कैसे लदे हुए हैं, जो यह भी नहीं जानते कि किसानों के झोपड़ों के भीतर क्या हो रहा है, वे यदि दस बने-ठने मित्रों के बीच प्रत्येक भारतवासी की औसत आमदनी का परता बताकर देश-प्रेम का दावा करे, तो उनसे पूछना चाहिए कि भाइयों बिना परिचय के यह प्रेम कैसा?" (चिन्तामणि, भाग-1)

'बहता पानी निर्मला' नामक संस्मरण असम के अहोम राजाओं की राजधानी शिवसागर से अठारह मील दूर सोनारी गाँव के समीप डि-खू नदी में एकदम आयी बाढ़ में मोटर उतार देने और फँस जाने का विवरण है। जो अन्य यात्रा वृत्तान्तों जैसा शोधपरक तो नहीं है किन्तु साहसपूर्ण यात्रा वृत्तान्त के रूप में रोचक है।

पूर्वोत्तर के सांस्कृतिक भूगोल का एक अन्य पक्ष है वहाँ के विषय में ऐतिहासिक जानकारी का—

"सदिया का प्रदेश कामरूप के इतिहास के कई स्मारक अपने गहन वनों में छिपाये है। कुछ की झाँकी जब-तब मिलती रही है, कुछ कभी देखे जा सकते थे, लेकिन अब बिल्कुल ही लुप्त हो गये हैं। सदिया भी प्राचीन 'सुटिया' राज्य का अवशेष है, जो स्वयं कदाचित् महाभारतकालीन राजा भीष्मक के वंश के ह्रास के बाद खड़ा हुआ था xxx वर्तमान देवरिया सुटिया जाति के लोग अपने को क्षत्रिय बताते हैं। सम्भव है 'सुटिया' भी क्षत्रिय से बना हो। जो हो, उनकी भाषा में हिन्दी-संस्कृत शब्द प्रभूत हैं और बुरंजी (हस्तलिखित इतिहास ग्रन्थ) में लिखा है कि जब सुटिया बर्मा से असम आये तब केवल उन्हीं के पास लिपि थी। जिससे सिद्ध होता है कि यह जाति साक्षर और संस्कृत थी। xxx सुटिया राजा तान्त्रिक थे, और उनके बनवाये हुए ताम्रेश्वरी देवी के मन्दिर के अवशिष्ट

अब भी सदिया के उत्तर में पाये जाते हैं।

अब यह प्रदेश जंगल ने लील लिया है। अनुमान किया जाता है कि पहले ब्रह्मपुत्र की धारा यहीं बहती थी, उसका पाट क्रमशः दक्षिण को हटता गया और जल दुर्लभ होने से उत्तरी प्रदेश उजड़ते गये। कालान्तर में अहोम आक्रमणों से परास्त होने पर सुटिया का वैभव मिट ही गया, तब ये उत्तरी प्रदेश जंगल का आक्रमण भी न रोक पाये। असम में अन्यत्र कई स्थानों पर ऐसा हुआ है। (सन् 1950 के भूकम्प से लुहित और सदिया के निकट उससे मिलने वाली डिहांग धाराओं में अनेक परिवर्तन हुए हैं। जिस शृंग के कारण ब्रह्मपुत्र में वह आवर्त बना था जो परशुराम कुण्ड था, वह शृंग भी धँस गया। कुण्ड अब नहीं है। (परशुराम का तूरखम)

शिवसागर की "बस्ती एक बड़े ताल के किनारे बसी है जो अहोम राजत्व-काल में बना था, और इसलिए एक अचरज माना जाता है कि उसका तल आस-पास के प्रदेश से लगभग तीस फुट ऊँचा है, फिर भी ताल सदा भरा रहता है–बल्कि उसका तल भी लगभग एक-सा रहता है। इसी सागर के किनारे तीन मन्दिर हैं, और यहाँ से जोरहाट के रास्ते पर रुद्रसागर और जयसागर के किनारे अन्य मन्दिर और महल भी। शिव सिंह और रुद्रसिंह प्रतापी अहोम राजा थे, और जयमती एक वीर नारी जिसका नाम असम का बच्चा-बच्चा जानता है और जिसका चरित असमियों को उत्कट देश-प्रेम का पाठ सिखाता है।" (परशुराम का तुरखम)

अज्ञेय की 'जयदोल' नामक कहानी इसी जयमती को केन्द्र में रखकर ही लिखी गयी है, जिसमें अहोम राजा चूलिक-फा द्वारा निरंकुश रक्त-रंजित "कुलघात के सेतु को पार कर" सत्ता प्राप्ति और सत्ता को निष्कंटक बनाने के लिए जयमती की प्रतारणा की कथा है।

तान्त्रिकों के साधना केन्द्र जोगी गुफा कूचबिहार के कोच राजवंश के साम्राज्य के इतिहास का परिचय देते हुए द्वार प्रदेश की चर्चा है–

"कूच बिहार से सिलीगुड़ी का मार्ग जब 'द्वार प्रदेश' से गुजरता है तब उसकी शोभा अनूठी हो जाती है। इस अंचल में हिमालय के बारह द्वार अथवा मार्ग जिनके रास्ते भोटिए, नेपाली तिब्बती और पर्वतीय नाना जातियों के लोग भारत आते-जाते थे–कुछ तीर्थ करने, कुछ व्यापारी, कुछ भू-लोलुप, कुछ यशाकांक्षी, कुछ लुटेरे..."

भारत के सांस्कृतिक भूगोल का आधुनिक सन्दर्भ ब्रिटिश शासन से प्रतिरोध की चेतना का है। इस पक्ष के कई रूप इन संस्मरणों और कहानियों में मिलते हैं। माझुली यात्रा में गड़ामूर सत्र की यात्रा दिलचस्प और कठोर यथार्थ पर कई तरह से प्रकाश डालती है–

"साधारण असमिया की दृष्टि में गड़ामूर का विशिष्ट स्थान था। राजनीतिक जागृति में यह सत्र सबसे आगे रहा और 1942 में यह सरकार और स्थानीय अधिकारियों का कोप-भाजन बना xxx सन् 1942 के अगस्त आन्दोलन के बाद ही गोसाईं को, फिर उनके युवा पुत्र को नजरबन्द कर लिया गया। तब से अधिकारी गड़ूमर के नाम से भड़कते थे। यह सब मैं माझुली जाने से पहले जानता था। अधिक जानना भी चाहता था और कुछ कहना भी चाहता था; इसलिए पहले से ही निश्चय कर रखा था कि और चाहे जो देखूँ या न देखूँ, गड़ामूर अवश्य जाऊँगा। xxx सन् 1942 के अगस्त आन्दोलन के बाद गड़ामूर अधिकारियों का कोपभाजन बना, यह तो ऊपर बता चुका हूँ। इन अधिकारियों में मुख्य था जोरहाट जिले का तत्कालीन डिप्टी कमिश्नर, जिसने गड़ामूर गोसाईं के प्रश्न को व्यक्तिगत प्रश्न बना लिया था। गड़ामूर सत्र पर उसकी अकृपा ने सत्र के शिष्य मात्र

को सताने के निश्चय का रूप ले लिया था। यह कैसे किया जा रहा है, यह पंचायत में मुझे बताया गया था किन्तु तब मैं विश्वास न कर सका xxx किन्तु, माझुली से लौटकर जोरहाट में मुख़्तार ने मुझे जो सरकारी दस्तावेज़ दिखाये, और डिप्टी कमिश्नर से मिलने पर उसका जो रवैया रहा, उससे मैंने समझ लिया कि गड़ामूर वालों की बात ठीक है और उसे यों ही छोड़ देना एक नैतिक पाप होगा... किन्तु उपाय कैसे हो सकता है, यह मुझे आसानी से न सूझता अगर डिप्टी कमिश्नर ही मुझसे न चिढ़कर, "एक अनुभवहीन पल्टनियों के सिविल शासन में अनधिकार हस्तेक्षप" की दुहाई देकर ऊँचे अधिकारियों तक न पहुँचते, और जाँच में युद्ध-विभाग का पूरा समर्थन मुझे न मिलता। (माझुली)

अज्ञेय साहित्य के उपनिवेशवाद विरोधी स्वर का अच्छा नमूना है उपर्युक्त उदाहरण। 'परशुराम से तूरखम' में भी इसी तरह का स्वर मिलता है–

"सदिया सीमा प्रदेश तो है ही, यहाँ का पोलिटिकल एजेंट सीधे गवर्नर के अधीन होता, और उसके तथा सदिया के सैनिक कमाण्डर के हाथ में सम्पूर्ण शक्ति केन्द्रित होती। भारत में ब्रितानी शासन को दृढ़ करने में किस तरह सीमा प्रान्तों या 'पिछड़े' प्रदेशों के पोलिटिकल एजेंटों और ईसाई प्रचारकों का चोली-दामन का साथ रहा है, इसके अध्ययन के लिए असम के सीमा प्रदेशों का-सा क्षेत्र और न मिलेगा। यायावर प्रायः कहा करता कि देश की पराधीनता सब से अधिक अखरती है तो एक अपने हिमालय के अंग यानी, संसार के सबसे ऊँचे शिखर का नाम 'एवरेस्ट' सुनकर और एक सीमा प्रदेश में जाने के लिए फिरंगी पोलिटिकल एजेंट के दफ्तर जा कर। देश की प्रत्येक सीमा तीर्थ होती है, नहीं तो देश पुण्यभूमि कैसे होता? पर अपने ही तीर्थ तक जाने के परदेशीय सत्ता के अहंमन्य प्रतिनिधि का मुँह जोहना जैसा चुभता है उसे भुक्तभोगी ही जानते हैं।" (परशुराम का तूरखम)।

यह संस्मरण और कहानियाँ अज्ञेय की सैन्य सेवा के अनुभवों से जन्मी हैं। किन्तु इससे पहले वे क्रान्तिकारी रह चुके थे और बम ढोने के अपराध में सख्त सजा काट चुके थे। विश्वयुद्ध काल में सैन्य सेवा में उन्हें लोक सम्पर्क का दायित्व मिला था जिसे निभाते हुए वह हृदय से अंग्रेजों के खिलाफ थे। यह बात कई तरह से प्रकट होती है।

इस दृष्टि से ये यात्रा संस्मरण और कहानियाँ देश प्रेम और आजादी के आन्दोलन की संवेदना से जुड़ते हैं–देश के दुर्गम भूभागों की यात्रा कर उनकी प्रकृति और संस्कृति से तदाकार कराने की आकांक्षा से जुड़ते हैं। 'माझुली' द्वीप के सत्र की शासकीय अत्याचार के खिलाफ मदद के द्वारा 'नगा पर्वत की एक घटना' कहानी में जापानी सैनिकों से ब्रिटिश सैन्य अधिकारियों के वादा खिलाफी को उजागर करके, 'हीली-बोन् की बत्तखें' तथा 'मेजर चौधरी की वापसी' कहानियों में पर्वतीय जनजातीय स्त्रियों के यौन-शोषण की घटनाओं और उनमें अधिकारियों के अनकहे सहयोग को चित्रित करके वह आम भारतीय जन के प्रति हो रहे अन्याय का खुलासा तो करते ही हैं, 'सत्ता के झूठ' का भी बहुत धारदार ढंग से खुलासा करते हैं।

'नगा पर्वत की एक घटना' कहानी 'सत्ता के झूठ' का विशेष सन्दर्भ में खुलासा करती है। आज हम देखते हैं कि जर्मनी और जापान के फासिस्ट स्वरूप की बात तो की जाती है, किन्तु युद्ध में तो नैतिकता और मानवीय मूल्यों का ह्रास हर तरफ से मौजूद होता है इसकी चर्चा नहीं होती। ब्रिटिश सेना का विश्वासघात इस कहानी का केन्द्र बिन्दु है जिसके माध्यम से मनुष्य की घोर पाशविकता प्रस्तुत की

गयी है। हफ्तों से कीचड़ और जोंक भरी खाइयों में पड़े जापानियों से आत्म-समर्पण करने के लिए कहते हुए यह घोषित किया गया था कि आत्म-समर्पण करने पर उनके जीवन की रक्षा की जायेगी और बन्दी के रूप में आराम से रखा जायेगा।

"किन्तु जब दो सौ जापानियों ने खाई से बाहर निकलकर आगे बढ़ने की कोशिश की। तब अमेरिकी कर्नल ने बताया—"मैंने खुशी भर कर कहा कि देखो, वे आ रहे हैं, वैसे ही एक अनहोनी घटना घटी। टामियों की पूरी कतार ने बिना हुक्म के, बल्कि हुक्म के खिलाफ खट से सब मशीनगनें उठाई और दनादन दाग दीं xxx मैं समझ भी नहीं सका था कि हुआ क्या कि सब जापानी चित्त हो गये—दो सौ के दो सौ। बहुत से तो साँस भी न खींच पाये होंगे, कुछ एकाध बार कराह सके।"

ध्यान देने की बात है कि आज भी पूर्वोत्तर राज्यों की अनेक शिकायतों में से एक बड़ी शिकायत सैनिकों के व्यवहार को लेकर है। इन यात्रा संस्मरणों और कहानियों का सर्वाधिक महत्त्वपूर्ण पक्ष है पूर्वोत्तर की जनजातियों के जीवन और स्वभाव विषयक झाँकियाँ—

'नगा पर्वत की एक घटना' कहानी में अंगामी और नगा वनवासियों का कई बार उल्लेख आता है ब्रिटिश फौज द्वारा उनकी सहायता लेने के सन्दर्भ में—

"यह तो हमें मालूम था कि नगा स्काउटों की टोली तैयार हुई है और यह भी सुना था कि उसके कुछ जवान आपके साथ जायेंगे।"

"मैं भी, जो नगा जासूस के साथ गया तो मेरे साथ एक अमेरिकी कर्नल भी था, अमेरिकी इंटैलीजेंस का..."

x x x x

"अंगामी नगा जातियों के इलाके में ऐसी खेती पट्टी कुछ होती नहीं xxx नगा पहाड़ियों में नगे तो कंद-मूल, फल खाकर रह भी लें।"

x x x x

"33डिव पूरा गोरा डिव था—लड़ाके अच्छे मगर नगा पर्वत के भूगोल और नगा ज़ाति के मामले में बिल्कुल सिफर।"

x x x x

"और इधर ऊपर से बीस-एक नगा बाँकों को साथ लिये वही अमेरिकी कर्नल—मुझे मालूम हुआ कि वह पहले तो डीमापुर से रेल से ही मरियारी चला गया था, वहाँ से मोकोकूचङ की ओर से नगा पर्वतों में घुसा, पहले आया जासूसों के साथ फिर अंगामियों के। जापानी या तो पीछे हटेगा या बीच में फँस जायेगा, और अंगामी फिर किसी को छोड़ने के नहीं—एक तो यों ही वे परदेसी को धँसने नहीं देते, फिर जिसने उनके घर जलाये हों, खलिहान लूटे हों, औरतों को बेइज्जत किया हो उनको तो वे भूनकर खा जायेंगे।"

x x x x

"कहीं हमारी खाइयाँ, कहीं दुश्मन की; हमें तो कुछ पता न लगता पर वे अंगामी जवान तो जैसे हवा सूँघ कर दुश्मन पहचानते थे, उन्हीं के भरोसे हम आगे बढ़ते थे।" (नगा पर्वत की एक घटना)

x x x x

"वनवासी वीर नगा जातियों से अहोम राजाओं की कभी नहीं बनी—वे अपने पर्वतों के नंगे राजा थे, ये अपनी समतल भूमि के कौशेय पहन कर भी अधनंगे रहने वाले महाराजा...।" (जयदोल)

'परशुराम से तूरखम' मिश्मी वनवासियों से पाठक को रू-ब-रू कराता है :

कुछ राह चलते मिश्मियों ने हाथ उठाकर गाड़ी रोकी तो उसने चार-छह को पीछे बैठा लिया, और मुड़-मुड़ कर उनकी ओर को उन्हीं की सी खुली चौड़ी हँसी हँसता रहा, पर मन ही मन सोचता रहा कि इन कन्धों पर कसे हुए तीर-धनुष और कमर में खोंसे हुए खाँडे किस-किस काम आ सकते हैं...पर अपने-अपने पड़ाव पर ये अतिथि उतरते गये और एक मूर्धन्य स्वर में धन्यवाद देकर और हँसकर चलते गये...। (परशुराम से तूरखम)

"वन्य जातियाँ सभी मिठून को पूज्य मानती हैं, कुछ जातियाँ अपने को मिठून-कुलोत्पन्न बताती हैं और मिठून को अपना पूर्वज मानकर पूजती हैं। कहीं-कहीं मादा मिठून पालते भी हैं।" (परशुराम से तूरखम)

'हीली-बोन् की बत्तखें' खासिया समाज के स्त्री-प्रधान जाति संगठन, सामाजिक सत्ता में उसका अनुशासन, कनिष्ठतम लड़की को उत्तराधिकार का नियम, खासिया घरों की बनावट नांगक्रोम के नृत्योत्सव, प्रकृति उपासना, जनजातीय लोगों की वन्य पशुओं-पक्षियों के प्रति संवेदना आदि जैसी पूर्वी जीवन की अनेक बारीकियों से परिचय कराती है।

"हीली के पिता उस छोटे से मांडलिक राज्य के दीवान रहे थे। हीली तीन सन्तानों में सबसे बड़ी थी, और अपने दोनों की अपेक्षा अधिक सुन्दर भी। खासियों का जाति संगठन स्त्रीप्रधान है; सामाजिक सत्ता स्त्री के हाथ में है और वह अनुशासन में चलती नहीं, अनुशासन को चलाती है। हीली भी मानो नाङ्थ्लेम की अधिष्ठात्री थी। नाङ्क्रोम के नृत्योत्सव में xxx नृत्य मण्डली में हीली ही मौन सर्वसम्मति से नेत्री हो जाती थी।" (हीली बोन् की बत्तखें)

अज्ञेय पहली बार पूर्वोत्तर भारत की विभिन्न छवियों से हमें परिचित कराते हैं तो केवल नये ढंग के संसार को प्रस्तुत कर चमत्कृत करने के लिए नहीं, उनकी भाव यात्रा के लिए हमारे मानस का उन स्थलों के मानस से तादात्म्य कराने के लिए। "अरे यायावर रहेगा याद?" नामक उनकी पुस्तक में पूर्व से पश्चिम और उत्तर से दक्षिण की यात्राओं के आठ संस्मरणों में से तीन पूर्वोत्तर से सम्बन्धित हैं। इन संस्मरणों की विशेषता यह है कि ये सैर के शौकीनों के टूरिस्ट गाइड न होकर सृजनशील लेखकीय मानस के भावों, विचारों और कल्पना की सर्जनात्मक प्रतिक्रियाएँ हैं। फौज़ी 'कानवाई' के सहारे यात्रा के लिए निकला है अफसर, लेकिन कवि हृदय और परम्परासिक्त देशी चेतना को साथ लेकर। स्वयं लेखक के शब्दों में कहें तो "यात्रा जितनी बाहरी होती है उतनी ही भीतरी भी। यात्रा का विवरण जितना स्थूल भू-विस्तार से सम्बन्ध होता है उतना ही सूक्ष्म मानसिक भूगोल से भी" (भूमिका—"अरे यायावर रहेगा याद?")

पूर्वोत्तर की वनवासी जनजातियों के लोक-जीवन और वहाँ के मिथकीय तथा ऐतिहासिक परिदृश्य अज्ञेय की कहानियों और यात्रा संस्मरणों में समानान्तर चलते हैं। दक्षिण-पूर्व एशिया बर्मा-कंबोडिया से इन लोगों के उत्तर-पूर्व में आकर बसने और फैलने की सूचना भी यहाँ मिलती हैं। सुटिया, अहोम, कोच साम्राज्यों, शिलंग, मणिपुर, जयन्ती, त्रिपुरा, जोरहाट, डिब्रूगढ़, जलगाँव, गुवाहाटी, शिवसागर, सोनारी इलाकों, नगा और गारो पर्वत श्रेणियों के जंगलों, ब्रह्मपुत्र की उपनदियों, घाटों, पशु-पंछियों, जीव-जन्तुओं, मिथकों-प्रतीकों का ऐतिहासिक, सांस्कृतिक, साहित्यिक संसार आधुनिक जीवन से जुड़े बदलावों की मार और झनकार के साथ इन यात्रा संस्मरणों में मौजूद है।

इस तरह से यात्रा अतीत-वर्तमान इतिहास, भूगोल, समाजशास्त्र, राजनीति शास्त्र, प्रशासन, संस्कृति

और मिथक के बीच एक साथ चलती हैं तथा जातीय स्मृति और सामूहिक अवचेतन का हिस्सा बन जाती है। लेखक मानता है कि अपनी यात्राओं को वह बैठे-बैठे मिथक के सहारे बार-बार दोहरा सकता है। भूगोल और इतिहास को देश और काल को फिर-फिर नाप सकता है। इन संस्मरणों को पढ़ते हुए हम जब लेखक के साथ देश काल की दूरी को नापने लगते हैं तो अपने मौजूदा समय को भी साथ लेकर चलते हैं और आजादी से पहले अथवा आजादी के कुछ समय बाद लिखे गये यह विवरण हमारे लिए अतीत और वर्तमान के बीच एक तरह के सेतु का काम करते हैं। परम्परा और आधुनिकता के बीच एक नया रिश्ता कायम करते हैं। साथ ही ये हिन्दी लेखक की उत्तर औपनिवेशिक मानसिकता से भी हमें अवगत कराते हैं। जनता के प्रति ब्रिटिश अधिकारियों के रवैये के कई रूपों को प्रस्तुत करने के साथ-साथ यह देशी प्रतिक्रियाओं के विभिन्न पक्षों को भी उजागर करते हैं। भारतीय समाज और सोच की विविधता को प्रस्तुत करने के अलावा अज्ञेय का यह लेखन हमारे सांस्कृतिक भूगोल की निर्मिति में भी योगदान देता है। पूर्वोत्तर के इलाकों की संस्कृति के स्वरूप की झाँकी प्रस्तुत करने के साथ-साथ देशभर की संस्कृति से उसके सम्बन्ध की तलाश करता है। 'परम्परा का मूल्यांकन' नामक अपनी पुस्तक में डॉ. रामविलास शर्मा ने लिखा है कि किसी देश की संस्कृति के निर्माण में वहाँ के कवियों की शायद ही वैसी भूमिका रही है जैसी भारतीय संस्कृति के निर्माण में व्यास और वाल्मीकि की रही है। अज्ञेय का यह लेखन भारतीय रचनाकार की इसी परम्परा का विस्तार है।

अज्ञेय और पूर्वोत्तर के प्रश्न

'पूर्वोत्तर' शब्द हमारे समय का ऐसा टैक्स्ट है जिसका 'विखण्डन' और 'विनिर्मिति' पिछले साठ वर्षों से इस देश के लिए चुनौती, सवालिया निशान, समस्या और बहुत बड़ी जरूरत बनी हुई है। पूर्वोत्तर राज्यों को देश की मूलधारा में लाने के सरकारी, गैर सरकारी प्रयास अपर्याप्त ही नहीं लगभग असन्तोषजनक रहे हैं। वहाँ के लोगों का असन्तोष, आक्रोश और विरोध और उसे दूर करने के प्रयासों की लगातार असफलता वहाँ के जनमानस को शेष-भारत के जनमानस से जोड़ने की जरूरत सिद्ध करती है। इसके लिए साहित्यिक-सांस्कृतिक प्रयासों का सिलसिला भी जब-तब चलाया जाता है; फिर भी वहाँ के लोगों का शेष लोगों से अपनी जातीय भिन्नता का अहसास और उस भिन्नता को इधर के आम लोगों द्वारा न समझे जाने अथवा उन्हें विदेशी समझ लिए जाने की शिकायत बरकरार है।

अज्ञेय जन्मशती के अवसर पर उनके साहित्य का पाठ-पुनर्पाठ करते हुए हम पाते हैं कि अज्ञेय ने पूर्वोत्तर को हिन्दीभाषी समाज से जोड़ने का विशिष्ट कार्य किया है। विशिष्ट इस अर्थ में कि यह कार्य हिन्दी में सम्भवतया केवल उन्हीं के द्वारा किया गया है। सेना में कप्तान पद पर कार्य करते हुए उनकी तैनाती पूर्वोत्तर सीमा प्रान्त में हुई थी। द्वितीय विश्वयुद्ध में अंग्रेजी फौज की ओर से कार्य करते हुए उन्होंने असम, मेघालय, नागालैण्ड, मणिपुर आदि इलाकों को न केवल सैनिक, भौगोलिक और प्राकृतिक रूप से बल्कि सामाजिक-सांस्कृतिक गहनता और विशिष्टता से देखा था। अपने इन अनुभवों को उन्होंने अपनी कहानियों और यात्रा वृत्तान्तों के माध्यम से प्रस्तुत किया है। ये कहानियाँ और यात्रा संस्मरण सांस्कृतिक प्रक्रिया के रूप में साहित्य की भूमिका को अनेक पक्षों से उजागर करते हैं। एक ओर तो ये पूर्वोत्तर प्रदेशों की जनजातियों के जीवन और संस्कृति, इतिहास और भूगोल से सम्भवतया पहली बार हिन्दी पाठक को रू-ब-रू कराते हैं दूसरी ओर युद्ध के प्रश्न का विशेष रूप से युद्ध के समय में मनुष्यता के ह्रास और पशु से भी नीचे गिर जाने की स्थिति का साक्षात्कार कराते हुए मूलधारा के लोगों द्वारा पूर्वोत्तर की जनजातियों का अपने फायदे के लिए इस्तेमाल करने की प्रवृत्ति का दर्शन कराते हैं। इन कहानियों में इम्फाल, शिलंग, कोहिमा इलाकों में ब्रिटिश फौजों को जंगलों-पहाड़ों के दुर्गम रास्तों में पथ प्रदर्शक बने वनवासियों के चित्र हैं तो दूसरी ओर सैनिकों द्वारा इन इलाकों की स्त्रियों के शोषण, और इस प्रवृत्ति के प्रति सैनिक प्रशासन की ढील और नरम रवैए के—एक तरह से सैनिकों को अघोषित किन्तु खुली छूट के। कुल मिलाकर आज हमारे सामने पूर्वोत्तर के जो प्रश्न हैं, पूर्वोत्तर को हम से जो शिकायतें हैं, मणिपुर में लम्बे अरसे से धरने पर बैठी इरोम शर्मिला जैसी महिलाओं को सैनिकों की तैनाती और

मौजूदगी को लेकर जो आक्रोश है उनके बीज-बिन्दु अज्ञेय की इन कहानियों में बहुत सीधे, तीखे और वक्रतापूर्ण ढंग से मौजूद हैं। 'हीली-बोन की बत्तखें', 'मेजर चौधरी की वापसी', 'नगा पर्वत की एक घटना' कहानियाँ, और 'परशुराम से तूरखम', 'माझुली' जैसे यात्रा संस्मरण विश्व-युद्ध के परिप्रेक्ष्य में उठे बुनियादी प्रश्नों को ठेठ देशी भारतीय सरोकारों से जोड़ती हैं। युद्ध जिस भूमि पर लड़ा जाता है उसकी सभ्यता-संस्कृति और जीवन सम्बन्धों को, वहाँ के लोगों की मानसिकता को तहस-नहस कर ध्वस्त कर देता है। युद्ध-भूमि के आसपास की औरतें इस विनाश की सबसे अधिक शिकार होती हैं। जापान आज भी विश्व युद्ध के दौरान जापानी सेना द्वारा इस्तेमाल की गयी 'कम्फर्ट वूमेन' (comfort women) को लेकर निन्दा का पात्र है। द्वितीय विश्व युद्ध काल में जापानी सैनिकों द्वारा बड़ी तादाद में फिलिपीनी और कोरियाई औरतों, लड़कियों का कम्फर्ट वूमेन के रूप में इस्तेमाल किया गया था। उनमें से जीवित बची औरतें अपने मानहानि और शोषण की क्षतिपूर्ति के दावे मानवाधिकार के रूप में अब तक करती रही हैं। उनके पक्ष को विश्व स्तर पर उठाया जाता है—साहित्य में भी और महिला मंचों पर भी।

अज्ञेय द्वारा 1947 में लिखी गयी 'हीली-बोन् की बत्तखें' और 'मेजर चौधरी की वापसी' कहानियाँ इस मुद्दे को अनुभूति के स्तर पर बहुत ही तीखे व्यंग्यात्मक स्वर में उठाती हैं। पहली कहानी जनजातीय स्त्री की टीस और अपमान के बोध को व्यंग्य के रूप में उभारती है। उदाहरण के लिए—

"अशान्ति के इन तीन-चार वर्षों में हीली ने कितने ही अपरिचित चेहरे दीखे थे, अनोखे रूप; उल्लसित, उच्छ्वसित, लोलुप, गर्वित, याचक, पाप-संकुचित, दर्प-स्फीत मुद्राएँ और वह जानती थी कि इन चेहरों और मुद्राओं के साथ उसके गाँव की कई स्त्रियों के सुख-दुख, तृप्ति और अशान्ति, वासना और वेदना, आकांक्षा और संताप उलझ गये थे, यहाँ तक कि वहाँ के वातावरण में एक पराया दूषित तनाव आ गया था।... हीली ने व्यंग्यपूर्वक हँसकर कहा, "इस घर में न सही, पर खसिया घरों में अक्सर पलटनिया अफसर आते हैं—यह नहीं हो सकता कि आपको बिल्कुल न मालूम हो।"

"कैप्टन दयाल खिसिया से गये। फिर धीरे-धीरे बोले, नीचे "वालों ने हमेशा पहाड़ वालों के साथ अन्याय किया है। समझ लीजिए कि पातालवासी शैतान देवताओं से बदला लेना चाहते हैं।"

"हम लोग मानते हैं कि पृथ्वी और आकाश पहले एक थे—पर दोनों को जोड़ने वाली धमनी इनसान ने काट दी। तब से दोनों अलग हैं और पृथ्वी का घाव नहीं भरता।" (हीली-बोन् की बत्तखें)

दूसरी कहानी 'मेजर चौधरी की वापसी' सीमा क्षेत्र के इलाकों में सैनिकों द्वारा इस तरह औरतों के शोषण एवं अपमान के तथ्य को सैन्य पक्ष की ओर से प्रस्तुत करती है—रंगरूटों के पक्ष से भी और उन्हें सजा देने में सक्षम कप्तान और मेजर हैसियत के अधिकारियों के पक्ष से भी। उदाहरण के लिए जोरहाट से मरियानी स्टेशन जाते समय का कप्तान प्रधान का यह विवरण—

"...और गोरा नीचे उतरते ही जमीन पर ढेर हो गया।"

"जरूर पिए होगा।"

"हाँ एकदम धुत्त!"...बोला, "सर, मैं लिफ्ट चाहता हूँ"...हम लोग जीप में जा घुसे...बोला "मुझे यहीं कहीं उतार दीजिए—जहाँ कोई नेटिव गाँव पास में हो" "मैंने डपटकर कहा, "क्यों, क्या मंशा है तुम्हारी? तब उसका स्वर अचानक रहस्य भरा हो आया, और बोला, "सच बताऊँ सर, मुझे औरत चाहिए!" मैंने कहा, "यहाँ कहाँ है औरत?" तो बोला, "सर, मैं ढूँढ लूँगा, आप कहीं गाँव-वाँव के पास उतार दीजिए।"

"मेरे जी में आया कि दो थप्पड़ लगाऊँ। पर सच कहूँ तो उसके 'मुझे औरत चाहिए' के निर्व्याज कथन ने ही मुझे निरस्त कर दिया—मुझे भी लगा कि इस जन्तुत्व के स्तर पर मानव ताड़नीय नहीं, दयनीय है। मैंने तीन-चार मील आगे सड़क पर उसे उतार दिया जहाँ आस-पास गाँव का नाम निशान न हो और लौट जाना भी ज़रा मेहनत का काम हो।"

इसी तरह शिलंग में सैनिक पुलिस के प्रवोस्ट मार्शल के दफ्तर में कार्य करते हुए घटी एक घटना सुनाते हैं मेजर चौधरी। यह घटना बर्मा से कुछ समय के लिए आयी गोरी पलटनों से जुड़ी है—

"एक रात मैं जीप लिये गश्त लगा रहा था...झुरमुटों के किनारे खोजते हुए मैंने देखा एक गोरा फौजी छिपना चाह रहा है। छिपना चाहता है तो अवश्य अपराधी है यह सोचकर मैंने उसे जरा धमकाया और नाम, नम्बर, पलटन आदि का पता लिख लिया। वह बिना पास के रात को बाहर तो था ही, पूछने पर उसने बताया कि वह एक मील और नीचे नाङथिम माई की बस्ती की ओर जा रहा था। इससे आगे का प्रश्न मैंने नहीं पूछा—उन प्रश्नों का उत्तर तुम जानते ही हो और फिर पूछकर कड़ा दण्ड देना पड़ता है जो कि अधिकारी नहीं चाहते—जब तक कि खुल्लमखुल्ला कोई बड़ा स्कैंडल न हो।"

"हूँ। मैंने सुना है यथासम्भव अनदेखी की जाती है ऐसी बातों की। बल्कि कोई वेश्यालय में पकड़ा जाये और उसकी पेशी हो तो असली अपराध के लिए नहीं होती, वरदी ठीक न पहनने या अफसर की अवज्ञा या ऐसे ही किसी जुल्म के लिए होती है।"

"ठीक सुना है तुम ने। असली अपराध के लिए ही हुआ करे तो अव्वल तो इतने चालान हों कि सेना बदनाम हो जाये; इससे इसका असर फौजियों पर उल्टा पड़े—उनका दिमाग हर वक्त उधर ही गया करे।" (मेजर चौधरी की वापसी)

शक्ति और सत्ता के झूठ की अमानवीय ढंग से रक्षा के अच्छा उदाहरण हैं ये उद्धरण। उपर्युक्त अथवा ऐसे अन्य कथन सैनिकों द्वारा स्थानीय लोगों के पशुवत दुरुपयोग की सत्ता द्वारा अनदेखी के वैसे ही उदाहरण हैं जैसे जापानी सैन्य शासन द्वारा अपने सैनिकों के दुराचरण की अनदेखी के। किन्तु औपनिवेशिक मानसिकता के चलते हमारे समाज में पूर्वोत्तर प्रान्त की जनजातियों के साथ इस दुर्व्यवहार के जिक्र की भी गुंजाइश शायद ही कभी रही हो। अज्ञेय जैसे रचनाकार ने स्वयं सैन्य जीवन का अंग रहते हुए निकट से देखे हुए अपने अनुभवों में भले ही उनका जिक्र कर दिया हो व्यापक भारतीय समाज में इस तरह की जागरूकता आनी अभी शेष है। आज उनका पाठ उत्तर औपनिवेशिक परिप्रेक्ष्य में करने की जरूरत है।

हमें गम्भीरतापूर्वक ध्यान देना होगा कि नागालैण्ड, मिजोरम, मणिपुर के युवा आक्रोश और स्त्री प्रतिरोध संगठन या नगा या खासी या बोडो या मिज़ो जनजातियों के आक्रोश में आज़ाद भारत की सेना द्वारा इन इलाकों में किये गये जुल्मों की भी पूरी-पूरी जिम्मेदारी है। 1950 में लिखी गयी कहानी 'नगा पर्वत की एक घटना' में कोहिमा के इलाके में जापानी फौजों से मुकाबले का प्रसंग है। इस मोर्चे पर तैनात ब्रिटिश पलटन में भारतीय अधिकारियों को जासूसी के लिए ड्यूटी लगाया गया था। वे लोग 'नगा स्काउटों की टोलियों' की सहायता से यह कार्य करते थे। कंदमूल, फल और बूटियाँ खाने वाली अंगामी नगा जातियों की जंगल-पर्वत विषयक जानकारी और वीरतापूर्ण रणकुशलता का सेना की इंटेलिजेंस में और मोर्चों पर भरपूर उपयोग किया जाता था। इस कहानी में जहाँ "नगा बाँकों को साथ लिये अमरीकी कर्नल" का जिक्र है तो वहीं उनकी सामरिक क्षमताओं और सूझबूझ का भी—

"कहीं हमारी खाइयाँ, कहीं दुश्मनों की; हमें तो कुछ पता न चलता पर वे अंगामी जवान तो जैसे हवा सूँघकर दुश्मन को पहचानते थे, उन्हीं के भरोसे हम बढ़ते थे।"

"जापानी या तो पीछे हटेगा या बीच में फँस जायेगा, और अंगामी फिर किसी को छोड़ने का नहीं—एक तो यों ही वे परदेशी को धँसने नहीं देते, फिर जिसने उनके घर जलाये हों, खलिहान लूटे हों, औरतों को बेइज्जत किया हो उनको तो वे भूनकर खा जायेंगे।"

जैसे उदाहरण औपनिवेशिक शासन द्वारा अपने फायदे के लिए इन देशी लोगों के इस्तेमाल की स्थितियों पर प्रकाश डालते हैं। साथ ही स्वातन्त्र्योत्तर भारत में उनकी विद्रोहपूर्ण मानसिकता को समझने-सुलझाने के प्रयासों में भी सहायक हो सकते हैं।

पिछली सदी में पूर्वोत्तर का इतिहास शेष भारत से इस दृष्टि से अलग रहा है कि यह सीमा प्रान्त द्वितीय विश्व युद्ध के मोर्चों को झेलने वाला इलाका रहा है। आजाद हिन्द फौज के जापानियों के साथ बर्मा की ओर से इंफाल में प्रवेश के प्रयास का ब्रिटिश सेना द्वारा मुकाबला झेलने के कारण 1943-44 में इंफाल बमबारी और ध्वंस का शिकार रहा। युद्ध की उस पृष्ठभूमि ने पूर्वोत्तर की मानसिकता को खास ढंग से और कई तरह से प्रभावित किया था। शेष भारत को इस पृष्ठभूमि का अहसास कराने में सहायक बनती हैं अज्ञेय की कहानियाँ और यात्रा संस्मण।

पूर्वोत्तर भूमि के वासियों को समझने में सहायक बनने के साथ ही ये कहानियाँ सैन्य सेवा में काम करते लोगों की शारीरिक-मानसिक-मनोवैज्ञानिक स्थितियों-परिस्थितियों की भी भोगी हुई अनुभूति की तस्वीर प्रस्तुत करती है और युद्ध को लेकर सवालिया निशान उठाती है—

"क्या आदमी को ड्रिल करा-करा कर ऐसा यन्त्र बना देना, कि उसकी मॉरल जजमेंट बिल्कुल बेहोश हो जाये, बड़ा पाप नहीं? यही तो फौजी जीवन करता है?" (नगा पर्वत की एक घटना)

"और अनुशासन से डर को दबाने के कारण ही फौज में इतने मेंटल केस होते हैं" (वही)।

"युद्ध में इनसान का गुण-दोष सब चरम रूप लेकर प्रकट होता है। मुश्किल यही है कि गुण प्रकट होते हैं, तो मृत्यु के मुख में ले जाते हैं, दोष सुरक्षित लौटा लाते हैं। युद्ध के खिलाफ यह कम बड़ी दलील नहीं है—प्रत्येक युद्ध के बाद इनसान चारित्रिक दृष्टि से और गरीब होकर लौटता है।" (मेजर चौधरी की वापसी)

और इन सबके साथ जुड़ी है फौजी जीवन की वैयक्तिक त्रासदी की अनकही पीड़ा—मेजर चौधरी की अव्यक्त वेदना—

"पर जो एक बार घर से जाता है, वह लौटकर भी घर लौटता ही है इसका क्या ठिकाना? xxx लेकिन जो लौटने की बात सोचते हैं—और प्रायः सभी सोचते हैं—वे मेरी तरह लौटने की बात नहीं सोचते xxx पर चोटें ऐसी भी होती हैं—जिनका इलाज—नहीं होता...। xxx हमारी कोई सन्तान नहीं है। और जब—जिससे आगे कुछ नहीं है वह सख्य भी कैसे हो सकता है? उसे—एक सन्तान का ही सहारा होता...कुछ नहीं? प्रधान, यह 'कम्पैशन लीव' अच्छा मजाक है—कम्पैशन भगवान को छोड़कर और कौन दे सकता है और मृत्यु के अलावा कहाँ होता है? अब इति से आरम्भ है! घर!" कुछ रुककर 'वापसी! घर' (मेजर चौधरी की वापसी)

युद्ध की विभीषिका को वैयक्तिक और सामूहिक धरातल पर झेलते मनुष्य की प्रस्तुत करतीं ये कहानियाँ हमें उस नये और आधुनिक भावबोध से जोड़ती हैं जिसमें शौर्य और पराक्रम की सम्पूर्ण

परिकल्पना ही एक तरह की भ्रान्ति प्रतीत होती है। युद्ध पर ये उसी ढंग से प्रश्नचिह्न लगाती हैं जैसे धर्मवीर भारती का 'अन्धायुग' अथवा दिनकर का 'कुरुक्षेत्र।'

वनवासियों के अधिकारों के हनन, उनका अपनी जरूरतों और सुविधाओं के लिए मुख्यधारा के लोगों और सत्ता पक्ष द्वारा इस्तेमाल के प्रश्न को अज्ञेय के पूर्वोत्तर सीमा प्रान्त के यात्रा संस्मरण कई तरह से उठाते हैं–

1. "सभ्य मुमुक्षुओं के पाप का बोझा इस प्रतीक के द्वारा ढोने का अधिकार सदा से असभ्य उपत्यका-वासी मिश्मिमों का रहा है। विकसित नागरिक सभ्यता के पापों का बोझ अविकसित वन्य जातियों द्वारा ढोया जाता है। इस सत्य का यह रीति कितना-अर्थपूर्ण प्रतीक है (परशुराम से तूरखम)
2. "वनवासी वीर नगा जातियों से अहोम राजाओं की कभी नहीं बनी–वे अपने पर्वतों के नंगे राजा थे, ये अपनी समतल भूमि के कौशेय पहनकर भी अधनंगे रहने वाले महाराजा..."(जय दोल)"
3. जैसे फिरंगी पोलिटिकल एजेंटों के दफ्तरों से वनवासी ताड़ित कर दिये जाते होंगे।" (परशुराम से तूरखम)

पूर्वोत्तर ही नहीं आज हमारे देश के अनेक भागों में जनजातियों और आदिवासियों तथा मूलधारा के लोगों के बीच अनेक स्तरों पर उपेक्षा, टकराव अथवा सार्थक संवाद के अभाव की स्थिति बनी हुई है, उनके असन्तोष के ज्वलंत प्रश्न हमारे सामने हैं। आज विकास की हमारी जो परिभाषा है उसकी दृष्टि से भी ये कहानियाँ और संस्मरण हमें सोचने की दिशा देते हैं। ध्यान देने की बात है कि अज्ञेय एक विकसित अथवा उन्नत समाज के सदस्य के रूप में वनवासियों/आदिवासियों को उन्नत बनाने का दावा करने की हैसियत से नहीं वरन् संवेदनशील सह अनुभूतिपूर्ण रचनाकार के रूप में उनके बीच मौजूद होते हैं, उनके विषय में जानने को इच्छुक होकर। वे उन्हें, 'अन्य' के रूप में देखने की बजाय 'स्व' के अंग के रूप में देखने-दिखाने का प्रयास करते हैं। उनकी संवेदना का यह विस्तार हम से अपेक्षा करता है कि हम भी उसमें सहभागी हों। उनकी ये रचनाएँ पूवोत्तर ने जीवन की अनेक बारीकियों से यह हिन्दी पाठक को परिचित कराते हैं, उदाहरण के लिए–

"वन्य जातियाँ सभी मिठून को पूज्य मानती हैं, कुछ जातियाँ अपने को मिठून-कुलोत्पन्न बताती हैं और मिठून को अपना पूर्वज मानकर पूजती हैं। कहीं-कहीं मादा मिठून पालते भी हैं" (परशुराम से तूरखम)

जैसे विवरण अथवा स्त्री-प्रधान खसिया समाज में कनिष्ठ पुत्री का उत्तराधिकार, प्रकृति की उपासना प्रतीकों, मिथकों, खसिया या असमिया घरों की बनावट स्वच्छता, आतिथ्य, ब्रह्मपुत्र नदी के द्वीपों में बाढ़, वहाँ की वैष्णव सन्त परम्परा के सत्र (केन्द्र) आदि की चर्चा।

अज्ञेय की रचनाओं में पूर्वोत्तर जनजातीय समाज और संवेदना की यह निकटता हमें मिथकों और प्रकृति से मनुष्य के रिश्तों की गहनता के साथ-साथ भारतीय बहुलता और बहुवचनात्मकता से परिचित कराती है। पूर्वोत्तर की विविधता और जातीय अस्मिता की सहज और मार्मिक तस्वीर हमारे सामने प्रस्तुत करती है। ब्रह्मपुत्र नदी, उसके कुण्ड और द्वीप, उसका जलप्लावन प्राकृतिक और भौगोलिक दृष्टि से ही विशिष्ट नहीं है, सांस्कृतिक-सामाजिक और राजनीतिक सन्दर्भों में भी उनका विशिष्ट स्थान है। आजकल भाषा, साहित्य अथवा इतिहास के अध्ययनों में संस्कृति को विशेष महत्त्व दिया जाता है। नव इतिहासवाद अथवा सांस्कृतिक भौतिकवाद का तो उद्देश्य ही साहित्य एवं इतिहास और साहित्य एवं संस्कृति के

जटिल, गहरे और अन्तर्निहित सम्बन्धों का पता लगाना है। ग्रीन ब्लैट, रेमन्ड विलियम्स जैसे विद्वानों का मानना है कि साहित्यिक पाठ न केवल अपने युग के तौर-तरीकों तथा आस्थाओं को व्यक्त करते हैं, वरन् उन तौर-तरीकों और आस्थाओं को प्रभावित भी करते हैं। इस दृष्टि से भी पूर्वोत्तर को समझने-समझाने में अज्ञेय का लेखन हमारा सहायक हो सकता है। हम अपने साहित्य में उनकी इन छवियों के माध्यम से उनके जीवन साहित्य से जुड़ने के विषय में सोच सकते हैं—जुड़ सकते हैं। आज अज्ञेय का यह लेखन इसलिए भी विशेष महत्त्वपूर्ण है कि यह स्थानीय अस्मिता को जानने के लिए एक प्रामाणिक सांस्कृतिक दस्तावेज़ है जिसका साहित्यिक ही नहीं समाजशास्त्रीय, ऐतिहासिक और राजनीतिक पाठ-पुनर्पाठ अपेक्षित है।

परिशिष्ट-1

जय-दोल

लेफ़्टिनेंट सागर ने अपना कीचड़ से सना चमड़े का दस्ताना उतारकर, ट्रक के दरवाज़े पर पटकते हुए कहा, "गुरूंग, तुम गाड़ी के साथ ठहरो, हम कुछ बन्दोबस्त करेगा।"

गुरूंग सड़ाक् से जुतों की एड़ियाँ चटकाकर बोला, "ठीक ए सा' ब!"

साँझ हो रही थी। तीन दिन मूसलाधार बारिश के कारण नवगाँव में रुके रहने के बाद, दोपहर को थोड़ी देर के लिए आकाश खुला तो लेफ़्टिनेंट सागर ने और देर करना ठीक न समझा। ठीक क्या न समझा, आगे जाने के लिए वह इतना उतावला हो रहा था कि उसने लोगों की चेतावनी को अनावश्यक सावधानी माना, और यह सोचकर कि वह कम से कम शिवसागर तो जा ही रहेगा रात तक, वह चल पड़ा था। जोरहाट पहुँचने तक शाम हो गयी थी, पर उसे शिवसागर के मन्दिर देखने का इतना चाव था कि वह रुका नहीं, जल्दी से चाय पीकर आगे चल पड़ा। रात जोरहाट में रहे तो सवेरे चलकर सीधे डिबरूगढ़ जाना होगा, रात शिवसागर में रहकर सवेरे वह मन्दिर और ताल को देख सकेगा। शिवसागर, रुद्रसागर, जय सागर—कैसे सुन्दर नाम हैं। सागर कहलाते हैं तो बड़े-बड़े ताल होंगे—और प्रत्येक के किनारे पर बना मन्दिर कितना सुन्दर दीखता होगा...असमिया लोग हैं भी बड़े साफ़-सुथरे, उनके गाँव इतने स्वच्छ होते हैं तो मन्दिरों का क्या कहना...शिव-दोल, रुद्र-दोल कहना कैसी सुन्दर कवि-कल्पना है। सचमुच जब ताल के जल में, मन्द-मन्द हवा से सिहरती चाँदनी में, मन्दिर की कुहासे-सी परछाईं दोलती होगी, तब मन्दिर सचमुच सुन्दर हिंडोले-सा दीखता होगा...इसी उत्साह को लिये-लिये वह बढ़ता जा रहा था—तीस-पैंतीस मील का क्या है—घण्टे-भर की बात है...

लेकिन सात-एक मील बाकी थे कि गाड़ी कच्ची सड़क के कीचड़ में फँस गयी। पहले तो स्टीयरिंग ऐसा मक्खन-सा नरम चला, मानो गाड़ी नहीं नाव की पतवार हो, और नाव बड़े-से भँवर में हचकोले खाती झूम रही हो, फिर लेफ़्टिनेंट के सँभालते-सँभालते गाड़ी धीमी होकर रुक गयी, यद्यपि पहियों के घूमते रहकर कीचड़ उछालने की आवाज़ आती रही...

इसके लिए साधारणतः तैयार होकर ही ट्रक चलते थे। परन्तु बेलचा निकाला गया, कीचड़ साफ़ करने की कोशिश हुई लेकिन कीचड़ गहरा और पतला था, बेलचे का नहीं, पम्प का काम था! फिर टायरों को लोहे की जंजीरें चढ़ायी गयीं। पहिये घूमने पर कहीं पकड़ने को कुछ मिले तो गाड़ी आगे ठिले—मगर चलने की कोशिश पर लीक गहरी कटती गयी और ट्रक धँसता गया, यहाँ तक कि नीचे का गीयर-बक्स

भी कीचड़ में डूबने को हो गया...मानों इतना काफ़ी न हो; तभी इंजन ने दो-चार बार फट्-फट्-फटर का शब्द किया और चुप हो गया—फिर स्टार्ट ही न हुआ...

अँधेरे में गुरूंग का मुँह नहीं दीखता था और लेफ़्टिनेंट ने मन-ही-मन सन्तोष किया कि गुरूंग को उसका मुँह नहीं दीखता होगा...गुरूंग गोरखा था और फ़ौजी गोरखों की भाषा कम-से-कम भावना की दृष्टि से गूँगी होती है मगर आँखें या चेहरे की झुर्रियाँ सब समय गूँगी नहीं होतीं—और इस समय अगर उनमें लेफ़्टिनेंट सा'ब की भावुक उतावली पर विनोद का आभास भी दीख गया, तो दोनों में मूक वैमनस्य की एक दीवार खड़ी हो जायेगी...

तभी सागर ने दस्ताने फेंककर कहा, "हम कुछ बन्दोबस्त करेगा," और पिच्च-पिच्च कीचड़ में जमा-जमाकर बूट रखता हुआ आगे चढ़ चला।

कहने को तो उसने कह दिया, पर वह बन्दोबस्त करेगा क्या रात में? बादल फिर घिरने लगे; शिवसागर सात मील है तो दूसरे सागर भी तीन-चार मील तो होंगे और क्या जाने कोई बस्ती भी होगी कि नहीं; और जयसागर तो बड़े बीहड़ मैदान के बीच में है... उसने पढ़ा था कि उस मैदान के बीच में ही रानी जयमती को यन्त्रणा दी गयी थी कि वह अपने पति का पता बता दे। पाँच लाख आदमी उसे देखने इकट्ठे हुए थे, और कई दिनों तक रानी को सारी जनता के सामने सताया और अपमानित किया गया था।

एक बात हो सकती है कि पैदल ही शिवसागर चला जाय, पर उस कीचड़ में पिच्च-पिच्च सात मील! उसी में भोर हो जायेगा, फिर तुरन्त गाड़ी के लिए वापस जाना पड़ेगा...फिर नहीं, वह बेकार है। दूसरी सूरत...रात गाड़ी में ही सोया जा सकता है। पर गुरूंग? वह भूखा ही होगा...कच्ची रसद तो होगी, पर बनायेगा कैसे? सागर ने तो गहरा नाश्ता किया था, उसके पास बिस्कुट वगैरह भी है...पर अफ़सरी का बड़ा क़ायदा है कि अपने मातहत को कम-से-कम खाना तो ठीक खिलाये...शायद आस-पास कोई गाँव हो—

कीचड़ में कुछ पता न लगता था कि सड़क कितनी है और अगल-बगल का मैदान कितना। पहले तो दो-चार पेड़ ही किनारे-किनारे थे, पर अब वह भी नहीं। दोनों ओर सपाट-सूना मैदान था, और दूर के पेड़ भी ऐसे धुँधले हो गये थे कि भ्रम हो, कहीं चश्मे पर नमी की ही करामात तो नहीं है...अब रास्ता जानने का एक ही तरीका था, जहाँ कीचड़ कम गहरा हो वही सड़क; इधर-उधर हटते ही पिंडलियाँ तक पानी में डूब जाती थीं और तब वह फिर धीरे-धीरे पैर से टटोलकर मध्य में आ जाता था...

यह क्या है? हाँ पुल-सा है—यह रेलिंग है। मगर दो पुल हैं समकोण बनाते हुए...क्या दो रास्ते हैं? कौन-सा पकड़ें?

एक कुछ ऊँची ज़मीन की ओर जाता जान पड़ता था। ऊँचे पर कीचड़ कम होगा, इस बात का ही आकर्षण काफ़ी था; फिर ऊँचाई पर से शायद कुछ दीख भी जाये। सागर उधर ही चल पड़ा। पुल के पार ही सड़क एक ऊँची उठी हुई पटरी-सी बन गयी, तनिक आगे इसमें कई मोड़-से आये, फिर जैसे धान-खेत में कहीं-कहीं कई-एक छोटे-छोटे खेत एक साथ पड़ने पर उनकी मेड़ मानो एक साथ कई ओर जाती जान पड़ती है, इसी तरह वह पटरी भी कई ओर को जाती-सी जान पड़ी। सागर मानो एक बिन्दु पर खड़ा है, जहाँ से कई रास्ते हैं, प्रत्येक के दोनों ओर जल...मानो अथाह समुद्र में पटरियाँ बिछा दी गयी हों...

सागर ने एक बार चारों ओर नजर दौड़ायी। शून्य! उसने फिर आँखों की कोरें कसकर झाँककर देखा,

बादलों की रेखा में एक कुछ अधिक घनी-सी रेखा उसे दीखी...बादल ऐसा समकोण नहीं हो सकता। नहीं, यह इमारत है...सागर उसी ओर को बढ़ने लगा। रोशनी नहीं दीखती, पर शायद भीतर कोई हो...

पर ज्यों-ज्यों वह निकट जाता गया, उसकी आशा धुँधली पड़ती गयी। यह असमिया घर नहीं हो सकता—इतने बड़े घर अब कहाँ हैं फिर यहाँ, जहाँ बाँस और फूस के बासे ही हो सकते हैं, ईंट के घर नहीं—अरे यह तो कोई बड़ी इमारत है—क्या हो सकती है?

मानो उसके प्रश्न के उत्तर में ही सहसा आकाश में बादल कुछ फीका पड़ा और सहसा धुँधला-सा चाँद भी झलक गया। उसके अधूरे प्रकाश में सागर ने देखा—एक बड़ी-सी, ऊपर से चपटी-सी इमारत—यानी दुमूंज़िली बारादरी...बरामदे से, जिसमें कई एक बार महराबें; एक के बीच से मानो आकाश झाँक दिया...

सागर ठिठककर क्षण-भर उसे देखता रहा। सहसा उसके भीतर कुछ जागा, जिसने इमारत को पहचान लिया—यह तो अहोम राजाओं का क्रीड़ा-भवन है—क्या नाम है?—रंग-महल, नहीं हवा-महल—नहीं, ठीक याद नहीं आता, पर यह उस बड़े पठार के किनारे पर है जिसमें जयमती...

एकाएक हवा सनसना उठी। आस-पास के पानी में जहाँ-तहाँ नरसल के झोंप थे, झुककर फुसफुसा उठे, जैसे राजा के आने पर भृत्यों-सेवकों में एक सिहरन दौड़ जाये...एकाएक यह लक्ष्य करके कि चाँद फिर छिपा जा रहा है, सागर ने घूमकर चीन्ह लेना चाहा कि ट्रक किधर कितनी दूर है, पर वह अभी यह भी तय नहीं कर सकता था कि कहाँ क्षितिज है जिसके नीचे पठार है और ऊपर आकाश या मेघाली कि चाँद छिप गया, और अगर उसने खूब अच्छी तरह पहचान न रखा होता, तो रंगमहल या हवामहल भी खो जाता...

महल में छत होगी। वहाँ सूखा होगा। वहाँ आग भी जल सकती है। शायद बिस्तर लाकर सोया भी जा सकता है। ट्रक से तो यही अच्छा रहेगा—गाड़ी को तो कोई खतरा नहीं...

सागर जल्दी-जल्दी आगे बढ़ने लगा।

रंग महल बहुत बड़ा हो गया था। उसकी कुरसी ही उतनी ऊँची थी कि असमिया घर उसकी ओट में छिप जाये। पक्के फ़र्श पर पैर पड़ते ही सागर ने अनुमान किया, तीस-पैंतीस सीढ़ियाँ होंगी...सीढ़ियाँ चढ़कर वह असली ड्योढ़ी तक पहुँचेगा।

ऊपर चढ़ते-चढ़ते हवा चीख उठी। कई मेहराबों से मानो उसने गुर्राकर कहा, "कौन हो तुम, इतनी रात गये मेरा एकान्त भंग करने वाले?" विरोध के फूत्कार का यह थपेड़ा इतना सच्चा था कि सागर मानो फुसफुसा ही उठा, "मैं...सागर, आसरा ढूँढता हूँ—रैनबसेरा—"

पोपले मुँह का बूढ़ा जैसे खिखियाकर हँसे, वैसे ही हवा हँस उठी। "ही-ही-ही-ही-खी-खी-खी। यह हवा महल—अहोम राजा का लीलागार—अहोम राजा का—व्यसनी, विलासी, छहों इन्द्रियों से जीवन की लिसड़ी बोटी से छहों रसों को चूसकर उसे झंझोड़कर फेंक देने वाले नृशंस लीलापिशाचों का—यहाँ आसरा—यहाँ बसेरा—ही-ही-ही-खी-खी-खी :।"

सीढ़ियों की चोटी-से मेहराबों के तले खड़े सागर ने नीचे और बाहर की ओर देखा। शून्य, महाशून्य; बादलों से, बादलों में बसी नमी और ज्वाला से प्लवन, वज्र और बिजली से भरा हुआ शून्य। क्या उसी की गुर्राहट हवा में है, या कि नीचे फैले नंगे पठार की, जिसके चूतड़ों पर दिन-भर सड़-सड़ पानी के कोड़ों की बौछार पड़ती रही है? उसी पठार का आक्रोश, सिसकन, रिरियाहट?

इसी जगह, इसी मेहराब के नीचे खड़े कभी अधनंगे अहोम राजा ने अपने गठीले शरीर को दर्प से

अकड़ाकर, सितार की खूँटी की तरह उमेठकर, बायें हाथ के अँगूठे को कमरबन्द में अटाकाकर, सीढ़ियों पर खड़े क्षत-शरीर राजकुमारों को देखा होगा, जैसे कोई साँड़ खसिया बैलों के झुण्ड को देखे, फिर दाहिने हाथ की तर्जनी को उठाकर दाहिने भ्रू को तनिक-सा कुंचित करके संकेत से आदेश किया होगा कि यन्त्रणा को और कड़ी होने दो।

लेफ़्टिनेंट सागर की टाँगें मानो शिथिल हो गयीं। वह सीढ़ी पर बैठ गया, पैर उसने नीचे को लटका दिये, पीठ मेहराब के निचले हिस्से से टेक दी। उसका शरीर थक गया था दिन-भर स्टीयरिंग पर बैठे-बैठे, और पौने दो सौ मील तक कीचड़ की सड़क में बनी लीकों पर आँखें जमाये रहने से आँखें भी ऐसे चुन-चुना रही थीं मानो उनमें बहुत बारीक पिसी हुई रेत डाल दी गयी हो—आँखें बन्द भी वह करना चाहे और बन्द करने में क्लेश भी हो—वह आँख खुली रखकर ही किसी तरह पीठ को समेट ले, या बन्द करके देखता रह सके तो...

अहोम राजा चूलिक-फा...राजा में ईश्वर का अंश होता है, ऐसे अन्धविश्वास पालने वाली अहोम जाति के लिए यह मानना स्वाभाविक ही था कि राजकुल का अक्षत शरीर व्यक्ति ही राजा हो सकता है, जिसके शरीर में कोई क्षत है, उसमें देवत्व का अंश कैसे रह सकता है? देवत्व—और क्षुण्ण? नहीं ईश्वरत्व अक्षुण्ण ही होता है, और राज-शरीर अक्षत...

अहोम-परम्परा के अनुसार कुल-घात के सेतु से पार होकर चूलिक-फा भी राजसिंहासन पर पहुँचा। लेकिन वह सेतु सदा के लिए खुला रहे इसके लिए उसने एक अत्यन्त नृशंस उपाय सोचा। अक्षत-शरीर राजकुमार ही राजा हो सकते हैं, अतः सारे अक्षत-शरीर राजकुमार उसके प्रतिस्पर्धी और सम्भाव्य घातक हो सकते हैं। उनके निराकरण का उपाय यह है कि सबका एक-एक कान या छिगुनी कटवा ली जाये—हत्या भी न करनी पड़े, मार्ग के रोड़े भी हट जायें। लाठी न टूटे, साँप भी मरे नहीं, पर उसके विषदन्त उखड़ जायें। क्षत-शरीर, कनकटे या छिगुनी-कटे राजकुमार राजा हो ही नहीं सकेंगे, तब उन्हें राज-घात का लोभ भी न सतायेगा!

चूलिक-फा ने सेनापति को बुलाकर गुप्त आज्ञा दी कि रात में चुपचाप राजकुल के प्रत्येक व्यक्ति के कान (या छिगुनी) काटकर प्रातःकाल दरबार में राज-चरणों में अर्पित किये जायें।

और प्रातःकाल वहीं, रंग महल की सीढ़ियों पर उसके चरणों में यह बीभत्स उपहार चढ़ाया गया होगा—और उसने उसी दर्प-भरी, अवज्ञा में, होठों की तार-सी तनी पतली रेखा को तनिक मींड़-सी देकर, शब्द किया होगा, 'हू' और रक्त-सने थाल को पैर से तनिक-सा ठुकरा दिया होगा!

चूलिक-फा—निष्कंटक राजा। लेकिन नहीं, यह तीर-सा कैसा साल गया? एक राजकुमार भाग गया—अक्षत!

लेफ़्टिनेंट सागर मानो चूलिक-फा के चीत्कार को स्पष्ट सुन सका! अक्षत! भाग गया?

वहाँ सामने लेफ़्टिनेंट ने फिर आँखों को कसकर बादलों की दरार को भेदने की कोशिश की—वहाँ सामने कहीं नगा पर्वत-श्रेणी है। वनवासी वीर नगा जातियों से अहोम राजाओं की कभी नहीं बनी—वे अपने पर्वतों के नंगे राजा थे, ये अपनी समतल भूमि के कौशेय पहनकर भी अधनंगे रहने वाले महाराजा, पीढ़ियों के युद्ध के बाद दोनों ने अपनी-अपनी सीमाएँ बाँध ली थीं और कोई किसी से छेड़-छाड़ नहीं करता था—केवल सीमा प्रदेश पर पड़ने वाली नमक की झीलों के लिए युद्ध होता था, क्योंकि नमक दोनों को चाहिए था। पर अहोम राजद्रोही नगा जातियों के सरदार के पास आश्रय पाये—असह्य है! असह्य।

हवा ने साँय-साँय करके दाद दी...असह्य। मानो चूलिक-फा के विवश क्रोध की लम्बी साँस सागर

की देह को छू गयी—यहीं खड़े होकर उसने वह साँस खीची होगी—उस मेहराब ही की ईंट-ईंट में तो उसके सुलगते वायु-कण बसे होंगे?

लेकिन जायेगा कहाँ! उसकी वधू तो है? वह जानेगी उसका पति कहाँ है, उसे जानना होगा! जयमती अहोम राज्य की अद्वितीय सुन्दरी—जनता की लाड़ली—होने दो! चूलिक-फा राजा है, वह शत्रु-विहीन निष्कण्टक राज्य करना चाहता है। जयमती को पति का पता देना होगा—उसे पकड़वाना होगा—चूलिक-फा उसका प्राण नहीं चाहता, केवल एक कान चाहता है, या एक छिगुनी—चाहे बायें हाथ की भी छिगुनी! क्यों नहीं बतायेगी जयमती? वह प्रजा है; प्रजा की हड्डी-बोटी पर भी राजा का अधिकार है!

बहुत ही छोटे एक क्षण के लिए चाँद झलक गया। सागर ने देखा, सामने खुला, आकारहीन, दिशाहीन, मानातीत निरा विस्तार; जिसमें नरसलों की साँय-साँय हवा का असंख्य कराहटों के साथ रोना, उसे घेरे हुए मेहराबों की क्रुद्ध साँसों की-सी फुंफकार...चाँद फिर छिप गया और पानी की नयी बौछार के साथ सागर ने आँखें बन्द कर लीं...असंख्य सहमी हुई कराहें; और पानी की मार ऐसे जैसे नंगे चूतड़ों पर स-दिया प्रान्त के लचीले बेंतों की सड़ाक्-सड़ाक्। स-दिया अर्थात शव-दिया; कब किसका शव वहाँ मिलता था याद नहीं आता, पर था शव जरूर—किसका शव...

नहीं, जयमती का नहीं। वह तो—वह तो उन पाँच लाख बेबस देखने वालों के सामने एक लकड़ी के मंच पर खड़ी है, अपनी ही अस्पृश्य लज्जा में, अभेद्य मौन में, अटूट संकल्प और दुर्दमनीय स्पर्द्धा में लिपटी हुई; सात दिन की भूखी-प्यासी, घास और रक्त की कीच से लथपथ, लेकिन, शेषनाग के माथे में ठुकी हुई कीलों की भाँति अडिग, आकाश को छूने वाली प्रातःशिखा-सी निष्कम्प...

लेकिन यह क्या? सागर तिलमिलाकर उठ बैठा। मानो अँधेरे में भुतही-सी दीख पड़ने वाली वह लाखों की भीड़ भी काँपकर फिर जड़ हो गयी—जयमती के गले से एक बड़ी तीखी करुण चीख निकलकर भारी वायुमण्डल को भेद गयी—जैसे किसी थुलथुल कछुए के पेट को मछेरे की बर्छी...सागर ने बड़े ज़ोर से मुट्ठियाँ भींच लीं...क्या जयमती टूट गयी? नहीं, यह नहीं हो सकता; नरसलों की तरह बिना रीढ़ के गिरती-पड़ती दस लाख जनता के बीच वही तो देवदारु-सी तनी खड़ी है, मानवता की ज्योति-श्लाका...

सहसा उसके पीछे से एक दृप्त, रूखी, अवज्ञा-भरी हँसी से पीतल की तरह झनझनाते स्वर ने कहा, "मैं राजा हूँ!"

सागर ने चौंककर मुड़कर देखा—सुनहला रेशमी वस्त्र, रेशमी उत्तरीय, सोने की कण्ठी और बड़े-बड़े अनगढ़ पन्नों की माला पहने भी अधनंगा एक व्यक्ति उसकी ओर ऐसी दया-भरी अवज्ञा से देख रहा था, जैसे कोई राह-किनारे के कृमि-कीट को देखे। उसका सुगठित शरीर, छेनी से तराशी हुई चिकनी मांसपेशियाँ, दर्प-स्फीत नासाएँ तेल-से चमक रही थीं; आँखों की कोर में लाली थी जो अपनी अलग बात कहती थी—मैं मद भी हो सकती हूँ, गर्व भी, विलास-लोलुपता भी, और निरी नृशंस नर-रक्त पिपासा भी...

सागर टुकुर-टुकुर देखता रह गया। न उठ सका, न हिल सका। वह व्यक्ति फिर बोला, "जयमती?" हुँ, जयमती!" अँगूठे और तर्जनी की चुटकी बनाकर उसने झटक दी, मानो हाथ का मैल कोई मसलकर फेंक दे। बिना क्रिया के भी वाक्य सार्थक होता है, कम से कम राजा का वाक्य...

सागर ने कहना चाहा, "नृशंस! राक्षस!" लेकिन उसकी आँखों की लाली में एक बाध्य करने वाली प्रेरणा थी, सागर ने उसकी दृष्टि का अनुसरण करते हुए देखा, जयमती सचमुच लड़खड़ा गयी थी। चीखने के बाद उसका शरीर ढीला होकर लटक गया था, कोड़ों की मार रुक गयी थी, जनता साँस रोके सुन रही थी...

सागर ने भी साँस रोक ली। तब मानो स्तब्धता में उसे अधिक स्पष्ट दीखने लगा, जयमती के सामने एक नगा बांका खड़ा था, सिर पर कलगी, गले में लकड़ी के मुण्डों की माला, मुँह पर रंग की व्याघ्रोपम रेखाएँ, कमर में घास की चटाई की कौपीन, हाथ में बर्छी। और वह जयमती से कुछ कह रहा था।

सागर के पीछे एक दर्प-स्फीत स्वर फिर बोला, "चूलिक-फा के विधान में हस्तक्षेप करने वाला वह ढीठ नगा कौन है?" पर सहसा उस नगे व्यक्ति का स्वर सुनाई पड़ने लगा और सब चुप हो गये...

"जयमती, तुम्हारा साहस धन्य है। जनता तुम्हें देवी मानती है। पर और अपमान क्यों सहो? राजा का बल अपार है—कुमार का पता बता दो और मुक्ति पाओ!"

अब की बार रानी चीखी नहीं। शिथिल-शरीर, फिर एक बार कराहकर रह गयी।

नगा वीर फिर बोला, "चूलिक-फा केवल अपनी रक्षा चाहता है, कुमार के प्राण नहीं। एक कान दे देने में क्या है? या छिनुगी? उतना तो कभी खेल में या मल्ल-युद्ध में भी जा सकता है।"

रानी ने कोई उत्तर नहीं दिया।

"चूलिक-फा डरपोक है, डर नृशंस होता है। पर तुम कुमार का पता बताकर अपनी मान-रक्षा और पति की प्राण-रक्षा कर सकती हो।"

सागर ने पीछे सुना, "हुँः" और मुड़कर देखा, उस व्यक्ति के चेहरे पर एक क्रूर-कुटिल मुस्कान खेल रही है।

सागर ने उद्धत होकर कहा, "हुँः! क्या?"

वह व्यक्ति तनकर खड़ा हो गया, थोड़ी देर सागर की ओर देखता रहा, मानो सोच रहा हो, इसे क्या उत्तर दे? फिर और भी कुटिल होठों के बीच से बोला, "मैं चूलिक-फा, डरपोक! अभी जानेगा! पर अभी तो मेरे काम की कह रहा है..."

नगा वीर जयमती के और निकट जाकर धीरे-धीरे कुछ कहने लगा। चूलिक-फा ने भौं सिकोड़कर कहा, "क्या फुसफुसा रहा है?"

सागर ने आगे झुककर सुन लिया।

"जयमती, कुमार तो अपने मित्र नगा सरदार के पास सुरक्षित है। चूलिक-फा तो उसे पकड़ ही नहीं सकता, तुम पता बताकर अपनी रक्षा क्यों न करो? देखो, तुम्हारी कोमल देह..."

आवेश में सागर खड़ा हो गया, क्योंकि उस कोमल देह में एक बिजली-सी दौड़ गयी और उसने तनकर, सहसा नगा वीर की ओर उन्मुख होकर कहा, "कायर, नपुंसक!...तुम नगा कैसे हुए? कुमार तो अमर है, कीड़ा चूलिक-फा उन्हें कैसे छुएगा? मगर लोग क्या कहेंगे, कुमार की रानी जयमती ने देह की यन्त्रणा से घबड़ाकर उनका पता बता दिया? हट जाओ, अपना कलंकी मुँह मेरे सामने से दूर करो!"

जनता में तीव्र सिहरन दौड़ गयी। नरसल बड़ी ज़ोर से काँप गये, गंदले पानी में एक हलचल उठी जिससे लहराते गोल वृत्त फैले कि फैलते ही गये, हवा फुँफकार उठी, बड़े जोर की गड़गड़ाहट हुई। मेघ और काले हो गये—यह निरी रात है कि महानिशा, कि यन्त्रणा की रात—सातवीं रात, कि नौवीं रात? और जयमती क्या अब बोल भी सकती है, क्या यह उसके दृढ़ संकल्प का मौन है, कि अशक्तता का? और यह वही भीड़ है, नयी भीड़, वही नगा वीर, कि दूसरा कोई, कि भीड़ में कई नगे बिखरे हैं...

चूलिक-फा ने कटु स्वर में कहा, "फिर आया वह नगा?"

नगा वीर ने पुकारकर कहा, "जयमती! रानी जयमती!"

रानी हिली-डुली नहीं।

वीर फिर बोला, "रानी! मैं उसी नगा सरदार का दूत हूँ, जिसके यहाँ कुमार ने शरण ली है। मेरी बात सुनो!"

रानी का शरीर काँप गया। वह एकटक आँखों से उसे देखने लगी, कुछ बोल नहीं सकी।

"तुम कुमार का पता दे दो। सरदार उसकी रक्षा करेंगे। वह सुरक्षित है।"

रानी की आँखों में कुछ घना हो आया। बड़े कष्ट से उसने कहा, "नीच!" एक बार उसने होठों पर जीभ फेरी, कुछ और बोलना चाहा, पर बोल सकी नहीं।

चूलिक-फा ने वहीं से आदेश दिया, "पानी दो इसे–बोलने दो!"

किसी ने रानी के होठों की ओर पानी बढ़ाया। वह थोड़ी देर मिट्टी के कसोरे की ओर वितृष्ण दृष्टि से देखती रही, फिर उसने आँख भरकर नगा युवक की ओर देखा, फिर एक घूँट पी लिया। तभी चूलिक-फा ने कहा, "बस, एक-एक घूँट, अधिक नहीं!"

रानी ने एक बार दृष्टि चारों ओर लाख-लाख जनता की ओर दौड़ायी।

फिर आँखें नगा युवक पर गड़ाकर बोली, "कुमार सुरक्षित है। और कुमार की यह लाख-लाख प्रजा–जो उनके लिए आँखें बिछाये हैं–एक नेता के लिए, जिसके पीछे चलकर आततायी का राज्य उलट दे–जो एक आदर्श माँगती है–मैं उसकी आशा तोड़ दूँ–उसे हरा दूँ–कुमार को हरा दूँ?"

वह क्षण भर चुप हुई। चूलिक-फा ने एक बार आँख दौड़कर सारी भीड़ को देख लिया। उसकी आँख कहीं टिकी नहीं...मानो उस भीड़ में उसे टिकने लायक कुछ नहीं मिला, जैसे रेंगते कीड़ों पर दीठ नहीं जमती...

नगा ने कहा, "प्रजा तो राजा चूलिक-फा की है न?"

रानी ने फिर उसे स्थिर दृष्टि से देखा। फिर धीरे-धीरे कहा, "चूलिक..." और फिर कुछ ऐसे भाव से अधूरा छोड़ दिया कि उसके उच्चारण से मुँह दूषित हो जायेगा। फिर कहा, "यह प्रजा कुमार की है–जाकर नगा सरदार से कहना कि कुमार–" वह फिर रुक गयी, "पर तू–तू तो नगा नहीं, तू तो उस गिद्ध की प्रजा है–जा, उसके गन्दे पंजे को चाट!"

रानी की आँखें चूलिक-फा की ओर मुड़ीं, पर उसकी दीठ ने उसे छुआ नहीं, जैसे किसी गिलगिली चीज़ की ओर आँखें चढ़ाने में भी घिन आती है...

नगा ने मुस्कराकर कहा, "कहाँ है मेरा राजा!"

चूलिक-फा ने वहीं से पुकारकर कहा, "मैं यह हूँ–अहोम राज्य का एकछत्र शासक!"

नगा युवक सहसा उसके पास चला आया।

सागर ने देखा, भीड़ का रंग बदल गया है। वैसा ही अन्धकार, वैसा ही अथाह प्रसार, पर उसमें जैसे कहीं व्यवस्था, भीड़ में जगह-जगह नया दर्शक बिखरे, पर बिखरेपन में भी एक माप।

नगा ने पास से कहा, "मेरे राजा!"

एकाएक बड़े जोर की गड़गड़ाहट हुई। सागर खड़ा हो गया– उसने आँखें फाड़कर देखा, नगा युवक सहसा बर्छी के सहारे कई-एक सीढ़ियाँ फाँदकर चूलिक-फा के पास पहुँच गया है, बर्छी सीढ़ी की ईंटों की दरार में फँसी रह गयी है, पर नगा चूलिक-फा को धक्के से गिराकर उसकी छाती पर चढ़ गया है; उधर जनता में एक बिजली कड़क गयी है, "कुमार की जय!" किसी ने फाँदकर मंच पर चढ़कर कोड़ा लिये जल्लादों को गिरा दिया है, किसी ने अपना अंग-वस्त्र जयमती पर डाला है और कोई उसके बन्धन की रस्सी टटोल रहा है...

पर चूलिक-फा और नगा...सागर मन्त्र-मुग्ध-सा खड़ा था, उसकी दीठ चूलिक-फा पर जमी थी.... सहसा... उसने देखा, नगा तो निहत्था है, पर नीचे पड़े चूलिक-फा के हाथ में एक चन्द्राकार डाओ है जो वह नगा के कान के पीछे साध रहा है—नगा को ध्यान नहीं है, मगर चूलिक-फा की आँखों में पहचान है कि नगा और कोई नहीं, स्वयं कुमार है; और वह डाओ साध रहा है...

कुमार छाती पर है, पर मर जायेगा...यह क्षत भी हो गया तो...चूलिक-फा ही मर गया तो भी, अगर कुमार क्षत हो गया तो...सागर उछला। वह चूलिक-फा का हाथ पकड़ लेगा—डाओ छीन लेगा।

पर वह असावधानी से उछला था, उसका कीचड़-सना बूट सीढ़ी पर फिसल गया और वह लुढ़कता-पुढ़कता नीचे जा गिरा।

अब? चूलिक-फा का हाथ सध गया है, डाओ पर उसकी पकड़ कड़ी हो गयी है, अब—

लेफ़्टिनेंट सागर ने वहीं पड़े-पड़े कमर से रिवाल्वर खींचा और शिस्त लेकर दाग दिया...धाँय!

धुआँ हो गया। हटेगा तो दीखेगा—पर धुआँ हटता क्यों नहीं? आग लग गयी—रंगमहल जल रहा है, लपटें इधर-उधर दौड़ रही हैं। क्या चूलिक-फा जल गया?—और कुमार—क्या यह कुमार की जयध्वनि है? कि जयमती की—यह अद्भुत, रोमांचकारी गूँज, जिसमें मानो वह डूबा जा रहा है, डूबा जा रहा है—नहीं, उसे सँभलना होगा।

लेफ़्टिनेंट सागर सहसा जागकर उठ बैठा। एक बार हक्का-बक्का होकर चारों ओर देखा, फिर उसकी बिखरी चेतना केन्द्रित हो गयी। दूर से दो ट्रकों की दो जोड़ी बत्तियाँ पूरे प्रकाश से जगमगा रही थीं और एक से सर्च-लाइट इधर-उधर भटकती हुई रंग-महल की सीढ़ियों को क्षण-क्षण ऐसे चमका देती थी मानो बादलों से पृथ्वी तक किसी वज्र-देवता के उतरने का मार्ग खुल जाता है। दोनों ट्रकों के हॉर्न पूरे ज़ोर से बजाये जा रहे थे।

बौछार से भीगा हुआ बदन झाड़कर लेफ़्टिनेंट सागर उठ खड़ा हुआ। क्या वह रंगमहल की सीढ़ियों पर सो गया था? एक बार आँखें दौड़ाकर उसने मेहराब को देखा, चाँद निकल आया था, मेहराब की ईंटें दीख रही थीं। फिर धीरे-धीरे उतरने लगा।

नीचे से आवाज़ आयी, "सा'ब, दूसरा गाड़ी आ गया, टो करके ले जायेगा!"

सागर ने मुँह उठाकर सामने देखा, और देखता रह गया। दूर चौरस ताल चमक रहा था, जिसके किनारे पर मन्दिर भागते बादलों के बीच में काँपता हुआ, मानो शुभ्र चाँदनी से ढका हुआ हिंडोला—क्या एक रानी के अभिमान का प्रतीक, जिसने राजा को बचाया, या एक नारी के साहस का, जिसने पुरुष का पथ-प्रदर्शन किया; या कि मानव-मात्र की अदम्य स्वातन्त्र्य-प्रेरणा का अभीत, अजय जय-दोल?

नीली हँसी

देवकान्त ने एक बार फिर नीचे बहते हुए और ऊपर से बरसते हुए पानी की मिलन-रेखा पहचानने की कोशिश की। पर नीचे का मटमैला धुँधला आलोक, कब कहाँ ऊपर से भूरे धुँधले आलोक में परिवर्तित हो जाता था, यह पहचान पाना असम्भव था। पानी-पानी-पानी...केवल पैरों के बिल्कुल निकट, जहाँ ब्रह्मपुत्र के बौराये हुए पानी ने अभी थोड़ी देर पहले किनारे के एक बड़े टुकड़े का निवाला बना लिया था, वह देख सकता था कि पानी की बौराहट मानो अन्तर्मुख होकर अपने को ही निगल जा रही थी—पानी के चक्रावर्त घूमते हुए अपने को ही नीचे पाताल की ओर खींचते हुए बहते चले जाते थे...आवर्त्त के छोर को जो कुछ भी छूता—जलकुम्भी के बहते हुए पौधे, गली हुई टहनियाँ, पुराने छप्पर के काले पड़े हुए बाँस, बाढ़ की नदी में बहकर आने वाला नानाविध नमकीन कचरा—सब उसे छूते ही मानो आविष्ट हो जाता और बगूले के बीचों-बीच जाकर पाताल की ओर कूद पड़ता...दृष्टि भी तो उसे छूते ही मानो नीचे की ओर को चूस ली जाती है, तो और चीज़ों का क्या कहना...

थोड़ी देर स्थिर दृष्टि से बगूले को देखते रहने पर देवकान्त के शरीर में एक सिहरन-सी दौड़ गयी—उसकी देह कंटकित हो आयी। उसने फिर बलात् आँखें उठाकर उसकी ओर देखा जहाँ क्षितिज होना चाहिए। ठाकुर की एक पंक्ति उसकी स्मृति में उभरकर डूब गयी : **'रात्रि एशे जेथाय मेमे दिनेर परावारे'**—दिन और रात्रि तो इस निर्विशेष प्रकाश में पहचाने नहीं जाते, पर पारावार में मिस जाने का प्रत्यक्ष दृश्य इससे बढ़कर क्या हो सकता है...

लेकिन मिस जाने की बात ऐसे सोचने से काम नहीं चलेगा। नदी और सागर, दिन और रात, आकाश और धरातल, पानी और किनारा—ये उसे अलग-अलग पहचानने होंगे—इन्हें पृथक् करके ही वह उस काम में सफलता की आशा कर सकता है जिसे उसे उठाना ही है, असफलता का जोखिम उठाकर भी हाथ लगाना ही है—यद्यपि असफल उसे नहीं होना है—असफलता की गुंजाइश छोड़ सकने लायक़ गुंजाइश उसकी सहनशक्ति में नहीं है...

वह, वह—क्या वह क्षितिज-रेखा है—जल-रेखा है? क्या यह उसका भ्रम है कि ठीक वहाँ पर एक पतली-सी श्यामल रेखा भी वह देख सका है—द्वीप की तरुपंक्तियों की रेखा? नहीं, भ्रम की भी गुंजाइश नहीं है, आँखों को, हाथों को, जी को किसी को भी चूकने की गुंजाइश नहीं है...

देवकान्त ने एक लम्बी साँस लेकर नाक के एक सिरे से दूसरे तक नज़र डाली, फिर उसकी रस्सी

हाथ में लिये-लिये उसके किनारे पर चढ़े हुए हिस्से को ठेलते हुए, कूदकर उस पर सवार हो लिया। नाव थोड़ा-सा काँपी, डगमगायी। फिर धार में पड़ते ही तीर की तरफ एक ओर बढ़ चली...देवकान्त ने एक बार फिर पार के क्षितिज की ओर देखा, और स्थिर भाव से डाँड़ चलाने लगा। तनिक-सी देर में ही वह भी किनारे से दूर होकर इतना छोटा-सा दीखने लगा मानो वह भी जलकुम्भी का बहता हुआ एक पौधा हो—वह नहीं, समूची नाव एक छोटा-सा उन्मूलन पौधा हो, और वह उसका ऊब-डूब करता हुआ-सा नीला फूल, कोमल क्षणजीवी फूल, किन्तु जो जब तक है सुन्दर है। मानो एक स्वतःसम्पूर्ण दुनिया है...

कहीं से हवा उठी। उससे पानी के ऊपर की धुन्ध मिटने लगी, वर्षा भी थम गयी, पानी स्पष्ट दीखने लगा स्पष्ट किन्तु सम नहीं, बगूलों का स्थान उत्ताल तरंगों ने ले लिया था—पर ये छोटी-छोटी तरल पहाड़ियाँ न भी होतीं तो भी देवकान्त और उसकी नाव कब के ओझल हो चुके थे...

देश और काल का फैलाव वहीं सबसे अधिक होता है जहाँ उनका महत्त्व सबसे कम होता है—जब-जब जीवन में तनाव आता है और सारी प्राणशक्ति एक केन्द्र या बिन्दु में संचित होने लगती है तब-तब देश-काल भी उसी अनुपात में सिमट आते हैं...देवकान्त नाव खे रहा है, उसके सामने, आगे-पीछे, कहीं उस क्षण के सिवा कुछ नहीं है जिसमें वह है और नाव खे रहा और मोहन की बड़ी-बड़ी काली आँखों की ओर जा रहा है—मोहन जो एक हिरन का छौना है जिसे नीलिमा ने उसे दिया था—किन्तु फिर भी उस क्षण में ही कई देश-काल संचित हो आये हैं—वह एक साथ ही कई स्थानों, कई कालों में जी रहा है, कई घटनाओं का घटक है...

द्वीप के आर-पार पत्थरों का ढेर लगाकर पटरी बनायी गयी है जिस पर से सड़क के पास ही नीची भूमि पर बाँस की एक बाड़ है, जिसके भीतर कदली की घनी बाड़ है। देवकान्त बाहर बैठा बाँसुरी बजा रहा है। कदली के पत्तों के बीच में उसे कभी-कभी एक सफ़ेद आँचल की झलक मिल जाती है—नीलिमा भीतर फूल बीन रही है... वह वहीं रहती है, वहीं और लड़कियों के साथ पढ़ती है, वहीं से क़भी बाहर वसन्तों के कूजन से भरा हुआ स्वर नाम-कीर्त्तन करता हुआ सुनाई दे जाया करता है, वहीं...

बाढ़ आती है तो द्वीप में पानी भर जाता है, उतरती है तो जगह-जगह खाल, बील, दिग्घी, ताल बनाकर छोड़ जाती है। निर्धन लोग बचने के लिए पेड़ों पर मचान बनाते हैं, सम्पन्न दो-एक व्यक्तियों ने बजरे रख छोड़े हैं, पानी उतर जाने पर किसी खाल-पोखर में खड़े रहते हैं। साधारण बाढ़ में यही जीवन रक्षा के लिए यथेष्ट होते हैं—अधिक बाढ़ में उनका भी ठिकाना नहीं—पर ऐसी कौन-सी स्थिति है जिसमें किसी प्रकार भी कोई खतरा न हो... ऐसे ही एक बजरे की ओट में पोखर के किनारे उसका घर है। उसका पिता कुशल महावत है और हाथी को साधने में उसकी बराबरी सारे असम में विरला ही कर सकता है। और देवकान्त स्वयं एक मटकी दही की लेकर बजरे के नीचे से गुज़रता है—वह नाव में बठा भी अपने को मटकी लिये जाता देख रहा है...

दो वर्ष बराबर बाढ़ आयी थी, द्वीप प्रायः नामशेष हो गया था। और अब वहाँ न जलाने को तेल था, न खाने को नमक—दोनों ही 'चालानी' आते थे...देवकान्त कदली के तने जलाकर उनकी राख मसल रहा है—इसी का खार उन्हें दुर्दिन में नमक का काम देता है...खार वह हँड़िया में भर लेगा—न जाने कितने दिन चलेगी वह। भोजन का धूमिल रंग मानो उसकी दृष्टि के आगे से दौड़ गया, और उसके कटु स्वाद से उसका मुँह कड़वा हो आया—वह थूककर मुँह साफ़ कर लेता पर उसे ध्यान आया कि कदली की अवज्ञा अनुचित है—जिसकी जड़ें, हाड़, छाल, फूल, फल सभी उपयोगी हैं और उनके भोजन-छाजन का सहारा है...

"देबू, यह लो!"

देवकान्त चौंककर देखता है। नीलिमा के वस्त्र उजले हैं, नेत्र काले, केश भीगे और डोर से झूलती एक छोटी-सी मुँह-बँधी हँड़िया उसकी ओर बढ़ा रही है।

"यह क्या है, नीली?"

"नमक। हमारे पास एक हाँड़ी और है। बिहू तक चल जायेगा।"

"लेकिन खार तो अच्छी होती है—हमने इतनी बना ली—"

"लो—बहस मत करो!" आज्ञापना।

"अच्छा, लाओ।" कुछ विनोद का भाव, "नीली, तो आज से हम तुम्हारा नमक खायेंगे—"

"धत्!"

ढोलकों का स्वर। खोल, मादल, झाँझ, वेणु, घण्टी। बीच-बीच में ऊँचा उठता समवेत गायन का स्वर।

देवकान्त दौड़ रहा है। विष्णुवोत्सव का आमोद-प्रमोद, और वह अभी पहुँचा नहीं—पिता ने उसे काम में रोक लिया था...

लड़कियों की खिलाखिलाहट। पुआल की और पुआल के धुएँ की गन्ध; बूढ़ों के खाँसने में भी जैसे प्रसन्नता की मींड। गुड़ और खीलों का कसैला मीठा स्वाद। एकाएक पुआल की आग की एक भभकती लपट, उसके लाल प्रकाश में नीलिमा का दमकता चेहरा—उन आँखों में देवकान्त के शायद वैसे ही दमकते चेहरे की उभरती पहचान—क्या पुआल की आग में उसकी शतांश भी दीप्ति है जो क्षणभर नीलिमा की आँखों में दमक उठती है?

झाँझ, मजीरा, वेणु, खोल, मादल...

कुछ नहीं बचा है, केवल द्वीप के आर-पार की ऊँची पटरी और पेड़ों के ऊपरी हिस्से—उन पर मचान, पटरी के निकट तीन-चार बजरे...और पटरी पर अनगिनत ढोर-डाँगर, कुछ कुत्ते, कहीं-कहीं दुबकते लोमड़ी-सियार, जगह-जगह अधमरे रेंगते साँप तीन-चार हाथी...और कभी-कभी दूर के एक टीले की हाथी-डूब घास में से आती हुई बाघ की चिंघाड़। और कुछ नहीं बचा है, लेकिन यही तो सब कुछ है, इससे कम पर भी बार-बार उनका जीवन फिर भरा-पूरा हुआ है, बाढ़ उतरेगी तो फिर मादक गूँजेंगे और मृदंग गमक लेंगे और ऋतुस्नाता की भाँति कान्तिमान् द्वीप-भूमि मेमनों की मिमियाती हँसी से मुखरित हो उठेगी...

अब भी बजरे की ओट में देवकान्त है। पटरी के पार मचान के पास नीलिमा आती है—उसकी गोद में एक मृग का बच्चा है। किन्तु सुन्दर! देवकान्त ललककर कहता है, "यह कहाँ पाया?"

पर नीलिमा के स्वर में अप्रत्याशित गम्भीरता है—"इसे रखोगे?"

"क्यों—क्या बात है?"

"मचान में नहीं रह सकता। तुम अपने साथ पटरी पर रखो, या बजरे पर—वहाँ बच जायेगा।"

"पर पाया कहाँ?"

"पिता लाये थे। भटका हुआ मिला था। मैंने मोहन नाम रखा है।"

"सचमुच मोहन है। इतना प्यारा है! मैं ज़रूर पाल लूँगा—बचा लूँगा।" फिर शरारत से, "पर फिर मैं लौटाऊँगा नहीं—मेरा हो जायेगा!"

"मैंने कुछ भी जो तुम्हें दिया है कभी वापस माँगा है?" स्वर शान्त है, लेकिन उसमें दबी हुई एक कँपकँपी है जिससे देवकान्त चौंक-सा जाता है, "आगे भी जो दूँगी, वापस नहीं माँगूँगी।"

"नीलिमा—नीली?"

"तुम बचाकर रख सको सही।"

"नहीं, भूल नहीं हो सकती, इस बात का मोहन से कोई सम्बन्ध नहीं है..." देवकान्त अवाक् उसे देखता है, उसके भीतर कहीं कुछ गा उठता है—ब्रह्मपुत्र की बहाव की तरह मन्द-गम्भीर, मोहन की आँखों की तरह गहरा, गहरा, गहरा...

"नीली, यह देखो, देखो, क्या लाया!"

केवड़े का फूल है गमले में लिपटा हुआ। देवकान्त खोलकर उसे दे देता है।

"गन्ध तो कभी-कभी आती थी। कहाँ पर था? पटरी पर तो मैंने सब देखा था।"

"हाँ, देखा?" देवकान्त के स्वर में विजय का गर्व है। "पटरी पर नहीं था—ऐसी चीज़ें ज़रा मेहनत से मिलती हैं। उस झोंप के अन्दर—" कहते-कहते उसने टीले की ओर इशारा किया।

"झोंप—क्या कहा?" नीली का स्वर सहसा चीत्कार-सा बन गया; उस टीले की ओर से ही तो बाघ की दहाड़ सुनाई दी थी! हटो, मुझे नहीं चाहिए तुम्हारी केतकी—"

नीली ने फूल उसके हाथ पर पटक दिया, काँटे से उसका हाथ छिल गया, पर उससे बोला ही नहीं गया।

"हज़ार बार कहा है देबू, मुझे फूल नहीं चाहिए, मुझे तुम्हारी—" सहसा रुककर उसने होठ काट लिया, उसका चेहरा लाल हो आया, "अच्छा लाओ दो—" कहकर उसने फूल झपट लिया और आँचल से उसे ढकती हुई भाग गयी।

डिबरूगढ़ का स्कूल। देवकान्त ने पढ़ाई पूरी कर ली है, और अभी स्कूल में मास्टरी शुरू की है। इतने छोटे मास्टर से उसने स्वयं कभी नहीं पढ़ा, पर प्रगति तो इसी का नाम है कि कल जो छत्तीस बरस के बुजुर्ग करते थे, आज अठारह बरस के जवान करें...

नीली की चिट्ठी। वे लोग द्वीप छोड़कर आने वाले हैं। बाढ़ आ रही है, और सुना है कि इस साल सब डूब जायेगा—मोहन की उसे चिन्ता है—अगर सचमुच उतनी बाढ़ आयी तो पटरी पर जमा असंख्य जानवरों में उसकी कौन चिन्ता करेगा? वह सोच रही है कि उसके लिए पटरी पर ही एक छोटी-सी झोंपड़ी बना जाये, पर क्यों नहीं वह आकर उसे ले जाता? जल्दी आये तो नीली भी उसे देख लेगी—लेकिन अब बड़ा आदमी होकर क्या वह नीली को पहचानेगा भी? नहीं तो मोहन को तो वह ले जा ही सकेगा—स्कूल के मास्टर साहब तो लड़कों से ढोर चरवा लेते हैं, क्या वह मोहन की देख-भाल नहीं करा सकेगा?

देवकान्त चिट्ठी पर मोहर देखता है, तारीख पढ़ता है, मानो उँगलियों पर कुछ गिनने को होता है—और फिर हाथ ढीला छोड़ देता है...

झाँझ, मंजीरा, ढोल मादल...पानी का घर्र-घर्र, सर-सर-सर-सर, छप्प-छप्प-छप्प-छाऽप-छप्प, डाँड़ों का खट्ट-हुट, देवकान्त की अपनी साँसों का स्वर जो कानों के पास से सरसराते पवन के स्वर में डूबता नहीं, क्योंकि अपनी साँस भीतर से सुनी जाती है, बाहरी कान से नहीं, और डाँड़ों की विलम्बित लय पर अधीर

उसके हृदय का द्रुत धक्क-धुक धक्क-धुकु....और स्वरों की इस छोटी-सी गठरी के आस-पास चारों ओर मटमैला ललौहाँ रानी-पानी-पानी...

वह—वह—वह क्या भूमि की रेखा है? वह छाया-सी—क्या पेड़ हैं?

मोहन—मोहन...क्योंकि नीली का नाम वह लेगा तो चंचल हो उठेगा, और चंचल उसे नहीं होना है, उसे धैर्य रखना है, जितना धैर्य उसने जीवन में कभी नहीं रखा उतना...

धैर्य का काम अभी शेष नहीं हुआ है। नाव पर मोहन उसके साथ है, पर अब हवा सामने की है, और तेज है। और मोहन की चिन्ता के मिटने में जो अनेक नयी दुश्चिन्ताएँ उसे घेर रही हैं उनसे हारना नहीं है, नहीं है...

खट्ट-हुट् खट्ट-हुट्...सर-सर-सर-सर छप्प-छाऽप...उद्वेलित पानी का प्रसार, हवा के थपेड़े खाकर फुफकारती हुई लहरें, धुँधला पड़ता हुआ पहले ही से मेघिल साँझ का आकाश...ऊब-डूब नाव, डाँड़ चलाने वाला अकेला देवकान्त—तैरता हुआ उन्मूलित जलकुम्भी का पौधा—पौधा नहीं, फूल—फूल की एक कलगी—नीली, जैसे मोहन की आँखें नीली—

नीली...

न, न, नीली का नाम उच्चारना नहीं होगा, उसे मन ही में रहने देना होगा...ऊब-डूब जलकुम्भी का पौधा—लेकिन पौधा तो डूबता नहीं, मीलों बहता है, दिनों बहता है...

पंजिका में लिखा है, इस वर्ष का नाम है, 'प्लव संवत्सर'—

ब्रह्मपुत्र...ब्रह्मा का पुत्र और मानव? वह भी ब्रह्मा की सन्तान...तो क्या यह भ्रातृ-कलह है? खट्ट-हुट्—सोचना कुछ नहीं है, ब्रह्मा का केवल एक पुत्र है और उसका नाम है देवकान्त, बाक़ी केवल तत्त्व हैं, जड़ तत्त्व जिनमें आदमी नष्ट होकर मिलता है—नीचे एक तत्त्व है पानी—नष्ट होकर क्या इनमें मिलना होगा! क्यों मिला होगा—नष्ट ही क्यों होना होगा?

लहर आती है और जलकुम्भी के पौधे को उछालकर फेंक देती है। वह डूबता नही, पर जायेगा कहाँ—दिनों और गीलों तक भी बहकर...

न—यह लहर नाव से बड़ी है, यह अँधेरा साँझ से गहरा है—

भूरा और शीतल, कठोर, डगमग, बिना पेंदी का, अँधेरा, बाँह के नीचे स्निग्ध, मुट्ठी में गीला और कठैठा—

दिन और रात दोनों पारावार हैं, सारे क्षितिज आकर मिल जाते हैं, जलकुम्भी डूबती नहीं है, पर जलकुम्भी पानी का पौधा है, लकड़ी की नाव नहीं...

फिर देश-काल का संकुल : कौन-सा देश, कौन-सा काल, न जाने, पर घोर संकुल...

द्वीप पर केवल पटरी थी और पेड़ों के शिखर थे। और पशु थे।

मोहन था। अलग एक छोटे-से बाड़े में।

और कौन कहाँ था। पर काल का संकुल था, वह जान न सका। कहीं बजरा भी रहा होगा—लोग भी रहे होंगे...

नीली—नीलिमा?

वह कोई नहीं था। वे बाढ़ के पहले चले गये होंगे। पर कब, कैसे? कहाँ?

नाव में–तो नाव बाढ़ में कहाँ गयी होगी?

नीलिमा–नीली–सागर-तल नीला होता है–पर नदी-तल तो उसने छुआ है, वहाँ तो नीलिमा नहीं, कीचड़ होता है या रेती, नीलिमा तो–

कहाँ है नीलिमा?

नीलिमा...नीलिमा...नहीं, मोहन–मोहन उसकी बाँह के नीचे है, मोहन को वह बचा लेगा। वह नहीं बचेगा तो? तो भी वह मोहन को बचा लेगा, उसकी दूसरी मुट्ठी में कठैठा कुछ है–क्या है? डाँड तो उसके हाथ से छूट गयी थी–

कुछ भी हो, कुछ है। कठैठा है। वह ज़रूर ऊपर आयेगा–वह छोड़ेगा नहीं–तुम बचाकर रख सको सही–आगे भी जो दूँगी वापस नहीं माँगूँगी–मैंने कुछ भी जो तुम्हें दिया है कभी वापस माँगा है? न माँगा सही, मैं दूँगा, मैं दूँगा, नीली! क्या दोगे, प्राण ही तो न? हा–हा–तभी तो तुम कुछ नहीं दे सकोगे–कुछ नहीं सँभाल सकोगे...

नहीं-नहीं-नहीं.... मोहन अब भी उसकी बाँह के नीचे है, दूसरे हाथी की मुट्ठी में अब भी कठैठा है–वह उभरेगा' उभरेगा–यह पानी के नीचे ऐसी जलती प्यास कैसी–यह हवा की प्यास है, वह–उसकी मुट्ठी में कठैठा कुछ...

कितनी गहरी है नीलिमा आकाश की–उस आकाश की जो आँखों के भीतर समा जाता है, कितनी स्निग्ध है तरलता जल की–उस जल की जिसमें चेतना डूब जाती है, कितना सुन्दर है जलकुम्भी का खोया हुआ फूल, वह फूल जो जीवन का प्रतीक है, कितना रसमय, स्फूर्तिमय है विस्तार अवचेतन का...

वह नहीं जानता, किन्तु वह जानता है कि वह बार-बार किसी चीज से रगड़ खा जाता है–कुछ जो चिकना है पर छील भी देता है, जिससे दर्द नहीं होता, पर ठण्ड की सुइयाँ चुभती हैं। उसे स्पर्श ज्ञान नहीं है पर वह छूता है एक लोमिल त्वचा को जो मोहन है, और एक कठैठे कुछ को जो न जाने क्या है। उसके मुँह में पानी का एक बुलबुला है, पर न जाने कब कैसे उसके फेफड़े में क्या चला जाता है जो गीला नहीं है...

ये स्वर हैं। पानी के नहीं, नाव के नहीं, हवा के नहीं। स्वर हैं–

मानव स्वर हैं। झिपते-उभरते, मानो रव-हीन।

"बाँह तो उठाओ...पकड़े...गला घोंट देगा...अकड़ गयी है...कपड़े में लपेटो...मलो...पानी...ऊँचा....वह... हिरन...पागल..."

हिरन...हिरन...

क्या हिरन? उफ़ कितना कठिन प्रयास है यह–क्या उसे बटोरना है–

सहसा उसकी आँखें खुल गयीं–उसे स्वयं नहीं मालूम हुआ–और उसने कहा, "मोहन–हिरन–"

किसी ने कहा, "हाँ, वह है–बच जायेगा–"

कौन बच ज़ायेगा? मोहन? वह?

वह कौन? वह देवकान्त। पर वह तो बच गया है–नहीं तो वह देवकान्त कैसे है? सोचता कौन है?

उसने फिर रव-हीन स्वर से कहा, "मोहन..."

उसकी आँखें झिप गयीं! नीलिमा ने फिर उसे घेर लिया। दूर कहीं सुना, "चिन्ता नहीं—बच जायेगा—" फिर सब कुछ बुझ गया।

मन-ही-मन उसने कहा, "नीली, मैं रख सकूँगा बचाकर" पर जैसे उसका कहा उसी ने नहीं सुना। नीली तो बहुत दूर थी, पता नहीं, थी भी कि नहीं।

पर और कुछ उसने फिर सुना बड़ी दूर से, जैसे पानी के नीचे से, ब्रह्मपुत्र के अथाह पानी के नीचे से—"पागल—बेहोशी में हँसता है।"

"हाँ, तो हँसता तो है, नीली हँसी—सम्पृक्त हँसी—वह हँसी जो नीली थी—उसकी नीलिमा!

हीली-बोन् की बत्तखें

हीली-बोन् ने बुहारी देने का ब्रुश पिछवाड़े के बरामदे के जँगले से टेककर रखा और पीठ सीधी करके खड़ी हो गयी। उसकी थकी-थकी-सी आँखें पिछवाड़े के गीली लाल मिट्टी के काई-ढँके किन्तु साफ फर्श पर टिक गयीं। काई जैसे लाल मिट्टी को दीखने देकर भी एक चिकनी झिल्ली से उसे छाये हुए थी; वैसे ही हीली-बोन् की आँखों पर भी कुछ छा गया जिसके पीछे आँगन के चारों ओर तरतीब से सजे हुए जरेनियम के गमलों, दो रंगीन बेंत की कुर्सियों और रस्सी पर टँगे हुए तीन-चार धुले हुए कपड़ों की प्रतिच्छवि रहकर भी न रही। और कोई और गहरे देखता तो अनुभव करता कि सहसा उसके मन पर भी कुछ शिथिल और तन्द्रामय छा गया है, जिससे उसकी इन्द्रियों की ग्रहण-शीलता तो ज्यों-की-त्यों रही है पर गृहीत छाप को मन तक पहुँचाने और मन को उद्वेलित करने की प्रणालियाँ रुद्ध हो गयी हैं...

किन्तु हठात् वह चेहरे का चिकना बुझा हुआ भाव खुरदरा होकर तन आया; इन्द्रियाँ सजग हुईं, दृष्टि और चेतना केन्द्रित, प्रेरणा प्रबल—हीली-बोन् के मुँह से एक हल्की-सी चीख निकली और वह बरामदे से दौड़कर आँगन पार करके एक ओर बने हुए छोटे-से बाड़े पर पहुँची; वहाँ उसने बाड़े का किवाड़ खोला और फिर ठिठक गयी। एक और हल्की-सी चीख उसके मुँह से निकल रही थी, पर वह अधबीच में ही रव-हीन होकर एक सिसकती-सी लम्बी साँस बन गयी।

पिछवाड़े से कुछ ऊपर की तरफ पहाड़ी रास्ता था; उस पर चढ़ते व्यक्ति ने वह अनोखी चीख सुनी और रुक गया। मुड़कर उसने हीली-बोन् की ओर देखा, कुछ झिझका, फिर ज़रा बढ़कर बाड़े के बीच के छोटे-से बाँस की फाटक को ठेलता हुआ भीतर आया और विनीत भाव से बोला, "खू-ब्लाई!"

हीली-बोन् चौंकी। 'खू-ब्लाई' खासिया भाषा का 'राम-राम' है, किन्तु यह उच्चारण परदेशी है और स्वर अपरिचित—यह व्यक्ति कौन है? फिर भी खासिया जाति के सुलभ आत्म-विश्वास के साथ तुरन्त सँभलकर और मुस्कराकर उसने उत्तर दिया, "खू-ब्लाई!" और क्षण-भर रुक कर फिर कुछ प्रश्न-सूचक स्वर में कहा, आइए! आइए!"

आगन्तुक ने पूछा, "मैं आपकी कुछ मदद कर सकता हूँ? अभी चलते-चलते—शायद कुछ।"

"नहीं, वह कुछ नहीं"—कहते-कहते हीली का चेहरा फिर उदास हो आया। "अच्छा, आइए, देखिए।"

बाड़े की एक ओर आठ-दस बत्तखें थीं। बीचोंबीच फर्श रक्त से स्याह हो रहा था और आस-पास बहुत-से पंख बिखर रहे थे। फर्श पर जहाँ-तहाँ पंजों और नाखूनों की छापें थीं।

आगन्तुक ने कहा, "लोमड़ी!"

"हाँ, यह चौथी बार है। इतने बरसों में कभी ऐसा नहीं हुआ था; पर अब दूसरे-तीसरे दिन एक-आध बत्तख मारी जाती है और कुछ उपाय नहीं सूझता। मेरी बत्तखों पर सारे मण्डल के गाँव ईर्ष्या करते थे—स्वयं 'सियेम' के पास भी ऐसा बढ़िया झुण्ड नहीं था! पर अब..." हीली चुप हो गयी।

आगन्तुक भी थोड़ी देर चुपचाप फर्श को और बत्तखों को देखता रहा। फिर उसने एक बार सिर से पैर तक हीली को देखा और मानो कुछ सोचने लगा। फिर जैसे निर्णय करता हुआ बोला, "आप ढिठाई न समझें तो एक बात कहूँ?"

"कहिए।"

"मैं यहाँ छुट्टी पर आया हूँ और कुछ दिनों नांगथ्लेम ठहरना चाहता हूँ। शिकार का मुझे शौक है। अगर आप इजाजत दें तो मैं इस डाकू की घात में बैठू..." फिर हीली की मुद्रा देखकर जल्दी से, "नहीं, मुझे कोई कष्ट नहीं होगा, मैं तो ऐसा मौका चाहता हूँ। आपके पहाड़ बहुत सुन्दर हैं, लेकिन लड़ाई से लौटे हुए सिपाही को छुट्टी में कुछ शग़ल चाहिए।"

"आप ठहरे कहाँ है?"

"बँगले में। कल आया था, पाँच-छह दिन रहूँगा। सबेरे-सबरे घूमने निकला था, इधर, ऊपर जा रहा था कि आपकी आवाज सुनी। आपका मकान बहुत साफ़ और सुन्दर है..."

हीली ने एक रूखी-सी मुसकान के साथ कहा, "हाँ, कोई कचरा फैलाने वाला जो नहीं है! मैं यहाँ अकेली रहती हूँ।"

आगन्तुक ने फिर हीली को सिर से पैर तक देखा। एक प्रश्न उसके चेहरे पर झलका, किन्तु हीली की शालीन और अपने में सिमटी-सी मुद्रा ने जैसे उसे पूछने का साहस नहीं दिया। उसने बात बदलते हुए कहा, "तो आपकी इजाजत है न? मैं रात को बन्दूक लेकर आऊँगा। अभी इधर आस-पास देख लूँ कि कैसी जगह है और किधर से किधर गोली चलायी जा सकती है।"

"आप शौकिया आते हैं तो ज़रूर आइए। मैं इधर को खुलने वाला कमरा आपको दे सकती हूँ।" कहकर उसने घर की ओर इशारा किया।

"नहीं-नहीं, मैं बरामदे में बैठ लूँगा—"

"यह कैसे हो सकता है? रात को आँधी-बारिश आती है। तभी तो मैं कुछ सुन नहीं सकी रात! वैसे आप चाहें तो बरामदे में आरामकुरसी भी डलवा दूँगी। कमरे में सब सामान है।" हीली कमरे की ओर बढ़ी, मानो कह रही हो, "देख लीलिए।"

"आपका नाम पूछ सकता हूँ?"

"हीली-बोन् यिर्वा। मेरे पिता सियेम के दीवान थे।"

"मेरा नाम दयाल है—कैप्टेन दयाल। फौजी इंजीनियर हूँ।"

"बड़ी खुशी हुई। आइए—अन्दर बैठेंगे?"

"धन्यवाद—अभी नहीं। आपकी अनुमति हो तो शाम को आऊँगा। खू-ब्लाई—"

हीली कुछ रुकते स्वर में बोली, "खू-ब्लाई!" और बरामदे में मुड़कर खड़ी हो गयी। कैप्टेन दयाल बाड़े में से बाहर होकर रास्ते पर हो लिये और ऊपर चढ़ने लगे, जिधर नयी धूप में चीड़ की हरियाली दुरंगी हो रही थी और बीच-बीच में बुरूस के गुच्छे-गुच्छे गहरे लाल फूल मानो कह रहे थे—पहाड़ के भी हृदय है, जंगल के भी हृदय है...

2

दिन में पहाड़ की हरियाली काली दीखती है, ललाई आग-सी दीप्त; पर साँझ के आलोक में जैसे लाल ही पहले काला पड़ जाता है। हीली देख रही थी; बुरूस के वे इक्के-दुक्के गुच्छे न जाने कहाँ अन्धकार-लीन हो गये हैं, जबकि चीड़ के वृक्षों के आकार अभी एक-दूसरे से अलग स्पष्ट पहचाने जा सकते हैं। क्यों रंग ही पहले बुझता है, फूल ही पहले ओझल होते हैं, जबकि परिपार्श्व की एकरूपता बनी रहती है?

हीली का मन उदास होकर अपने में सिमट आया। सामने फैला हुआ नांगलेम का पर्वतीय सौन्दर्य जैसे भाप बनकर उड़ गया; चीड़ और बुरूस, चट्टानें, पूर्व पुरुषों और स्त्रियों की खड़ी और पड़ी स्मारक शिलाएँ, घास की टीलों-सी लहरें दूर नीचे पहाड़ी नदी का ताम्र-मुकुर, मखमली चादर में रेशमी डोरे-सी झलकती हुई पगडण्डी—सब मूर्त आकार पीछे हटकर तिरोहित हो गये। हीली की खूली आँखें भीतर की ओर को ही देखने लगी—जहाँ भावनाएँ ही साकार थीं, और अनुभूतियाँ ही मूर्त...

हीली के पिता उस छोटे-से माण्डलिक राज्य के दीवान रहे थे। हीली तीन सन्तानों में सबसे बड़ी थी, और अपनी दोनों बहिनों की अपेक्षा अधिक सुन्दर भी। खासियों का जाति-संगठन स्त्री-प्रधान है; सामाजिक सत्ता स्त्री के हाथ में है और वह अनुशासन में चलती नहीं, अनुशासन को चलाती है। हीली भी मानो नाङ्थ्लेम की अधिष्ठात्री थी। 'नाङ्क्रेम' के नृत्योत्सव में, जब सभी मण्डलों के स्त्री-पुरुष खासिया जाति के अधिदेवता नगाधिपति को बलि देते थे और उसके मर्त्य प्रतिनिधि अपने 'सियेम' का अभिनन्दन करते थे, तब नृत्य-मण्डली में हीली ही मौन सर्वसम्मति से नेत्री हो जाती थी, और स्त्री-समुदाय उसी का अनुसरण करता हुआ झूमता था, इधर और उधर, आगे और दायें और पीछे...नृत्य में अंगस चालन की गति न द्रुत थी न विस्तीर्ण; लेकिन कम्पन ही सही, सिहरन ही सही, वह थी तो उसके पीछे-पीछे; सारा समुद्र उसकी अंग-भंगिमा के साथ लहरें लेता था...

एक-नीरस सी मुस्कान हीली के चेहरे पर दौड़ गयी। वह कई बरस पहले की बात थी...अब वह चौंतीसवाँ वर्ष बिता रही है; उसकी दोनों बहिनें ब्याह करके अपने-अपने घर रहती हैं; पिता नहीं रहे और स्त्री-सत्ता के नियम के अनुसार उनकी सारी सम्पत्ति सबसे छोटी बहिन को मिल गयी। हीली के पास है यही एक कुटिया और छोटा-सा बगीचा—देखने में आधुनिक साहबी ढंग का बँगला, किन्तु उस काँच और परदों के आडम्बर को सँभालने वाली इमारत वास्तव में क्या है? टीन की चादर से छूता हुआ चीड़ का चौखटा, नरसल की चटाई पर गारे का पलस्तर ओर चारों ओर जरेनियम, जो गमले में लगा लो तो फूल हैं, नहीं तो निरी जंगली बूटी...

यह कैसे हुआ कि वह 'नाङ्क्रेम' की रानी, आज अपने चौंतीसवें वर्ष में इस कुटी के जरेनियम के गमले सँवारती बैठी है, और अपने जीवन में ही नहीं, अपने सारे गाँव में अकेली है?

अभिमान? स्त्री का क्या अभिमान! और अगर करे ही तो कनिष्ठा करे जो उत्तराधिकारिणी होती है—वह तो सबसे बड़ी थी, केवल उत्तरदायिनी! हीली के होठ एक विद्रूप की हँसी से कुटिल हो आये। युद्ध की अशान्ति के इन तीन-चार वर्षों में कितने ही अपरिचित चेहरे दीखे थे, अनोखे रूप; उल्लसित, उच्छ्वसित, लोलुप, गर्वित, याचक, पाप-संकुचित, दर्पस्फीत मुद्राएँ...और वह जानती थी कि इन चेहरों और मुद्राओं के साथ उसके गाँव की कई स्त्रियों के सुख-दुख, तृप्ति और अशान्ति, वासना और वेदना, आकांक्षा और सन्ताप उलझ गये थे, यहाँ तक कि वहाँ के वातावरण में एक पराया और दूषित तनाव आ गया था। किन्तु वह उससे अछूती ही रही थी। यह नहीं कि उसने इसके लिए कुछ उद्योग किया

था या कि उसे गुमान था—नहीं, यह जैसे उसके निकट कभी यथार्थ ही नहीं हुआ था।

लोग कहते थे कि हीली सुन्दर है, पर स्त्री नहीं है। वह बांबी क्या, जिसमें साँप नहीं बसता?... हीली की आँखें सहसा और भी घनी हो आयीं—नहीं, इससे आगे वह नहीं सोचना चाहती! व्यथा मरकर भी व्यथा से अन्य कुछ हो जाती है? बिना साँप की बांबी—अपरूप, अनर्थक मिट्टी का ढूह! यद्यपि, वह याद करना चाहती तो याद करने को कुछ था—बहुत-कुछ था—प्यार उसने पाया था और उसने सोचा भी था कि—

नहीं, कुछ नहीं सोचा था। जो प्यार करता है, जो प्यार पाता है, वह क्या कुछ सोचता है? सोच सब बाद में होता है, जब सोचने को कुछ नहीं होता।

और अब वह बत्तखें पालती है। इतनी बड़ी, इतनी सुन्दर बत्तखें खासिया प्रदेश में और नहीं हैं। उसे विशेष चिन्ता नहीं है, बत्तखों के अण्डों से इस युद्धकाल में चार-पाँच रुपये रोज की आमदनी हो जाती है, और उसका खर्च ही क्या है? वह अच्छी है, सुखी है, निश्चिन्त है—

लोमड़ी...किन्तु वह कुछ दिन की बात है—उनका तो उपाय करना ही होगा। वह फौजी अफसर जरूर उसे मार देगा—नहीं तो कुछ दिन बाद थेङ्क्यू के इधर आने पर वह उसे कहेगी कि तीर से मार दे या जाल लगा दे...कितनी दुष्ट होती है लोमड़ी, क्या रोज दो-एक बत्तख खा सकती है? व्यर्थ का नुकसान—सभी जन्तु जरूरत से ज्यादा घेर लेते और नष्ट करते हैं—

बरामदे के काठ के फर्श पर पैरों की चाप सुनकर उसका ध्यान टूटा। कैप्टेन दयाल ने एक छोटा-सा बैग नीचे रखते हुए कहा, "लीजिए, मैं आ गया।" और कन्धे से बन्दूक उतारने लगे।

"आपका कमरा तैयार है। खाना खायेंगे?"

"धन्यवाद... नहीं। मैं खाना खा आया हूँ। रात काटने को कुछ ले भी आया बेग में! मैं जरा मौका देख लूँ, अभी आता हूँ। आपको नाहक तकलीफ दे रहा हूँ लेकिन..."

हीली ने व्यंग्यपूर्वक हँसकर कहा, "इस घर में न सही, पर खासिया घरों में अक्सर पलटनिया अफसर आते हैं—यह नहीं हो सकता कि आपको बिलकुल मालूम न हो।"

कैप्टेन दयाल खिसिया-से गये। फिर धीरे-धीरे बोले, "नीचे वालों ने हमेशा पहाड़ वालों के साथ अन्याय ही किया है। समझ लीजिए कि पातालवासी शैतान देवताओं से बदला लेना चाहते हैं!"

"हम लोग मानते हैं कि पृथ्वी और आकाश पहले एक थे—पर दोनों को जोड़ने वाली धमनी इन्सान ने काट दी। तबसे दोनों अलग हैं और पृथ्वी का घाव नहीं भरता।"

"ठीक तो है।"

कैप्टेन दयाल बाड़े की ओर चले गये। हीली ने भीतर आकर लैम्प जलाया और बरामदे में लाकर रख दिया; फिर दूसरे कमरे में चली गयी।

3

रात में दो-अढ़ाई बजे बन्दूक की 'धाँय!' सुनकर हीली जागी, और उसने सुना कि बरामदे में कैप्टेन दयाल कुछ खटर-पटर कर रहे हैं। शब्द से ही उसने जाना कि वह बाहर निकल गये हैं, और थोड़ी देर बाद लौट आये हैं। तब वह उठी नहीं; लोमड़ी ज़रूर मर गयी होगी और उसे सवेरे भी देखा जा सकता है, यह सोचकर फिर सो रही।

किन्तु पौ फटते-न-फटते वह फिर जागी। खासिया प्रदेश के बँगलों की दीवारें असल में तो केवल काठ के परदे ही होते हैं; हीली ने जाना कि दूसरे कमरे में कैप्टन दयाल जाने की तैयारी कर रहे हैं।

तब वह भी जल्दी से उठी, आग जलाकर चाय का पानी रख, मुँह-हाथ धोकर बाहर निकली। क्षण-भर अनिश्चय के बाद वह बत्तखों के बाड़े की तरफ़ जाने को ही थी कि कैप्टेन दयाल ने बाहर निकलते हुए कहा, "खू-ब्लाई, मिस यिर्वा; शिकार जख्मी तो हो गया पर मिला नहीं, अब खोज में जा रहा हूँ।"

"अच्छा? कैसे पता लगा?"

"खून के निशानों से। ज़ख्म गहरा ही हुआ है—घसीटकर चलने के निशान साफ़ दीखते थे। अब तक बचा नहीं होगा—देखना यही है कि कितनी दूर गया होगा।"

"मैं भी चलूँगी। उस डाकू को देखूँ तो—" कहकर हीली लपककर एक बड़ी 'डाओ' उठा लायी और चलने को तैयार हो गयी।

खून के निशान चीड़ के जंगल को छूकर एक ओर मुड़ गये, जिधर ढलाव था और आगे जरैंत की झाड़ियाँ, जिनके पीछे एक छोटा-सा झरना बहता था। हीली ने उसका जल कभी देखा नहीं था, केवल कल-कल शब्द ही सुना था—जरैंत का झुरमुट उसे बिलकुल छाये हुए था। निशान झुरमुट तक आकर लुप्त हो गये थे।

कैप्टन दयाल ने कहा, "इसके अन्दर घुसना पड़ेगा। आप यहीं ठहरिए।"

"उधर ऊपर से शायद खुली जगह मिल जाये—वहाँ से पानी के साथ-साथ बढ़ा जा सकेगा..." कहकर हीली बायें को मुड़ी, और कैप्टन दयाल साथ हो लिये।

सचमुच कुछ ऊपर जाकर झाड़ियाँ कुछ विरल हो गयी थीं और उनके बीच में घुसने का रास्ता निकाला जा सकता था। यहाँ कैप्टेन दयाल आगे हो लिये, अपनी बन्दूक के कुन्दे से झाड़ियाँ इधर-उधर ठेलते हुए रास्ता बनाते चले। पीछे-पीछे हीली हटाई हुई लचकीली शाखाओं के प्रत्याघात को अपनी डाओ से रोकती हुई चली।

कुछ आगे चलकर झरने का पाट चौड़ा हो गया—दोनों ओर ऊँचे और आगे झुके हुए करारे, जिनके ऊपर जरैंत और होली की झाड़ी इतनी घनी छायी हुई कि भीतर अँधेरा हो, परन्तु पाट चौड़ा होने से मानो इस आच्छादन के बीच में एक सुरंग बन गयी थी जिसमें आगे बढ़ने में विशेष असुविधा नहीं होती थी।

कैप्टेन दयाल ने कहा, "यहाँ फिर खून के निशान हैं—शिकार पानी में से इधर घिसटकर आया है।"

हीली ने मुँह उठाकर हवा को सूँघा, मानो सीलन और जरैंत की तीव्र गन्ध के ऊपर और किसी गन्ध को पहचान रही हो। बोली, "यहाँ तो जानवर की..."

हठात् कैप्टन दयाल ने तीखे फुसफुसाते स्वर से कहा, "देखो—श्-श्!"

ठिठकने के साथ उनकी बाँह ने उठकर हीली को भी जहाँ-का-तहाँ रोक दिया।

अन्धकार में कई-एक जोड़े अंगारे-से चमक रहे थे।

हीली ने स्थिर दृष्टि से देखा। करारे में मिट्टी खोदकर बनायी हुई खोह में—या कि खोह की देहरी पर—नर लोमड़ी का प्राणहीन आकार दुबका पड़ा था—कास के फूल की झाड़ू-सी पूँछ उसकी रानों को ढँक रही थी जहाँ गोली का जख्म होगा। भीतर शिथिलगत लोमड़ी उस शव पर झुकी खड़ी थी, शव के सिर के पास मुँह किये, मानो उसे चाटना चाहती हो और फिर सहमकर रुक जाती हो। लोमड़ी के पाँवों से उलझते हुए तीन छोटे-छोटे बच्चे कुनमुना रहे थे। उस कुनमुनाने में भूख की आतुरता नहीं थी; न वे बच्चे लोमड़ी के पेट के नीचे घुसड़-पुसड़ करते हुए भी उसके थनों को ही खोज रहे थे....माँ और बच्चों में किसी को ध्यान नहीं था कि गैर और दुश्मन की आँखें उस गोपन घरेलू दृश्य को देख रही हैं।

कैप्टेन दयाल ने धीमे स्वर से कहा, "यह भी तो डाकू होगी—"

हीली की ओर से कोई उत्तर नहीं मिला। उन्होंने फिर कहा, "इसे भी मार दें—तो बच्चे पाले जा सकें—"

फिर कोई उत्तर न पाकर उन्होंने मुड़कर देखा और अचकचाकर रह गये।

पीछे हीली नहीं थी।

थोड़ी देर बाद, कुछ प्रकृतिस्थ होकर उन्होंने कहा, "अजीब औरत है!" फिर थोड़ी देर वह लोमड़ी को और बच्चों को देखते रहे। तब "ऊँह, मुझे क्या!" कहकर वह अनमने-से मुड़े और जिधर से आये थे, उधर ही चलने लगे।

4

हीली नंगे पैर ही आयी थी; पर लौटती बार उसने शब्द न करने का कोई यत्न किया हो, ऐसा वह नहीं जानती थी। झुरमुट से बाहर निकलकर वह उन्माद की तेज़ी से घर की ओर दौड़ी, और वहाँ पहुँचकर सीधी बाड़े में घुस गयी। उसके तूफ़ानी वेग से चौंककर बत्तखें पहले तो बिखर गयीं, पर जब वह एक कोने में जाकर बाड़े के सहारे टिककर खड़ी अपलक उन्हें देखने लगी तब वे गरदनें लम्बी करके उचकती हुई-सी उसके चारों ओर जुट गयीं और 'क-क्! क-क्' करने लगीं।

वह अधैर्य हीली को छू न सका, जैसे चेतना के बाहर से फिसलकर गिर गया। हीली शून्य दृष्टि से बत्तखों की ओर ताकती रही।

एक ढीठ बत्तख ने गरदन से उसके हाथ को ठेला। हीली ने उसी शून्य दृष्टि से हाथ की ओर देखा। सहसा उसका हाथ कड़ा हो आया, उसकी मुट्ठी डाओ के हत्थे पर भिंच गयी। दूसरे हाथ से उसने बत्तख का गला पकड़ लिया और दीवार के पास खींचते हुए डाओ के एक झटके से काट डाला।

उसी अनदेखते अचूक निश्चय से उसने दूसरी बत्तख का गला पकड़ा, भिंचे हुए दाँतों से कहा : "अभागिन!" और उसका सिर उड़ा दिया। फिर तीसरी, फिर चौथी, पाँचवीं...ग्यारह बार डाओ उठी और 'खट्' के शब्द के साथ बाड़े का खम्भा काँपा; फिर एक बार हीली ने चारों ओर नज़र दौड़ायी और बाहर निकल गयी!

बरामदे में पहुँचकर जैसे उसने अपने को सँभालने को खम्भे की ओर हाथ बढ़ाया और लड़खड़ाती हुई उसी के सहारे बैठ गयी।

कैप्टेन दयाल ने आकर देखा, खम्भे के सहारे एक अचल मूर्ति बैठी है जिसके हाथ लथपथ हैं और पैरों के पास खून से रंगी डाओ पड़ी है। उन्होंने घबराकर कहा, "यह क्या, मिस यिर्वा?" और फिर उत्तर न पाकर उसकी आँखों का जड़ विस्तार लक्ष्य करते हुए उसके कन्धे पर हाथ रखते हुए फिर, धीमे-से, "क्या, हुआ, हीली..."

हीली कन्धा झटककर, छिटककर परे हटती हुई खड़ी हो गयी और तीखेपन से थर्राती हुई आवाज से बोली, "दूर रहो, हत्यारे!"

कैप्टेन दयाल ने कुछ कहना चाहा, पर अवाक् ही रह गये, क्योंकि उन्होंने देखा, हीली की आँखों में वह निर्व्यास सूनापन घना हो आया है जो कि पर्वत का चिरन्तन विजन सौन्दर्य है।

मेजर चौधरी की वापसी

किसी की टाँग टूट जाती हैं, तो साधारणतया उसे बधाई का पात्र नहीं माना जाता। लेकिन मेजर चौधरी जब छह सप्ताह अस्पताल में काटकर बैसाखियों के सहारे लड़खड़ाते हुए बाहर निकले, तो बाहर निकलकर उन्होंने मिजाजपुर्सी के लिए आये हुए अफ़सरों को बताया कि उनकी चार सप्ताह की 'वारलीव' के साथ उन्हें छह सप्ताह की 'कम्पैशनेट लीव[1] भी मिली है, और इसके बाद ही शायद कुछ और छुट्टी के अनन्तर उन्हें सैनिक नौकरी से छुटकारा मिल जायेगा, तब सुनने वालों के मन में अवश्य ही ईर्ष्या की लहर दौड़ गयी थी। क्योंकि मोकोकूचङ् यों सब डिवीज़न का केन्द्र क्यों न हो, वैसे वह नगा पार्वत्य जंगलों का ही एक हिस्सा था, और जोंक, दलदल, मच्छर, चूती छतें, कीचड़ फर्श, पीने को उबाला जाने पर भी गंदला पानी और खाने को पानी में भिगोकर ताजा किये गये सूखे आलू-प्याज—ये सब चीज़ें ऐसी नहीं हैं कि दूसरों के सुख-दुख के प्रति सहज-औदार्य की भावना को जाग्रत करें!

मैं स्वयं मोकोकूचङ् में नहीं, वहाँ से तीस मील नीचे मरियानी में रहता था, जो कि रेल की पक्की सड़क द्वारा सेवित छावनी थी। मोकोकूचङ् अपनी सामग्री और उपकरणों के लिए मिरयानी पर निर्भर था इसलिए मैं जब-तब एक दिन के लिए मोकोकूचङ् जाकर वहाँ की अवस्था देख आया करता था। नाकाचारी चारआली[2] से आगे रास्ता बहुत ही खराब है और गाड़ी कीच-काँदों में फँस-फँस जाती है, किन्तु उस प्रदेश की आवनगा जाति के हँसमुख चेहरों और साहाय्य-तत्पर व्यवहार के कारण वह जोखम बुरी नहीं लगती।

मुझे तो मरियानी लौटना था ही, मेजर चौधरी भी मेरे साथ ही चले—मरियानी से रेल द्वारा वह गौहाटी होते हुए कलकत्ते जायेंगे और वहाँ से अपने घर पश्चिम को...

स्टेशन-वैगन चलाते-चलाते मैंने पूछा, "मेजर साहब, घर लौटते हुए कैसा लगता है?" और फिर इस डर से कि कहीं मेरा प्रश्न उन्हें कष्ट ही न दे, "आपके इस—इस एक्सीडेंट से अवश्य ही इस प्रत्यागमन पर एक छाया पड़ गयी है, पर फिर भी घर तो घर है—"

अस्पताल के छह हफ्ते मनुष्य के मन में गहरा परिवर्तन कर देते हैं, यह अचानक तब जाना जब मेजर चौधरी ने कुछ सोचते-से उत्तर दिया, "हाँ, घर तो घर ही है। पर जो एक बार घर से जाता है, वह

1. समवेदना-जन्य छुट्टी।

2. चार-आली—चौरस्ता, आली असमिया में सड़क को कहते हैं।

लौटकर भी घर लौटता ही है, इसका क्या ठिकाना?"

मैंने तीखी दृष्टि से उनकी ओर देखा। कौन-सा गोपन दुःख उन्हें खा रहा है—'घर' की स्मृति को लेकर कौन-सा वेदना का ठूँठ इनकी विचारधारा में अवरोध पैदा कर रहा है? पर मैंने कुछ कहा नहीं, प्रतीक्षा में रहा कि कुछ और कहेंगे।

देर तक मौन रहा, गाड़ी नाकाचारी की लीक में उचकती-धचकती चलती रही।

थोड़ी देर बाद मेजर चौधरी फिर धीरे-धीरे कहने लगे, "देखो, प्रधान, फ़ौज में जो भरती होते हैं, न जाने क्या-क्या सोचकर, किस-किस आशा से। कोई-कोई अभागा आशा से नहीं, निराशा से भी भरती होता है, और लौटने की कल्पना नहीं करता। लेकिन जो लौटने की बात सोचते हैं—और प्रायः सभी सोचते हैं—वे मेरी तरह लौटने की बात नहीं सोचते—"

उनका स्वर मुझे चुभ गया। मैंने सान्त्वना के स्वर में कहा, "नहीं मेजर चौधरी, इतने हतधैर्य आपको नहीं—"

"मुझे कह लेने दो, प्रधान!"

मैं रुक गया।

"मेरी जाँघ और कूल्हे में चोट लगी थी; अब मैं सेना के काम का न रहा पर आजीवन लँगड़ा रहकर भी वैसे चलने-फिरने लगूँगा, यह तुमने अस्पताल में सुना है। सिविल जीवन में कई पेशे हैं जो मैं कर सकता हूँ। इसलिए घबराने की कोई बात नहीं। ठीक है न? पर—" मेजर चौधरी फिर रुक गये और मैंने लक्ष्य किया कि आगे की बात कहने में उन्हें कष्ट हो रहा है : "पर चोटें ऐसी भी होती हैं—जिनका इलाज—नहीं होता..."

मैं चुपचाप सुनता रहा।

"भरती होने के साल-भर पहले मेरी शादी हुई थी। तीन साल हो गये। हम लोग साथ लगभग नहीं रहे—वैसी सुविधाएँ नहीं हुईं। हमारी कोई सन्तान नहीं है।"

फिर मौन। क्या मेरी ओर से कुछ अपेक्षित है? किन्तु किसी आन्तरिक व्यथा की बात अगर वह कहना चाहते हैं, तो मौन ही सहायक हो सकता है, वही प्रोत्साहन है।

"सोचता हूँ, दाम्पत्य जीवन में शुरू में—इतनी—कोमलता न बरती होती! कहते हैं कि स्त्री-पुरुष में पहले सख्य आना चाहिए—मानसिक अनुकूलता—"

मैंने कनखियों से उनकी तरफ़ देखा। सीधा देखने से स्वीकारी अन्तरात्मा की खुलती सीढ़ी खट् से बन्द हो जाया करती है। उन्हें कहने दूँ।

पर उन्होंने जो कहा, उसके लिए मैं बिल्कुल तैयार नहीं था और अगर उनके कहने के ढंग में ही इतनी गहरी वेदना न होती तो जो शब्द कहे गये थे उनसे पूरा व्यंजनार्थ भी मैं न पा सकता...

"हमारी कोई सन्तान नहीं है। और जब—जिससे आगे कुछ नहीं है वह सख्य भी कैसे हो सकता है? उसे—एक सन्तान का ही सहारा होता...कुछ नहीं? प्रधान यह कम्पैशनेट लीव' अच्छा मज़ाक़ है—कम्पैशन भगवान को छोड़कर और कौन दे सकता है और मृत्यु के अलावा होता कहाँ है? अब इति से आरम्भ है! घर!" कुछ रुककर, "वापसी! घर!"

मैं सन्न रह गया! कुछ बोल न सका। थोड़ी देर बाद चौंककर देखा कि गाड़ी की चाल अपने-आप बहुत धीमी हो गयी है, इतनी कि तीसरे गीयर पर वह झटके दे रही है। मैंने कुछ सँभलकर गीयर बदला और फिर गाड़ी तेज करके एकाग्र होकर चलाने लगा—नहीं, एकाग्र होकर नहीं, एकाग्र दीखता हुआ।

तब मेजर चौधरी एक बार अपना सिर झटके से हिलाकर मानो उस विचार-शृंखला को तोड़ते हुए सीधे होकर बैठ गये। थोड़ी देर बाद उन्होंने कहा, "क्षमा करना, प्रधान, मैं शायद अनकहनी कह गया। तुम्हारे प्रश्नों के लिए तैयार नहीं था–"

मैंने रुकते-रुकते कहा–"मेजर, मेरे पास शब्द नहीं हैं कि कुछ कहूँ–"

"कहोगे क्या, प्रधान? कुछ बातें शब्द से परे होती हैं–शायद कल्पना से भी परे होती हैं। क्या मैं भी जानता हूँ कि–कि घर लौटकर मैं क्या अनुभव करूँगा? छोड़ो इसे। तुम्हें याद है, पिछले साल मैं कुछ महीने मिलिटरी पुलिस में चला गया था?"

मैंने जाना कि मेजर विषय बदला चाह रहे हैं। पूरी दिलचस्पी के साथ बोला, "हाँ-हाँ। वह अनुभव ही अजीब रहा होगा।"

"हाँ। तभी की एक बात अचानक याद आयी है। मैं शिलंग में प्रोवोस्ट मार्शल* के दफ्तर में था। तब–वे डिवीज़न की कुछ गोरी पलटनें वहाँ विश्राम और नये सामान के लिए बर्मा से लौटकर आयी थीं।"

"हाँ, मुझे याद है। उन लोगों ने कुछ उपद्रव भी वहाँ खड़ा किया था–"

"काफ़ी! एक रात मैं जीप लिये गश्त पर जा रहा था। हैपी वैली की छावनी से जो सड़क शिलंग बस्ती को आती है वह टेढ़ी-मेढ़ी और उतार-चढ़ाव की है और चीड़ के झुरमुटों से छायी हुई, यह तो तुम जानते हो। मैं एक मोड़ से निकला ही था कि मुझे लगा, कुछ चीज रास्ते से उछलकर एक ओर को दुबक गयी है। गीदड़-लोमड़ी उधर बहुत हैं, पर उनकी फलांग ऐसी अनाड़ी नहीं होती, इसलिए मैं रुक गया। झुरमुटों के किनारे खोजते हुए मैंने देखा; एक गोरा फ़ौजी छिपना चाह रहा है। छिपना चाहता है तो अवश्य अपराधी है, यह सोचकर मैंने उसे ज़रा धमकाया और नाम, नम्बर, पलटन आदि का पता लिख लिया। वह बिना पास के रात को बाहर तो था ही, पूछने पर उसने बताया कि वह एक मील और नीचे नाङ् थिम-माई की बस्ती को जा रहा था। इससे आगे का प्रश्न मैंने नहीं पूछा–उन प्रश्नों का उत्तर तुम जानते ही हो और "पूछकर फिर कड़ा दण्ड देना पड़ता है जो कि अधिकारी नहीं चाहते–जब तक कि खुल्लमखुल्ला कोई बड़ा स्कैण्डल न हो।"

"हूँ। मैंने तो सुना है कि यथासम्भव अनदेखी की जाती है ऐसी बातों की। बल्कि कोई वेश्यालय में पकड़ा जाये और उसकी पेशी हो तो असली अपराध के लिए नहीं होती, वरदी ठीक न पहनने या अफ़सर की अवज्ञा या ऐसे ही किसी जुर्म के लिए होती है।"

"ठीक ही सुना है तुमने। असली अपराध के लिए ही हुआ करे तो अव्वल तो चालान इतने हों कि सेना बदनाम हो जाये; इससे इसका असर फ़ौजियों पर तो उल्टा पड़े–उनका दिमाग़ हर वक़्त उधर ही जाया करे। खैर! उस दिन तो मैंने उसे डाँट-डपटकर छोड़ दिया। पर दो दिन बाद फिर एक अजीब परिस्थिति में उसका सामना हुआ।"

"वह कैसे?"

"उस दिन मैं अधिक देर करके जा रहा था। आधी रात होगी, गश्त पर जाते हुए उसी जगह के आस-पास मैंने एक चीख सुनी। गाड़ी रोककर मैंने बत्ती बूझा दी और टॉर्च लेकर एक पुलिया की ओर गया जिधर से आवाज़ आयी थी। मेरा अनुमान ही ठीक था; पुलिया के नीचे एक पहाड़ी औरत गुस्से से भरी खड़ी थी, और कुछ दूर पर एक अस्त-व्यस्त गोरा फ़ौजी, जिसकी टोपी और पेटी ज़मीन पर पड़ी

*सैनिक पुलिस का उच्चाधिकारी प्रोवोस्ट मार्शल कहलाता है।

थी और बुश्शर्ट हाथ में। मैंने नीचे उतरकर डाँटकर पूछा, 'यह क्या है?' पर तभी मैंने उस फ़ौजी को आँखों में देखकर पहचाना कि एक तो वह परसों वाला व्यक्ति है, दूसरे वह काफ़ी नशे में है। मैंने और भी कड़े स्वर में पूछा, 'तुम्हें शरम नहीं आती! क्या कर रहे थे तुम?'"

"वह बोला, 'यह मेरी है।'

"मैंने कहा, 'बको मत!' और उस औरत से कहा कि वह चली जाये। पर वह ठिठकी रही। मैंने उससे पूछा, 'जाती क्यों नहीं?' तब वह कुछ सहमी-सी बोली, 'मेरे रुपये ले दो'।"

"काफ़ी बेशर्म ही रही होगी वह भी!"

"हाँ, मामला अजीब ही था। दोनों को डाँटने पर दोनों ने जो टूटे-फूटे वाक्य कहे उससे यह समझ में आया कि दो-तीन घण्टे पहले वह गोरा एक बार उस औरत के पास हो गया था और फिर आगे गाँव की तरफ चला गया था। लौटकर फिर उसे वह रास्ते में मिली तो गोरे ने उसे पकड़ लिया था। झगड़ा इसी बात का था कि गोरे का कहना था, वह रात के पैसे दे चुका है, और औरत का दावा था कि पिछला हिसाब चुकता न था, और अब फ़ौजी उसका देनदार है। मैंने उसे धमकाकर चलता किया। पहले तो वह गालियाँ देने लगी, पर जब उसने देखा कि गोरा गिरफ्तार हो गया है तो बड़बड़ाती चली गयी।"

"फिर गोरे का क्या हुआ? उसे तो कड़ी सजा मिलनी चाहिए थी?"

मेजर चौधरी थोड़ी देर तक चुप रहे। फिर बोले, "नहीं, प्रधान, उसे सजा नहीं मिली। मालूम नहीं, वह मेरी भूल थी या नहीं, पर जीप में ले आने के घण्टा भर बाद मैंने उसे छोड़ दिया।"

मैंने अचानक कहा, "वाह, क्यों?" फिर यह सोचकर कि यह प्रश्न कुछ अशिष्ट-सा हो गया है, मैंने फिर कहा, "कुछ विशेष कारण रहा होगा–"

"कारण? हाँ, कारण...था शायद। यह तो इस पर है कि कारण कहते किसे हैं। मैंने जैसे छोड़ा, वह बताता हूँ।"

मैं प्रतीक्षा करता रहा। मेजर कहने लगे, "उसे मैं जीप में ले आया। थोड़ी देर टॉर्च का प्रकाश उसके चेहरे पर डालकर घुमाता रहा कि वह और ज़रा सहम जाये। तब मैंने कड़ककर पूछा, 'तुम्हें शरम नहीं आयी अपनी फ़ौज का और ब्रिटेन का नाम कलंकित करते? अभी परसों मैंने तुम्हें पकड़ा था और माफ कर दिया था।' मेरे स्वर का उसके नशे पर कुछ असर हुआ। ज़रा सँभलकर बोला, 'सर, मैं कुछ बुरा नहीं करना चाहता था–' मैंने फिर डाँटा, 'सड़क पर एक औरत को पकड़ते हो और कहते हो कि बुरा करना नहीं चाहते थे?' वह बगलें झाँकने लगा, पर फिर भी सफाई देता हुआ-सा बोला, 'सर, वह अच्छी औरत नहीं है। वह रुपया लेती है–मैं तीन दिन से रोज उसके पास आता हूँ।' मैंने सोचा' बेहयाई इतनी हो तो कोई क्या करे! पर इस टामी जन्तु में जन्तु का-सा सीधापन भी है जो ऐसी बात कर रहा है। मैंने कहा, 'और तुम तो अपने को बड़ा अच्छा आदमी समझते होगे न, एकदम स्वर्ग से झरा हुआ फरिश्ता!' वह फिर बोला, 'नहीं सर, लेकिन-लेकिन–'"

"मैंने कहा, 'लेकिन क्या? तुमने अपनी पलटन का और अपना मुँह काला किया है, और कुछ नहीं।' तभी मुझे उस औरत की बात याद आयी कि यह कुछ घण्टे पहले उसके पास ही गया था, और मेरा गुस्सा फिर भड़क उठा। मैंने उससे कहा, 'थोड़ी देर पहले तुम एक बार बचकर चले भी गये थे, उससे तुम्हें सन्तोष नहीं हुआ? आगे गाँव में कहाँ गये थे? एक बार काफ़ी नहीं था!'"

"अब तक वह कुछ और सँभल गया था। बोला, 'सर गलती मैंने की है। लेकिन–लेकिन मैं अपने साथियों से बराबर होना चाहता हूँ–'"

"मैंने चौंककर कहा, 'क्या मतलब?'"

"वह बोला, 'हमारा डिवीज़न छह हफ़्ते हुए यहाँ आ गया था, आप जानते हैं। डेढ़ साल से हम लोग फ्रन्ट पर थे जहाँ औरत का नाम नहीं, खाली मच्छर और कीचड़ और पेचिश होती है। वहाँ से मेरी पलटन छह हफ़्ते पहले लौटी थी, पर मैं एक ब्रेकडाउन टुकड़ी के साथ पीछे रह गया था।'"

"'तो फिर?' मैंने पूछा।"

"बोला, 'डिवीज़न में मेरी पलटन सबसे पहले यहाँ आयी थी, बाक़ी पलटनें पीछे आयीं। छह हफ़्ते से वे लोग यहाँ हैं, और मैं केवल परसों आया हूँ और दस दिन में हम लोग वापस चले जायेंगे।'"

"मैंने डाँटा, 'तुम्हारा मतलब क्या है?' उसने फिर धीरे-धीरे जैसे मुझे समझाते हुए कहा, 'सारे शिलङ् के गाँवों की नेटिव बस्तियों की छाँट उन्होंने की है। मैं केवल परसों आया हूँ और दस दिन हमें और रहना है। मैं उनके बराबर होना चाहता हूँ, किसी से पीछे मैं नहीं रहना चाहता।'"

मेजर चौधरी चुप हो गये। मैं भी कुछ देर चुप रहा। फिर मैंने कहा, "क्या दलील है! ऐसा विकृत तर्क वह कैसे कर सका—नशे का ही असर रहा होगा। फिर आपने क्या किया?"

"मैं मानता हूँ कि तर्क विकृत है। पर इसे पेश कर सकने में मनुष्य से नीचे के निरे मानव-जन्तु का साहस है, बल्कि साहस भी नहीं, निरी जन्तु-बुद्धि है, और इसलिए उस पर विचार भी उसी तल पर होना चाहिए ऐसा मुझे लगा। समझ लो, जन्तु ने जन्तु को माफ कर दिया। बल्कि यह कहना चाहिए कि जन्तु ने जन्तु को अपराधी ही नहीं पाया।" कुछ रुककर वह कहते गये, "यह भी मुझे लगा कि व्यक्ति में ऐसी भावना पैदा करने वाली सामूहिक मनःस्थिति ही हो सकती है, और यदि ऐसा है तो समूह को ही दायी मानना चाहिए।"

स्टेशन-वैगन हचकोले खाता हुआ बढ़ता रहा। मैं कुछ बोला नहीं। मेजर चौधरी ने कहा, "तुमने कुछ कहा नहीं। शायद तुम समझते हो कि मैंने भूल की, इसीलिए चुप हो। पर वैसा कह भी दो तो मैं बुरा न मानूँ—मेरा बिल्कुल दावा नहीं है कि मैंने ठीक किया।"

मैंने कहा, "नहीं, इतना आसान तो नहीं है कुछ कह देना—" और चुप लगा गया। अपने अनुभव की भी एक घटना मुझे याद आयी, उसे मैं मन-ही-मन दोहराता रहा। फिर मैंने कहा, "एक ऐसी ही घटना मुझे भी याद आती है—"

"क्या?"

"उसमें ऐसा तीखापन तो नहीं है, पर जन्तु-तर्क की बात वहाँ भी लागू होती। एक दिन जोरहाट में क्लब में एक भारतीय नृत्य-मण्डली आयी थी—हम लोग सब देखने गये थे। उस मण्डली को और आगे लीडो रोड की तरफ जाना था, इसलिए उसे एक ट्रक में बिठाकर मरियानी स्टेशन भेजने की व्यवस्था हुई। मुझे उस ट्रक को स्टेशन तक सुरक्षित पहुँचा देने का काम सौंपा गया।

"ट्रक में मण्डली की छहों लड़कियाँ और साजिन्दे वगैरा बैठ गये, तो मैंने ड्राइवर को चलने को कहा। गाड़ी से उड़ी हुई धूल को बैठ जाने के लिए कुछ समय देकर मैं भी जीप में क्लब से बाहर निकला। कुछ दूर तो बजरी की सड़क थी, उसके बाद जब पक्की तारकोल की सड़क आयी और धूल बन्द हो गयी तो मैंने तेज बढ़कर ट्रक को पकड़ लेने की सोची। कुछ देर बाद सामने ट्रक की पीठ दीखी, पर उसकी ओर देखते ही मैं चौंक गया।"

"क्यों, क्या बात हुई?"

"मैंने देखा, ट्रक की छत तक बाँहें फैलाये और पीठ की तख़्ती के ऊपरी सिरे को दाँतों से पकड़े

हुए एक आदमी लटक रहा था। तनिक और पास आकर देखा, एक बावर्दी गोरा था। उसके पैर किसी चीज पर टिके नहीं थे, बूट यों ही झूल रहे थे। क्षण-भर तो मैं चकित सोचता ही रहा कि क्या दाँतों और नाखूनों की पकड़ इतनी मजबूत हो सकती है! फिर मैंने लपककर जीप उस ट्रक के बराबर करके ड्राइवर को रुक जाने को कहा।"

"फिर?"

"ट्रक रुका तो हमने उस आदमी को नीचे उतारा। उसके हाथों की पकड़ इतनी सख्त थी कि हमने उसे उतार लिया, तब भी उसकी उँगलियाँ सीधी नहीं हुईं—वे जकड़ी-जकड़ी ही ऐंठ गयी थीं! और गोरा नीचे उतरते ही ज़मीन पर ही ढेर हो गया।"

"ज़रूर पिये हुए होगा—"

"हाँ—एकदम धुत्त! आँखों की पुतलियाँ बिल्कुल विस्फारित हो रही थीं, वह भौचक्का-सा बैठा था। मैंने डपटकर उठाया तो लड़खड़ाकर खड़ा हो गया। मैंने पूछा, 'तुम ट्रक के पीछे क्यों लटके हुए थे?' तो बोला, 'सर, मैं लिफ्ट चाहता हूँ।' मैंने कहा, 'लिफ्ट का यह कोई ढंग है? चलो, मेरी जीप में चलो, मैं पहुँचा दूँगा। कहाँ जाना है तुम्हें?' इसका उसने कोई उत्तर नहीं दिया। हम लोग जीप में घुसे, वह लड़खड़ाता हुआ चढ़ा और पीछे सीटों के बीच में फर्श पर धम से बैठ गया।

"हम चल पड़े। हठात् उसने पूछा, 'सर, आप स्कॉच हैं?' मैंने लक्ष्य किया, नशे में वह यह नहीं पहचान सकता कि मैं भारतीय हूँ या अंगरेज, पर इतना पहचानता है कि मैं अफसर हूँ और 'सर' कहना चाहिए। फ़ौजी ट्रेनिंग भी बड़ी चीज़ है। जो नशे की तह को भी भेद जाती है! ख़ैर। मैंने कहा, 'नहीं, मैं स्कॉच नहीं हूँ।'"

"वह जैसे अपने से ही बोला, 'डैम फ़ाइन ह्विस्की।' और जबान चटखारने लगा। मैं पहले तो समझा नहीं, फिर अनुमान किया कि स्कॉच शब्द से उसका मदसिक्त मन केवल व्हिस्की का ही सम्बन्ध जोड़ सकता है...तब मैंने कहा, 'हाँ। लेकिन तुम जाओगे कहाँ?'"

"बोला, 'मुझे यहीं कहीं उतार दीजिए—जहाँ कहीं कोई नेटिव गाँव पास हो।' मैंने डपटकर कहा, 'क्यों क्या मंशा है तुम्हारा?' तब उसका स्वर अचानक रहस्य-भरा हो आया, और वह बोला, 'सच बताऊँ सर, मुझे औरत चाहिए!' मैंने कहा, 'यहाँ कहाँ है औरत?' तो बोला, 'सर, मैं ढूँढ लूँगा, आप कहीं गाँव-वाँव के पास उतार दीजिए।'"

"फिर तुमने क्या किया?"

"मेरे जी में तो आयी कि दो थप्पड़ लगाऊँ। पर सच कहूँ तो उसके 'मुझे औरत चाहिए' के निर्व्याज कथन ने ही मुझे निरस्त्र कर दिया—मुझे भी लगा कि इस जन्तुत्व के स्तर पर मानव ताड़नीय नहीं, दयनीय है। मैंने तीन-चार मील आगे सड़क पर उसे उतार दिया—जहाँ आस-पास कहीं गाँव का नाम-निशान न हो और लौट जाना भी ज़रा मेहनत का काम हो। अब तक कई बार सोचता हूँ कि मैंने उचित किया या नहीं—"

"ठीक ही किया—और क्या कर सकते थे? दण्ड देना कोई इलाज न होता। मैं तो मानता हूँ कि जन्तु के साथ जन्तु-तर्क ही मानवता है, क्योंकि वही करुणा है; और न्याय, अनुशासन, ये सब अन्याय हैं जो उस जन्तुत्व को पाशविकता ही बना देंगे।"

हम लोग फिर बहुत देर चुप रहे। नाकाचारी चार-आली पार करके हमने मरियानी की सड़क पकड़ ली थी; कच्ची यह भी थी पर उतनी खराब नहीं, और हम पीछे धूल के बादल उड़ाते हुए ज़रा तेज चल

रहे थे। अचानक मेजर चौधरी मानो स्वगत कहने लगे, “और मैं मनुष्य हूँ। मैं नहीं सोच सकता कि ‘यह मेरी है’ या कि ‘मुझे औरत चाहिए!’ मैं छुट्टी पर जा रहा हूँ—कम्पैशनेट छुट्टी पर। कम्पैशन यानी रहम—मुझ पर रहम किया गया है, क्योंकि मैं उस गोरे की तरह हिर्स नहीं कर सकता कि मैं किसी के बराबर होना चाहता हूँ। नहीं, हिर्स तो कर सकता हूँ, पर मनुष्य हूँ और वापस जा रहा हूँ घर। घर!”

मैं चुपचाप आँखें सामने गड़ाये स्टेशन-वैगन चलाता रहा और मनाता रहा कि मेजर का वह अजीब स्वर में उच्चारित शब्द ‘घर!’ गाड़ी की घर्र-घर्र में लीन हो जाये; उसे सुनने, सुनकर स्वीकारने की बाध्यता न हो।

उन्होंने फिर कहा, “एक बार ट्रेन में आ रहा था तो उसी कम्पार्टमेण्ट में छुट्टी से लौटता हुआ एक पंजाबी सूबेदार मेजर अपने एक साथी को अपनी छुट्टी का अनुभव सुना रहा था। मैं ध्यान तो नहीं दे रहा था, पर अचानक एक बात मेरी चेतना पर अंक गयी और उसकी स्मृति तनी रह गयी। सूबेदार मेजर कह रहा था, ‘छुट्टी मिलती नहीं थी, कुल दस दिन की मंजूरी हुई तो घरवाली को तारीखें लिखीं, पर उसका तार आया कि छुट्टी और पन्द्रह दिन बाद लेना। मुझे पहले तो सदमा पहुँचा, पर उसने चिट्ठी में लिखा था कि दस दिन की छुट्टी में तीन तो आने-जाने के, बाकी छः दिन में से मैं नहीं चाहती कि तीन यों ही जाया हो जायें।’ और इस पर उसके साथी ने दबी ईर्ष्या के साथ कहा था, ‘तक़दीरवाले हो भाई...’”

मैंने कहा, “युद्ध में इनसान का गुण-दोष सब चरम रूप लेकर प्रकट होता है। मुश्किल यही है कि गुण प्रकट होते हैं, तो मृत्यु के मुख में ले जाते हैं, दोष सुरक्षित लौटा लाते हैं। युद्ध के खिलाफ यह कम बड़ी दलील नहीं है—प्रत्येक युद्ध के बाद इनसान चारित्रिक दृष्टि से और गरीब होकर लौटता है।”

“यद्यपि कहते हैं कि तीखा अनुभव चरित्र को पुष्ट करता है—”

“हाँ, लेकिन जो पुष्ट होते हैं वे लौटते कहाँ हैं?” कहते-कहते मैंने जीभ काट ली, एक बात मुँह से निकल गयी थी।

मेजर चौधरी की पलकें एक बार सकुच कर फैल गयीं, जैसे नश्तर के नीचे कोई अंग होने पर। उन्होंने सँभलकर बैठते हुए कहा, “थैंक यू, कैप्टन प्रधान! हम लोग मरियानी के पास आ गये—मुझे स्टेशन उतारते जाना, तुम्हारे डिपो जाकर क्या करूँगा—”

तिराहे से गाड़ी मैंने स्टेशन की ओर मोड़ दी।

नगा पर्वत की एक घटना

"मेरी समझ में तो समस्या इससे गहरी है। आप उसे जिस रूप में देख रहे हैं, उतनी ही बात होती तब तो कोई बात न थी।" कप्तान अर्जुन ने समर्थन के लिए कप्तान वासुदेवन की ओर देखा।

"हाँ, फ़ौजी जीवन आदमी को इतना अनुशासनाधीन बना देता है कि फायर का हुक्म मिलते ही गोली दाग देता है, उचित-अनुचित कुछ नहीं सोचता; यह तो कोई इतनी बड़ी बुराई नहीं है। क्योंकि ऐसी डिसिप्लिन तो हम चाहते ही हैं, और जो चाहा जाये उसका हो जाना क्यों बुरा?"

"पर चाहना तो बुरा हो सकता है," कप्तान चोपड़ा बोले, "क्या आदमी को ड्रिल करा-करा के ऐसा यन्त्र बना देना, कि उसकी मॉरल जजमेण्ट बिल्कुल बेहोश हो जाये, बड़ा पाप नहीं है? यही तो फ़ौजी जीवन करता है?"

"इससे किसे इनकार है? अपनी जजमेण्ट को दूसरों की जजमेण्ट के अधीन कर सकना सिपाहीगिरी के लिए जरूरी है। लेकिन ऐसा सिर्फ फ़ौज में ही नहीं होता; यह तो हमें हर क्षेत्र में करना पड़ता है।" वासुदेवन ने उत्तर दिया।

"और फिर यह वैसे भी किसी पेशे का दोष नहीं, यह तो मानव का ही दोष है कि वह ऐसा करना चाहता है। मानव को मॉरल जजमेण्ट की हम चाहे जितनी दुहाई दें, असल में वह इतने गहरे गॉरल में नहीं है कि उस जजमेण्ट को दूसरों पर छोड़ने में खुश न हो; उसके लिए यह जजमेण्ट का मामला एक गले में पड़ी आफ़त है, जिसे वह जितनी जल्दी दूसरों के गले डाल सके, उतना ही अच्छा। इसलिए मैं कहता हूँ कि आप समस्या को आसान करके देख रहे हैं। फौज का पेशा मानव में कोई नया ऐब पैदा नहीं कर देता, उसमें जो सहज दुर्बलता है उससे लाभ उठाकर चलता है। यह बल्कि ज्यादा बड़ी आलोचना है। यह क्या कम बात है कि छः हजार बरस की संस्कृति से—वासुदेवन, छः हजार बरस ठीक है न?—पैदा हुआ नैतिक बोध छः महीने की फौजी ड्रिल से ही ऐसा पस्त हो जाये कि हम बिना सोचे-समझे चाहे जिसकी जान ले डालें?"

"नहीं, बोध बिल्कुल तो नहीं मर जाता। ऐसे भी तो केस होते हैं जहाँ फ़ौज गोली चलाने से इनकार कर देती है, जैसे सिविलियनों पर, या औरतों पर—आखिर वह नैतिक बोध ही तो होता है न?"

"हाँ, मगर वह इसलिए कि डिसिप्लिन में ऐसे अपवाद रखे जाते हैं। शिक्षा में दुश्मन की बात सामने

लायी जाती है, और आमतौर पर 'दुश्मन' का अर्थ फ़ौजी ही लिया जाता है। बल्कि सिविलियन शत्रु नहीं हैं, या कि उसे नरमी से जीता जावे, ऐसी शिक्षा भी दी जाती है।"

"यानी आप कह रहे हैं कि अगर ट्रेनिंग में यह भी होता कि दुश्मन ही दुश्मन नहीं, दुश्मन के सिविलियन और औरत-बच्चे भी दुश्मन हैं, तो उनको भी मारने में फ़ौजी को झिझक न होती?"

"बिल्कुल, और इस सभ्य लड़ाई में इसकी मिसालें भी कम नहीं हैं। जर्मनी के कंसट्रेशन कैम्पों में–"

"तो क्या नैतिक जजमेण्ट बिल्कुल मर जाता है? मगर–"

"मरता है, या बेहोश भी होता है कि नहीं, पता नहीं। कहें कि स्थगित हो जाता है या दूसरे पर टाल दिया जाता है। और टाल देना मानव-मात्र का सहज स्वभाव है, फ़ौज का उसमें कोई हाथ नहीं।"

"मेजर वर्धन, आपकी क्या राय है?"

वासुदेवन कुछ कहना चाहते थे। पर मेजर से प्रश्न पूछा गया था, उत्तर के लिए रुके रहे। मेजर वर्धन ने सहसा उत्तर नहीं दिया; अन्य अफसरों ने देखा कि वह चुपचाप आगे को झुके हुए आग की ओर स्थिर दृष्टि से देख रहे हैं। आग की लपटें जैसे-जैसे उठती-गिरती थीं, वैसे-वैसे उनके चेहरे पर एक अजीब धूप-छाँह खेल उठती थी; उनके चेहरे पर एक क्लान्ति, एक उदासीनता का भाव तो था, पर उसके पीछे जैसे कहीं एक घोर करुणा भी छिपी हुई थी, ऐसी करुणा जो जानती है कि वह अपर्याप्त है, लेकिन फिर भी हार नहीं मानती; जैसे निर्धन माँ, पूस-माघ की सर्दी में अपने सर्वथा अपर्याप्त एवं फटे आँचल को बच्चे पर उढ़ाकर, आँचल के सहारे उतना नहीं, जितना अपनी लगन के सहारे, उसे ठिठुरने से बचा लेना चाहती हो...

फ़ौज से छुट्टी पाकर ये परिचित अफसर कभी-कभी एक्स-सोल्जर्स क्लब के छोटे कमरे में आ बैठते थे। तीनों कप्तानों ने अपने को सिविलियन जीवन में भी कप्तान कहने के अधिकार का उपयोग किया था; मेजर वर्धन अब अपनी 'मुफ्ती' पोशाक में 'मिस्टर वर्धन' रहना ही पसन्द करते थे, पर अभ्यासवश बाकी उन्हें मेजर कह ही जाते थे...

सहसा सन्नाटे में जैसे चौंककर वह बोले–"मेरी राय तो तुम लोग जानते हो। असल में हम लोग युद्ध की ओर ही ध्यान दें, तो ज्यादा अच्छा है, फ़ौजी जीवन के दोष देखने से हमारी दृष्टि स्खलित हो जाती है।"

"लेकिन क्या दोनों एक-दूसरे में निहित नहीं हैं? फ़ौजी जीवन और युद्ध को अलग कैसे किया जाये– युद्ध के लिए ही तो फ़ौजी जीवन है?"

"हाँ, लेकिन यह साध्य और साधन वाले झमेले में पड़ना है। यह ठीक है कि साधन की भी परख होनी चाहिए; अच्छे साध्य के लिए लगकर भी बुरा साधन बुरा है। मगर असल में तो साध्य ही बुरा है। साधन तो शायद–उतना बुरा न भी हो।"

"यानी, आप नहीं मानते कि फौजी जीवन आदमी को नीचे खींचता है?"

"हाँ–और नहीं। अनुशासन उसे मशीन–या कि सधा हुआ पशु या शिशु बनाता है, यह ठीक है। लेकिन एक तो हम इच्छा से यह परिणाम चाहते हैं, जैसा कि वासुदेवन ने कहा। दूसरे, सधा हुआ पशु मानव से ऐसा बुरा ही है, यह दावा करना दम्भ नहीं है?"

तीनों ने कुछ चौंकी हुई दृष्टि से मेजर की ओर देखा, मानो कहना चाहते हों, "आपसे ऐसी बात

की आशा नहीं थी।"

मेजर वर्धन ने कहा, "आप सोचते होंगे कि मैं सिनिकल हो रहा हूँ। नहीं। सचमुच सधे पशु के लिए मेरे मन में सम्मान है और यह भी मैं मानता हूँ कि वह उतना अधिक बुरा नहीं हो सकता जितना कि युद्ध की परिस्थितियों में मनुष्य हो सकता है, और मनुष्य भी कोई विकृत मन वाला खूँखार प्राणी नहीं; सीधा-सादा, भाई-बहिनों, जोरू-बच्चों के बीच रहने वाला, दस से छः तक दफ़्तर में—या छः से दस तक खेत में—खटने वाला अत्यन्त मामूली मनुष्य, जैसे कि फ़ौजी आमतौर पर होते हैं। इसीलिए जहाँ आदमी पशु बन जाता है, वहाँ मैं उसे उतना खतरनाक नहीं मानता। फ़ौज की डिसिप्लिन केवल इतना करती है, इससे बदतर कुछ नहीं। लेकिन युद्ध..."

"यह तो ठीक है कि युद्ध जो करता है, वह फ़ौजी जीवन नहीं करता। मगर युद्ध से आदमी के गुण भी तो उभरते हैं..." चोपड़ा ने कहा।

"हाँ, वैसा भी होता है। और यह भी होता है कि जिनके गुण उभरते हैं वे आगे जाकर मर जाते हैं, और जिनके ऐब उभरते हैं वे जान बचाकर घर लौटते हैं। 'हतो वा प्राप्स्यसे स्वर्गम्' आज भी उतना ही सच है, मगर 'जित्वा वा भोक्ष्यसे महीम्'—न मालूम! बल्कि जयी आजकल क्या भोगता है, कोई कह नहीं सकता।"

"लेकिन आप यह क्यों कहते हैं कि मनुष्य पशु से बदतर हो जाता है?"

"यों तो 'मनुष्य जब पशु होता है तब पशु से बदतर होता है...' यह आपने सुना ही है। क्योंकि पशु पशु होकर अपने पद पर है, और मनुष्य अपदस्थ, पतित। मगर आपको इस बात पर आपत्ति क्यों है? यह बताइए कि जब आप कहते हैं कि मनुष्य सधा हुआ पशु है, तब आपका अभिप्राय क्या होता है?"

कप्तान अर्जुन धीरे-धीरे बोले—"यही कि वह अपना विवेक छोड़कर सिर्फ अनुशासन पर चलता है—हुक्म दो 'गोली मारो' तो गोली मार देगा; 'आग में कूदो' तो आग में कूद पड़ेगा। कभी झिझक भी हो सकती है, डर से, पर अगर पशु ठीक सधा है तो डर रहते भी कूद पड़ेगा।"

"और अनुशासन से डर को दबाने के कारण ही फ़ौज में इतने मेण्टल केस होते हैं।" चोपड़ा ने दाद दी।

"हाँ, ठीक है। तो सधा हुआ मानव-पशु अपनी सहज इच्छा या विवेक के ऊपर दूसरे की इच्छा या विवेक को मानकर उसके अनुसार चलता है! यानी मानव का जो अपने विवेक को अमल में लाने का कर्तव्य है; उसे वह—चलिए, ताक़ में रख देता है कुछ काल के लिए। यह फ़ौजी अनुशासन की देन है। पर अगर वह पशु अनुशासन के नाम पर अपने नैतिक बोध को, सद्-विवेक को ताक़ में रख दे, और फिर सहज पशु-प्रवृत्ति की झोंक में अनुशासन को भी भुला दे...तब? तब तो वह पशु से बदतर है न?"

वासुदेवन ने तनिक मुस्कराकर कहा, "पशु-प्रवृत्ति में बहने वाला तो पशु ही हुआ; पशु से बदतर कैसे कहेंगे—"

"हाँ, मगर सधा हुआ पशु वह नहीं है; और हम यह मान ले रहे हैं कि अशिक्षित पशु शिक्षित पशु से बुरा है। और युद्ध फ़ौज के शिक्षित पशु को अशिक्षित बना देता है।"

वासुदेवन ने दिलचस्पी से पूछा, "क्या प्रसंग है यह?"

"वह है न—कि अहम्मन्य मूर्ख कॉलेजों में अपना दिमाग़ खराब करते हैं—दाखिल होते हैं बछेड़े लेकिन निकलते हैं पूरे गधे[1]—"

"हाँ!" कहकर चोपड़ा ने ठहाका लगाया।

"मगर एक बात है, बर्न्स ने पशु को और घटिया पशु बनाया, मनुष्य को पशु नहीं।"

"हाँ, क्योंकि वह कॉलेज की पढ़ाई की बात थी—उसमें इससे ज्यादा ताकत नहीं है। मगर जंग"—मेजर वर्धन ने फिर वातावरण को गम्भीर कर दिया। फिर मानो उन्हें स्वयं ध्यान आया कि क्लब के सामाजिक वातावरण को हल्का ही रहना चाहिए, और वह सहसा चुप हो गये।

कप्तान चोपड़ा थोड़ी देर उन्हें देखते रहे, मानो सोच रहे हों कि उस मौन को तोड़ना उचित है या नहीं। फिर उन्होंने पूछ ही डाला, "मेजर वर्धन, आपकी बात से मैं पूरी तरह कनविंस तो नहीं हुआ; मगर ऐसा लगता है कि आप किसी घटना के परिणाम से ऐसा कह रहे हैं। और घटनाओं का तर्क भी एक अलग तर्क है ही।"

कप्तान अर्जुन भी बढ़ावा देते हुए बोले, "और अपने ढंग का अकाट्य तर्क! सुनाइये, हम सब सुन रहे हैं!"

मेजर वर्धन ने एक बार तीनों की ओर देखा; फिर एक स्थिर दृष्टि से आग की ओर देखकर बोले, "हाँ, घटना का अपना अलग तर्क होता है। जो घटना अभी मेरे ध्यान में आयी थी, वह मेरी बात की पुष्टि करती है या नहीं, न जाने; मगर उसको समझा जा सकता है तो उसी के भीतर तर्क के आधार पर; नहीं तो इनसान ऐसा अनरीजनेबल कैसे हो सकता है, समझ नहीं आता। आखिर पशु-बुद्धि भी तो बुद्धि है—"

थोड़ी देर सन्नाटा रहा। चारों आग की ओर देखते रहे। मेजर वर्धन के चेहरे की रेखाएँ कड़ी हो आयीं, मानो उनकी स्थिर दृष्टि आग में कुछ देख रही हो और निश्चलता के जोर से उसे पकड़े रहना चाहती हो...फिर उनकी मुद्रा तनिक-सी पसीजती जान पड़ी, मानो बात कहने का ही निश्चय करके उन्हें कुछ तसल्ली मिली हो।

"बात कोहिमा की है। यानी ठीक कोहिमा की नहीं, कोहिमा और जासीम के बीच के इलाके की; डि-चिङ् के पार जो खुमनुबाटो का शिखर और जंगल है, वहीं की। मैं कोहिमा की इसलिए कहता हूँ कि मैं तब 33वीं डिवीज़न के साथ कोहिमा और जुबजा के बीच डिव-हेडक्वार्टर में पड़ा हुआ था।" वह क्षण-भर रुके, फिर कहने लगे, "वासुदेवन, तुम तो आगे थे—और अर्जुन तो डीमापुर में रहे—यह तो तुम्हें मालूम है कि मैं डीमापुर से इंटेलिजेंस के लिए आगे गया था—"

"हाँ, वह तो ऐसा गुपचुप कुछ काम था कि हम सबको बड़ा कौतूहल रहा। फिर हमने सोच लिया कि कोहिमा के पार जापानी लाइन के पीछे जासूसी करने जा रहे हैं। यह तो हमें मालूम था कि नगा स्काउटों की एक टोली तैयार हुई है, और यह भी सुना था कि उसके कुछ जवान आपके साथ जायेंगे—"

"हाँ, था तो गुपचुप ही; बल्कि जो बात बताने जा रहा हूँ, वह भी उसी दरजे की है—टॉप सीक्रेट। और अगर वह मेरा या हिन्दुस्तानी फ़ौज का सीक्रेट रहा होता तो मैं शायद अब भी उसकी बात न

---

1. A set of dull conceited hashes
Confuse their drains in college classes
They gang in striks and come out asses.

—**Robert Burns**

करता—पता नहीं, अब भी वह कहानी कहना फ़ौजी कानून के खिलाफ है कि नहीं। पर जो हो, सुनकर तुम लोग खुद तय करना कि आगे कहीं जाये या नहीं। मुझे तो यह बात अचानक ही एक अमेरिकन से पता लगी—हालाँकि थी शुरू में वह मेरी ही बात।"

"आप हमें भड़काने के लिए पहेलियाँ बुझा रहे हैं?"

"नहीं। तुम्हें मालूम नहीं, उन दिनों जापनियों के साथ बहुत-से आजाद हिन्द भी शामिल हो गये थे; इससे अंगरेजों के मन में बड़ा डर बैठा हुआ था। भेद-भाव तो यों भी था, पर इस डर से इंटेलिजेंस के बहुत-से काम सिर्फ अंगरेजों-अमेरिकनों को सौंपे जा रहे थे, भले ही हिन्दुस्तानी उसके लिए ज्यादा उपयुक्त हों। मैं भी, जो नगा जासूसों के साथ गया तो मेरे साथ एक अमेरिकी कर्नल भी था, अमेरिकी इंटेलिजेंस का, जो जापानी भाषा भी जानता था। और हम लोग गये भी उस इलाके में, जिधर सिर्फ जापानी थे—कोहिमा से उत्तर तेर्हेमत्सेमिन्यु वाले इलाके में। दक्षिण में जहाँ यह ख़्याल था कि जापानियों के साथ हिन्दी भी हैं वहाँ किसी हिन्दुस्तानी को नहीं भेजा गया—उधर सब ब्रिटिश अफसर थे।"

"हाँ।"

"तो इस इलाके में भटकते हुए मुझे एक बात सूझी। उधर का जंगल ऐसा दुर्गम था और अंगामी नगा जातियों के इलाके में ऐसी खेती-पट्टी कुछ होती नहीं कि जापानी लोग लूट-खसोट कर खाते रहें और टिके रहें। आये तो वे इसी भरोसे थे कि पहले लूट-पाट कर खाते रहेंगे, फिर डीमापुर पर कब्जा हो जायेगा तो वहाँ ढेरो रसद जमा होगी ही—हम आखिरी वक्त तक उसे बचाने का लोभ ज़रूर करेंगे। तो मुझे यह सूझा कि नगा पहाड़ियों में नगे तो कन्दमूल और बूटियाँ खाकर रह भी लें, जापानी तो ये सब बातें जानेगा नहीं; जब नगा गाँवों का थोड़ा-बहुत चावल और बकरी-कुत्ते खा चुकेगा, तब भूखे पेट बड़ी जल्दी डिमोरलाइज होगा। और वैसे अर्धबर्बर का हौसला जब गिरता है तो धीरे-धीरे फिसलता नहीं, एकदम नीचे आता है। ऐसे में अगर उसमें यह प्रचार किया जाये कि वह आत्म-समर्पण कर दे, तो उसकी जान भी बचेगी और खाना भी मिलेगा, तो—"

"हाँ, विकट लड़ाका था जापानी। पकड़ा नहीं जाता था—मरता था या आत्मघात कर लेता था। मैंने एक बार पाँच-छः कैदी जापानी देखे—वैसा पस्त जन्तु मैंने कभी नहीं देखा होगा। उनकी आँख नहीं उठती थी। उन्हें कैद का दुःख नहीं था, यह था कि वह आत्मघात न कर सके, पहले पकड़े गये। मगर यह भी बात थी कि उन्हें सिखाया जाता था कि पकड़े न जायें, नहीं तो बड़ी दुर्गति होगी और यह बात उनकी समझ में भी आ जाती थी, क्योंकि वे खुद कैदियों की बड़ी दुर्दशा करते थे—कम से कम कई बार तो ज़रूर। जो हो, मुझे यह सूझा कि यहाँ खाइयों में जो दो-तीन सौ जापानी कीचड़, मच्छर, जोंकों में पड़े सड़ रहे हैं, तिस पर खाने को चावल-मांस कुछ नहीं और पीने को गंदला पानी जो पियो और पेचिश से मरो; और एक बड़ी बात यह कि दुश्मन कहीं दीखता नहीं—क्योंकि उस घने जंगल में वहाँ दिन में भी अँधेरा-सा रहता था, दो सौ गज दूर पर दुश्मन की खाइयाँ हो सकती थीं और चिल्लायें तो एक-दूसरे की आवाज सुन सकते थे।...तो ऐसी हालत में अगर लाउड-स्पीकर से जापानियों में प्रोपेगेंडा किया जाये तो शायद बहुत असर हो—हत्याकाण्ड भी बचे। मुझे यह विचार ही उन जापानी कैदियों को देखकर आया था, क्योंकि उन्हीं से जापानी बुलवाने की बात सूझी थी।

"मगर कैदी क्या कभी राजी होते?"

"यह तो कोशिश करने की बात थी। बाद में हुए भी। मैंने उस अमेरिकी कर्नल को अपनी योजना

बतायी तो उसने भी कहा कि कोशिश करके देखना चाहिए—उसने यह भी कहा कि उसके साथ दो अमेरिकी सार्जेन्ट हैं जो वैसे तो जापानी हैं मगर अमेरिकी नागरिक हैं और अमेरिकी फ़ौज में हैं; ये लोग खुद भी ब्रॉडकास्ट कर सकेंगे और करा भी सकेंगे—और ऐसी तो कई जगहें होंगी जहाँ आमने-सामने खाइयाँ हों। उसके प्रोत्साहन से मैंने योजना बनाकर डीमापुर में एरिया कमाण्डर के पास आगे जी. एच. क्यू. के लिए भेज दी। फिर बैठकर प्रतीक्षा करने लगा कि आगे कुछ हो। हफ्ता हुआ, दो हफ्ते हुए—तीन हफ्ते हुए—महीना हो गया। मोर्चा सँभल गया, जापानी रुक गये, 33 डिव हवाई जहाज से जोरहाट पहुँचा और आगे बढ़ने लगा; सूने कोहिमा पर दोनों ओर से गोले बरसने लगे। कभी उनके जीरो आकर बम गिरा गये, कभी हमारे टैंक बढ़े तो कोहिमा के परले मोड़ तक बढ़ते गये, मगर मोड़ से मुड़ते ही पार की पहाड़ी से ऐसे जोर की गोला-बारी होती कि बस। तो हुआ यह कि बीच में कोहिमा कस्बे की पहाड़ियों पर न वे, न हम, उधर परली पहाड़ी में ऊपर नगा बस्ती में जापानी, इधर जुबजा के आगे को जंगल-ढँकी पहाड़ी पर हम। मैं यह सोचता रहा कि जी. एच. क्यू. वाले इतनी देर कर रहे हैं—अमल करने का वक्त तो फिर निकल जायेगा। अन्त में मैंने जनरल को कहा कि याद दिलावें।"

"एक महीना तो बहुत होता है सचमुच।"

"रिमाइन्डर का जवाब चौथे दिन आ गया।" मेजर वर्धन ने तनिक रुककर साथियों की ओर देखा। चोपड़ा ने कुछ अधैर्य से कहा, "क्या?"

"कहा गया कि यह योजना 'आइडिया ब्रांच' को भेज दी गयी है। वहाँ उस पर विचार हो जायेगा, हमें आगे याद दिलाने या पूछने की जरूरत नहीं है।"

"यह खूब रही!"

"और दो हफ़्ते हो गये। अन्त में मैंने समझ लिया कि मेरी योजना व्यावहारिक नहीं समझी गयी। मैंने भी उसे मन से निकाल दिया। इस बीच उस अमेरिकी कर्नल से अलग भी हो गया था—डीमापुर वापस बुलाये जाकर वह किसी दूसरे और भी गुपचुप मिशन पर भेज दिया गया था, और मैं 33 डिव के साथ कर दिया गया था; एडवांस के लिए इलाके की जानकारी उन्हें देने के लिए। 33 डिव पूरा गोरा डिव था—लड़ाके अच्छे मगर नगा पर्वत के भूगोल और नगा जाति के मामले में बिल्कुल सिफर। लेकिन डिव का हरावल जब कोहिमा में घुसा, और दो-तीन दिन में मुर्दों को हटाकर उस मटियामेट ढूहे में अपने किरमिच के बाँसे खड़े कर लिये, तो हमने पाया कि इधर डीमापुर से एक अमेरिकी अस्पताली टोली आयी। और इधर ऊपर से बीस-एक नगा बाँकों को साथ लिये वही अमेरिकी कर्नल। मुझे मालूम हुआ कि वह पहले तो डीमापुर से रेल से ही मरियानी चला गया था, वहाँ से मोकोक्चङ् की ओर से नगा पर्वतों में घुसा, पहले आया जासूसों के साथ, फिर अंगामियों के; और उधर से बढ़ता हुआ लोङ्सा से दक्खिन को उतरता हुआ चिपोकेटामी से फाकेकेङ्जूमी की ओर जा रहा था, खुई-वी तक गया भी था, लेकिन उसके आगे की स्थिति स्पष्ट नहीं थी, इसलिए लौट आया। अब अगर 33 डिव कोहिमा के पूरब जसामी वाली सड़क से आगे बढ़ेगा तो बीच के इलाके का महत्त्व भी नहीं; जापानी या तो पीछे हटेगा या बीच में फँस जायेगा, और अंगामी फिर किसी को छोड़ने के नहीं—एक तो यों ही वे परदेशी को धँसने नहीं देते, फिर जिसने उनके घर जलाये हों, खलिहान लूटे हों, औरतों को बेइज्जत किया हो उनको तो वह भूनकर खा जायेंगे। बातचीत के सिलसिले में मैंने अपनी योजना की बात छेड़ी, और कहा कि जी. एच. क्यू. वाले भी अजीब हैं, जहाँ छः हफ्ते आइडिया ब्रांच एक आइडिया को सेती रहती है। कर्नल ने एक तीखी नजर मुझ पर डालकर कहा, 'ओ, फ़र्गेट इट, वर्धन। 'मैंने फिर कहा, 'खैर, आइडिया तो अब गया ही, पर आखिर

जी. एच. क्यू. का संगठन क्या है? न ही अच्छा हो आइडिया, एक बार आजमाकर तो देखते! फिर मैंने खुद आगे जाकर प्रयोग करने के लिए वालंटियर किया था।' अब की बार उसने और भी निश्चयात्मक स्वर में कहा, 'आः पाइप डाउन!' और मेरे जिद करने पर बोला, 'वह आइडिया सड़ा हुआ था...इट स्टैंक!'"

"मुझे अचम्भा हुआ, कुछ धक्का भी लगा। मैंने कहा, 'कर्नल, जब मैंने पहले आपको बताया था, तब तो आपको वह ऐसा सड़ा हुआ नहीं मालूम हुआ था..."

"अबकी बार उसने फिर मेरी ओर तीखी दृष्टि से देखा, और पूछा, 'तुम्हें सचमुच नहीं मालूम कि उस आइडिया का क्या हुआ?' मैंने और भी विस्मय से कहा, 'नहीं तो...'"

"तब वह बोला, 'ऑल राइट, आई'ल टेल यू। वैसे जितना सिक्रेट वह तब था जब तुमने बताया था, उससे ज्यादा सिक्रेट अब हो गया है...क्योंकि...वह आजमाया जा चुका..."

"मैं सन्नाटे में आ गया। 'कब?...और... असफल हुआ?'"

"मैंने पूछा, 'आपको कैसे मालूम है?' बोला, 'वही मेरा हश-हश मिशन था।'"

तीनों श्रोताओं ने चौंककर कहा, "रीएली, मेजर वर्धन! ऐसी बात थी!"

"हाँ, मैं हक्का-बक्का एक मिनट उसकी ओर देखता रहा। फिर मैंने कहा, 'मेरी कुछ समझ में नहीं आया, कर्नल! शुरू से कहिए।'"

"वह कहने लगा, 'हाँ, शुरू से ही कहता हूँ। वैसे शुरू तो तुम्हीं जानते हो; तुम जो सोच रहे हो कि आइडिया ब्रांच वाले गुम होकर बैठे रहे, वह बात नहीं थी। लेकिन...' वह थोड़ा-सा झिझका, लेकिन मैं उसका भाव ताड़ गया। मैंने कहा, 'ओह, मैं समझा। शायद उन्होंने सोचा कि इस आइडिया की जाँच हिन्दुस्तानी को नहीं सौंपनी चाहिए। यही न?"

"हाँ, मुझे डर है कि यही। जो हो, मुझे यही आज्ञा मिली। इधर से तो मोकोक्चङ् गया, वहाँ आदेश मिला। उधर से फ़ौजें आगे बढ़ रही थीं, सब ब्रिटिश ही थीं, थोड़ी-सी अमेरिकी टुकड़ियाँ थीं, बस। उनके साथ बढ़ते हुए हम साटाका से नीचे खुइ-वी पहुँचे, खुइ-वी के पास ही खुमनुबाटो शिखर है और उसकी ढाल पर भारी जंगल। दूसरी पार जुलहामी में और साथाजूमी में जापानी थे, यह हमें मालूम था, पर जंगल में अजीब खिचड़ी थी। कहीं हमारी खाइयाँ, कहीं दुश्मन की; हमें तो कुछ पता न लगता पर वे अंगामी जवान तो जैसे हवा सूँघकर दुश्मन पहचानते थे, उन्हीं के भरोसे हम बढ़ते थे। यानी आइडिया की जाँच के लिए वह आइडियल जगह थी।"

"मेरा कुतूहल बढ़ता जा रहा था। मैंने पूछा, 'फिर...जाँच हुई?'"

"'हाँ, हुई।' उसने कहा, फिर कुछ सोचते हुए, 'मगर कैसी जाँच! यों तो खैर बहुत ठीक जगह थी। इधर जहाँ हमने लाउडस्पीकर फिट किये वहाँ टामियों की खाई थी। दो कम्पनियाँ सात दिन से उस खाई में थीं; चार दिन बारिश होती रही थी और उनकी हालत ऐसी हो रही थी...कि कुछ पूछो मत। तुम्हें तो कुछ खुद ही अनुभव है'...कहकर वह थोड़ा हँस दिया, क्योंकि कीचड़ से लदफद कहीं रुककर सब कपड़े उतारकर जोंकें ढूँढने का काम हम साथ कर चुके थे। मच्छर से तो मच्छरक्रीम बचा लेती, पर कीचड़ और जोंक से बचाव नहीं था! फिर उसने कहाना शुरू किया, 'टामियों की हालत देखकर मैंने उन्हें बताया कि हम जापानियों को सरेंडर करने को कहने वाले हैं : ...मैंने सोचा कि इससे उनके ऊबे और हारे हुए मन को कुछ सहारा मिलेगा। सात दिन से वहाँ पड़े-पड़े उनका खाना-पीना-सोना सब खाई में ही हो रहा था। इतने दिन में उन्हें एक भी जापानी नहीं दिखा था। लेकिन बाहर निकलकर आगे बढ़ने या झाँकने की भी सख्त मनाही थी, क्योंकि यह सब जानते थे कि सामने बहुत पास दुश्मन है। जापानी की घात

में बैठे सड़ रहे हैं, पर जापानी हैं कि दीखकर नहीं देता, यही हाल था। उधर जापानियों का भी ठीक यही हाल होगा, यह तय बात थी। बल्कि बदतर, क्योंकि हमारी लाइन में कम से कम रसद-पट्टी तो ठीक-ठाक थी, और वे कमबख्त खाने-पीने से भी लाचार थे..उनकी सप्लाई सर्विस ही नहीं थी! मैंने लाउडस्पीकर लगवा दिये, और एकाएक पूरे जोर से जापानी में ब्राडकास्ट शुरू हो गया।'"

"मैंने पूछा, 'फिर? क्या असर हुआ?' वह बोला, 'पहले तो आवाज़ होते ही ज़ोरों से मशीनगनों से गोलियों की बौछार हुई। इसका इमकान ही था, हमने खाई से दूर-दूर दो-तीन लाउडस्पीकर लगाये थे, कभी कोई बोलता था कभी कोई। फिर धीरे-धीरे बौछार कुछ मद्धिम पड़ी, मानो अनमनी-सी हो गयी...जैसे वे बीच-बीच में सुन रहे हों। हमने और ज़ोरों से चिल्लाना शुरू किया...तुम हार गये; तुम्हारी मौत निश्चित है; गोली से नहीं तो भूख और बीमारी से; जोंकों से खून चुसवाना सिपाही का काम नहीं है, हथियार डालकर इधर चले आओ! इधर तुम्हारी जान भी बचेगी, खाइयों से छुट्टी भी मिलेगी, अच्छा खाना मिलेगा–जो आत्म-समर्पण करेगा, उसकी प्राण-रक्षा की हम शपथ लेते हैं, वग़ैरह। इधर कम्पनी कमाण्डरों को बता दिया गया था कि जो जापानी आत्म-समर्पण करने आयें–निहत्थे या हाथ उठाकर, उन्हें आने दिया जाये, बन्दी करके आराम से रखा जाये, और फिर उन्हीं से आगे ब्राडकास्ट कराया जाये।"

मेजर वर्धन साँस लेने रुके। फिर उन्होंने जैसे जागते हुए पूछा, "तुम लोगों का क्या ख़्याल है–अपील का क्या असर हुआ?"

वासुदेवन ने कहा, "मेरी समझ में तो असर होना चाहिए था–पर आप तो बता चुके हैं कि वह नाकामयाब हुई थी।"

मेजर वर्धन फीकी हँसी हँसे। "हाँ, असर हुआ, ज़ोरों का असर हुआ, नाकामयाब वह अपील नहीं–मेरी योजना हुई थी।"

तीनों प्रतीक्षा में चुप रहे। मेजर वर्धन फिर कहने लगे, "कर्नल मोज़ ने–यही उस अमेरिकी का नाम था–मुझे बताया, एक घण्टे के हुल्लड़ के बाद राइफ़लें ऊपर उठाये दो सौ जापानी सहसा खाई में से निकल आये और आगे बढ़ने लगे। मुझे स्वप्न में भी उम्मीद नहीं थी कि इतनी जल्दी इतना असर होगा–बाद में मालूम हुआ कि सामने की खाई में कुल इतने ही आदमी थे...दो-तीन अफ़सरों ने आत्म-समर्पण का विरोध किया था, पर उनको जापानियों ने मार डाला और बाक़ी पीछे भाग गये दूसरी खाई में–जापानी जंगल की ओट से निकलकर सामने दीखने लगे।"

"मैंने कहा, 'यह तो आश्चर्यजनक सफलता रही!' वह बोला, 'हाँ...या कि रहती।' और चुप हो गया। मैंने पूछा, 'क्या मतलब?' तो थोड़ा रुककर बोला, 'जैसे ही उनकी मटमैली हरी वर्दी जंगल की हरियाली से अलग पहिचानी गयी, और मैंने खुशी से भरकर कहा कि देखो, वह आ रहे हैं, वैसे ही एक अनहोनी घटी। टामियों की पूरी कतार ने बिना हुक्म के, बल्कि हुक्म के खिलाफ खट से सब मशीनगनें उठायीं और दनादन दाग दीं!"

"मैंने कहा, 'हैं?' और कर्नल की ओर देखता रह गया। उसने स्थिर दृष्टि से मेरी ओर देखते हुए कहा, 'हाँ! शिस्त लेने की बात ही नहीं थी, पूरी क़तार सामने थी, अभी मैं समझ भी नहीं सका था कि हुआ क्या कि सब जापानी चित हो गये–दो सौ के दो सौ। बहुत-से तो एक साँस भी न खींच पाये होंगे, कुछ एक-आध बार कराह सके, दो-एक सिर्फ़ ज़ख्मी हुए थे और बाद में अस्पताल में मरे। पर उस वक्त सब साफ हो गया।"

"मैंने पूछा, 'मगर यह हुआ कैसे?' वह बोला, 'अब कैसे क्या बताऊँ? ब्रिटिश आर्मी डिसिप्लिन

बहुत अच्छी है; सबसे अच्छी। मगर स्थित की कल्पना करो : वैसे में जापानी की भावना पर भी गोली दाग देना एक ऑटोमैटिक एक्शन था...वह हुक्मअदूली है, यह किसी के ध्यान में नहीं आया होगा। और विश्वासघात है, यह तो किसी को सूझा भी नहीं होगा! वह थोड़ी देर चुप रहा। फिर बोला, 'लेकिन–इस तरह योजना फ़ेल कर दी गयी–दुबारा मौक़ा नहीं मिला। हमने फिर भी कोशिश की, मगर विश्वास उठ गया था। हर अपील पर और ज़ोर की बौछार होती, हमारे लाउडस्पीकर भी उड़ा दिये गये। हमारी रिपोर्ट पर कमाण्ड से हुक्म आया कि आइडिया ठप्प है, और इस प्रयोग का कहीं ज़िक्र न किया जाये।' मैं सुनकर चुप रह गया...मेरे आइडिया का क्या हुआ था, मेरी समझ में आ गया।"

मेजर वर्धन चुप हो गये। तीनों साथी थोड़ी देर तक प्रतीक्षा करते रहे, फिर वासुदेवन ने कहा, "मैं सोचता हूँ, उन जापानियों के मन की क्या हालत रही होगी उस वक्त।"

अर्जुन ने बात काटकर कहा, "उनकी ही क्यों, टामियों की मानसिक अवस्था भी स्टडी के लायक रही होगी–उस वक्त भी, और फ़ौरन बाद भी जब उन्हें मालूम हुआ होगा कि अपनी बेवक़ूफ़ी से ही लड़ाई कुछ और लम्बी हो गयी–या कम-से-कम उनकी मुसीबत–"

मेजर वर्धन ने कहा, "हाँ, जापानियों के मन की हालत की कल्पना कम मुश्किल है। टामियों की अधिक मुश्किल!"

सहसा चोपड़ा ने कहा, "लेकिन मेजर, अगर कहानी इतनी ही है तो इसका हमारी बहस से क्या सम्बन्ध है?"

वर्धन ने मानो बात न सुनी हो, अपनी ही बात के सिलसिले में वह कहते गये, "लेकिन कल्पना ज्यादा मुश्किल इसलिए नहीं है कि हम टामियों के मन की हालत कम जानते हैं और जापानियों की अधिक। बल्कि इससे उलटा। जहाँ ज्ञान कम होता है वहाँ कल्पना सहज होती है। टामियों की मनोदशा की कल्पना इसलिए मुश्किल है कि हम उसे ठीक-ठीक जानते हैं–एकदम ठीक, अलजेब्रा की इक्वेशन की तरह।"

चोपड़ा ने आग्रह किया, "यह तो और पहेली है। लेकिन हमारी बहस–"

मेजर वर्धन ने कहा, "ओ हाँ, हमारी बहस! हाँ, जो जापानी आये वे–पशु थे, सने हुए पशु, यन्त्र की अपील थी; सुनने वाला भी यन्त्र था–विवेक सोया या मरा या स्थागित जो कह लो था; भूख, नींद, सूखे कपड़ों की आस, प्राणों का आश्वासन...ये उस पशु को खींच लाये। ठीक है न?"

"वैसी परिस्थिति में आत्म-समर्पण अस्वाभाविक तो नहीं है–?"

"वही तो। वही तो। एकदम स्वाभाविक है इसीलिए तो मैं कह रहा हूँ, पशुवत्, विवेक से परे। लेकिन टामियों का कर्म–वह तो सधे हुए पशु का नहीं था? उसे क्या कहोगे?"

सब थोड़ी देर तक चुप रहे। फिर मेजर वर्धन ने ही कहा, "स्वाभाविक वह भी था–इसलिए पशु-कर्म उसे भी कह सकते हैं लेकिन अनुशासन से उसका कोई सम्बन्ध नहीं था, और प्राण-रक्षा से भी नहीं था कि प्राण-रक्षा वाला पशु तर्क वहाँ लगाया जा सके।"

"यान्त्रिक तो उस कर्म को कह सकते हैं–जैसे आँख के पास कुछ आने से आँख झपकती है हमारे बिना चाहे, वैसे ही यह भी अनैच्छिक ..."

"हाँ...और आँख के झपकने को आप डिसिप्लिन से नहीं दबा सकते, है न? अगर इस तरह गोली दाग देने को आप उस लेबल पर ले जा रहे हैं, तब तो मुझसे भी आगे जा रहे हैं...मुझे और कुछ कहना

नहीं है। फ़ौजी जीवन में आदमी विवेक छोड़कर अनुशासन के सहारे चलता है, और युद्ध का दबाव उसे अनुशासन से भी परे ले जाता है—उस स्थिति को मैं क्या नाम दूँ?"

थोड़ी देर चुप रहकर मेजर वर्धन उठ खड़े हुए। खड़े-खड़े बोले, "उसके लिए नाम नहीं है। मेरा ख़्याल है कि नाम जिस भाषा में होता वह भाषा हम लोग नहीं जानते।"

तीनों ने कौतूहल से उसकी ओर देखा! वह फिर कहने लगे, "हमारी भाषा—यह विवेकी भाषा—बस्ती-गाँव की भाषा है। पशु की भाषा उसका अर्थहीन चीखना-चिल्लाना है...उसमें अर्थ नहीं है, पर अभिप्राय हो सकता है। उस अभिप्राय को समझने के लिए हमें दो-चार-छः-आठ या चलो बीस हजार बरस की संस्कृति को भूलना यथेष्ट है। मगर जिस भाषा में जंगल में पेड़ पेड़ से बोलता है, पत्ती-पत्ती मर्मर कर उठती है. ..उस भाषा को क्या हम जानते हैं? जान सकते हैं? उसे समझने के लिए हज़ारों बरस की सांस्कृतिक परम्परा को नहीं, लाखों-करोड़ों बरस की जैविक परम्परा को भूलना जरूरी है। आदम-हव्वा के युग में नहीं, कच्छ, मछली और सूअर के अवतारों के युग में जाना जरूरी है... सूअर के दाँत पर जो धरती टँगी हुई थी...बल्कि उसमें भी नहीं, वह सूअर जिस कीच में खड़ा था उसमें।"

मेजर वर्धन का स्वर आविष्ट था, उसकी गरमी तीनों साथियों को छू रही थी। मगर अँगीठी की आग ठण्डी पड़ गयी थी, मेजर का चेहरा अँधेरे में था; और तीनों एक हल्की-सी सिहरन से काँप गये।

परिशिष्ट-2

परशुराम से तूरख़म

एक टायर की राम-कहानी

कहते हैं कि सृष्टि की सर्वोत्तम आकृति चक्र है—क्योंकि उसका आदि-अन्त कुछ नहीं है। मैंने देश की भिन्न-भिन्न सँकरी-चौड़ी, कच्ची-पक्की, ऊबड़-खाबड़ सड़कों पर लुढ़कते-पुढ़कते अनेकों बार सोचा है कि चक्राकृति में सौन्दर्य के लिए बहुत अधिक नम्बर चाहे न भी पाऊँ, अपनी आदि-अन्तहीन गति-क्षमता का दावा तो कर ही सकता हूँ—और यह भी कह सकता हूँ कि स्वयं सुन्दर न होकर भी मैं संसार के अखिल सौन्दर्य की नींव हूँ, क्योंकि मैं संस्कृति की नींव हूँ। संस्कृति और सभ्यता के विकास में अग्नि के अवतरण के बाद जो दूसरी सीढ़ी मानव प्राणी चढ़ा, वह मैं हूँ; या यों कह लीजिए कि देवताओं के समुद्र-मन्थन से जैसे सर्वश्रेष्ठ उपलब्धि अग्नि की हुई, उसी प्रकार मानव-मन-रूपी महासागर के मन्थन से जो श्रेष्ठ नवनीत प्राप्त हुआ, वह है चक्राकार की उद्भावना...

यह मैं कह रहा हूँ, तो चक्रमात्र के साधारण प्रतिनिधि की हैसियत से; नहीं तो व्यक्ति रूप में मैं एक अकिंचन यायावर हूँ, और अपने ही जैसे यायावर 'श्री इन पंक्तियों के लेखक जी' का सहारा—क्योंकि मैं उनकी गाड़ी का एक टायर हूँ...

और मैं जो राम-कहानी कहूँगा, वह भी मेरी राम-कहानी इसीलिए है कि वह मेरे चालक की कहानी है। अपने अनुभव को दूसरे के—अपने मालिक के—इतिवृत्त के रूप में कहना ही तो मर्यादा-संगत है; वैष्णव भक्त जैसे राधा और कृष्ण के जीवन में अपने राग-विराग ढाल देते थे, मैं अपने प्रतीक-पुरुष को ही आधार बनाता हूँ। तुलना आपको बड़बोलापन लगे तो यह न भूलिए कि जैसा मुरीद होगा, वैसा ही पीर होगा, उससे बड़ा कहाँ से आयेगा!

मिस्टर पीटर रोलिंग स्टोन
हैव यू एनी मॉस?
नो सर, नो सर, आइ'म
रनिंग एट ए लॉस!

अपने प्रतीक-पुरुष को मिस्टर रोलिंग स्टोन नहीं कहूँगा, यायावर कहूँगा; पर बात वही है—

चल-चल देता है लाद-लाद कर बार-बार बनजारा;
सब ठाठ धरा रह जाता; धन बस दूर क्षितिज का तारा!

यायावर को भटकते चालीस बरस हो चले, किन्तु इस बीच न तो वह 'अपने पैरों तले घास (या मॉस!) जमने दे सका है', न कुछ ठाठ जमा सका है, न क्षितिज को कुछ निकट ला सका है—उसके तारे को छूने की तो बात ही क्या! कितने स्थल उसने देखे जहाँ बैठकर ऋषियों ने देहों पर बल्मीक उगा लिये, जहाँ मुनि तपस्या करते-करते पाषाण हो गये, जहाँ देवता जमकर पर्वत-शृंग बन गये, जहाँ मानवों ने ऐहिक कांक्षाओं-वासनाओं से मुक्ति पायी—किन्तु यायावर ने समझा है कि देवता भी जहाँ मन्दिर में रुके कि शिला हो गये, और प्राण-संचार के लिए पहली शर्त है गति, गति, गति! छुटपन में चीनी कहावतों के एक संग्रह में जिस वाक्य ने उसे सबसे अधिक प्रभावित किया था और जिसे उसने अपना गुरु-मन्त्र मानकर डायरी के मुख-पृष्ठ पर लिख लिया था, वह था :

'मैं क्यों चाहूँ कि मेरी अस्थियाँ भी मेरे पुरखों की अस्थियों के साथ एक सुरक्षित समाधि-स्तूप में दबी रहें? जहाँ भी कोई चला जाये, वहीं कोई हरी-भरी पहाड़ी मिल जायेगी'...

पूर्व—असम[1]

यायावर को असम में जब नौकरी ही भटकने की मिली, तब उसे लगा मानो क्षितिज का तारा कुछ निकट आ गया है। किन्तु जब जापानी अभियान बढ़ा और पछाड़ खाकर गिर गया, और काम का दबाव भी कुछ हल्का पड़ा, तब उसने समझ लिया कि जल्दी ही इस सीमान्त से स्थानान्तरित होना होगा। इसीलिए जब पूर्वी सीमा-प्रान्त के भी पूर्वोत्तर प्रदेश का दौरा उसके हिस्से पड़ा, तब उसने तत्परता से स्वीकार किया, और दौरे के प्रोग्राम में कई ऐसे भी स्थान जोड़ लिये जो प्रायः दौरा करने वाले अफसरों की सूची में छूट जाया करते हैं—चाहे इसलिए कि 'वहाँ भला क्या काम होगा?' और चाहे इसलिए कि 'कौन आफ़त का मारा वहाँ जायेगा?' मन ही मन यह भी ठान लिया कि दौरे पर ही 'अपने कार्यक्रम को तात्कालिक आवश्यकतानुसार बदल सकने' के अधिकार का भरपूर उपयोग किया जायेगा—क्योंकि दौरे की पटरी से कुछ इधर या कुछ उधर या कुछ आगे ही तो कैसे-कैसे स्थान पड़ते हैं!

यायावर को इस बार जो ट्रक मिला, उसकी हालत बहुत अच्छी न थी। कहूँ कि उसमें एक टायर ही बस ऐसा था जिसका भरोसा किया जा सके, तो इसे मेरी आत्मश्लाघा न समझा जाय! एंजिन अठारह हजार मील रन कर चुका था—और अठारह हजार फ़ौजी मील कितने लम्बे होते हैं, वह भुक्तभोगी मिलिटरी गाड़ियाँ ही जानती हैं!—काँच सब टूटे हुए थे, कारबुरेटर खराब था, तार गल गये थे, बैटरी बदलने लायक थी, डायनेमो बीच-बीच में चार्ज करना छोड़ देता था, ब्रेक कमजोर थे...तिस पर यायावर को रात में गाड़ी चलाने का व्यसन है, और वह बहुधा दूर-दूर की मीटिंगें शाम को रखता जिससे घोर रात के सन्नाटे में सारी सड़क पर निर्बाध अधिकार हो, कहीं रुकना न पड़े, पटरी से उतरना न पड़े, किसी की धूल न फाँकनी पड़े, और शान्ति से सोचा जा सके; नथुने फुलाकर कामरूपी रात की रहस्यमयी सुगन्ध ली जा सके, जब-तब बीच राह में चौंक कर रुके हुए किसी वन्य जन्तु की चमकती अंगार आँखें देखी जा सकें, फिर वह खरहा हो, कि लोमड़ी-सियार, कि वन-बिलार कि बघेला...और रात की दौड़ में एक यह भी सुविधा थी कि कभी-कभी रैन-बसेरे की समस्या अपने-आप हल हो जाती थी!

किन्तु इस ट्रक के साथ रात की दौड़ कैसे हो? यायावर को चिन्ता नहीं। वह गाड़ी स्वयं चलाता है, शुक्ल पक्ष की रातें हैं, उसके शरीर में शायद विटामिन कैरोटीन यों भी यथेष्ट है क्योंकि बत्ती जलाये बिना गाड़ी दौड़ाने में उसकी आँखों को कोई कष्ट नहीं होता! बल्कि यह स्निग्ध अँधेरा तो विचार का

---

1. 'आसाम', नहीं, असम; 'आसामी' नहीं, असमीया। ले.

सहायक है—और चाँदनी में पूरा प्रदेश दीखता है, जबकि बत्ती जलाने से केवल सड़क दीप्त हो उठती है और परिपार्श्व पर कालिख पुत जाती है!

तिनसुकिया से आगे कोई वर्कशाप नहीं है तो क्या हुआ? यायावर के पैर में चक्कर है, दिमाग में चक्कर है, भ्रामरी योग में उसने जन्म लिया है और सनीचर की साढ़े साती चल रही है—क्या भटकाने वाली इतनी शक्तियाँ उसकी रुकी गाड़ी को चला न देंगी? कब उसे उत्तर-पूर्व का सीमान्त फिर छूना मिलेगा, कब फिर ब्रह्मपुत्र की समतल यात्रा का आरम्भ-बिन्दु, परशुराम का तपोवन और कुण्ड, कुण्डिनपुर के उन महलों के अवशेष जहाँ बैठकर रुक्मिणी ने कृष्ण की प्रतीक्षा की होगी; गैंड़े, हाथी और मिठून (अरना भैंसा) द्वारा सेवित कदली-वन, आबोर और मिश्मी और खामटी वन्य जातियों के आश्रयदाता सदिया सीमा प्रदेश के दुर्भेद्य जंगल देखने को मिलेंगे...और चार-पाँच दिन बाद ही तो माघ-पूर्णिमा है, जिस दिन परशुराम कुण्ड पर मेला लगता है...निःसन्देह यायावर का सदिया फ्रंटियर ट्रैक्ट में जाना बहुत जरूरी है, वहाँ उसे बहुत काम है और उसके लिए दौरे के प्रोग्राम में हेर-फेर करना ही होगा!

सैखुआ घाट असम रेलवे की छोटी लाइन का उत्तर-पूर्वीय अन्तिम स्टेशन है। तिनसुकिया से पचास-पचपन मील रेल की पटरी के साथ-साथ सड़क जाती है। राह में डुमडुमा की अमेरिकी छावनी और फिर एक बड़ा चीनी शिविर लाँघकर, अनेक चाय-बागान, नदी-उपनदी और बेंत के जंगल पार करके सैखुआ घाट का बँगला पड़ता है। किन्तु कोई सोच ले कि घाट पहुँचते ही नदी मिल जायेगी तो भूल करेगा, यद्यपि नाम को घाट के बाद से नदी का पाट आरम्भ हो जाता है। दो-तीन मील और आगे बढ़कर फिर सड़क खो जाती है और मीलों रेती में चलना पड़ता है, तब जाकर कहीं ब्रह्मपुत्र का उतारा मिलता है, जहाँ ग।ड़ी नाव पर लादकर पार लगायी जाती है। पार उतरकर फिर दो-तीन मील रेती, और फिर सड़क पर चढ़कर सदिया का छोर मिल जाता है, कुछ आगे बाजार है और बायें को मुड़कर दो-तीन मील जा कर सदिया का दुर्ग, छावनी और कचहरी आदि...

यायावर का ट्रक सर्किट हाउस पर जा रुका। मुझे तब विश्राम मिला; यायावर ने कमरे में सामान जमाया और नक्शा लेकर बैठा। शाम को अंग्रेज पोलिटिकल एजेंट से मिलकर 'भीतरी सीमा' के पार के प्रदेश में जाने का परमिट लिया और बाकी तैयारी अगले दिन पर छोड़ दी, ताकि इस बीच ट्रक की और मेरी कुछ खातिर कर ली जाये...

सदिया सीमा प्रदेश तो है ही, यहाँ का पोलिटिकल एजेंट सीधे गवर्नर के अधीन होता, और उसके तथा सदिया के सैनिक कमाण्डर के हाथ में सम्पूर्ण शक्ति केन्द्रित होती। भारत में ब्रितानी शासन को दृढ़ करने में किस तरह सीमा प्रान्तों या 'पिछड़े' प्रदेशों के पोलिटिकल एजेंटों और ईसाई प्रचारकों का चोली-दामन का साथ रहा है, इसके अध्ययन के लिए असम के सीमा प्रदेशों का-सा क्षेत्र और न मिलेगा! यायावर प्रायः कहा करता कि देश की पराधीनता सबसे अधिक अखरती है तो एक अपने हिमालय के अंग, संसार के सबसे ऊँचे शिखर का नाम 'एवरेस्ट' सुनकर, और एक सीमा-प्रदेशों में जाने के परमिट के लिए फिरंगी पोलिटिकल ऐजेंट के दफ़्तर में जाकर! देश की प्रत्येक सीमा तीर्थ होती है, नहीं तो देश पुण्यभूमि कैसे होता है? पर अपने ही तीर्थ तक जाने के लिए परदेशीय सत्ता के अहंमन्य प्रतिनिधि का मुँह जोहना जैसा चुभता है, उसे भुक्तभोगी जानते हैं...

सदिया फ्रंटियर ट्रैक्ट में भी दो सीमाएँ हैं। एक 'भीतरी' सीमा, एक सीमा। यों तो सदिया में घुसने वाले प्रत्येक व्यक्ति को आने का कारण, ठहरने की अवधि आदि ब्यौरा देना पड़ता है, पर भीतरी सीमा

तक जाने के लिए व्यक्ति को और अधिक कुछ नहीं करना पड़ता। किन्तु इस सीमा के पार जाने के परमिट पोलिटिकल एजेंट स्वयं देता है, और वह पाना सदा या सबके लिए सहज नहीं होता...माघ-मेले के समय परशुराम जाने वाले यात्री जाकर उसी दिन लौटने का या रात-भर ठहरने का परमिट तो फीस देकर पा लेते हैं; अन्य समय या अन्य प्रकार के परमिट के लिए पूरी जाँच होती है। सदिया से लगभग चालीस मील आगे टामेइ तक मोटर जाती है, परशुराम के लिए फिर टामेइ घाट पर ब्रह्मपुत्र (जो यहाँ पर लुहित कहलाती है, इसी का संस्कृत नाम जो महाभारत में मिलता है लौहित्य है) पार करके चार-पाँच मील पैदल जंगल पार करना पड़ता है। किन्तु अठारह-बीस मील जाकर ही भीतरी सीमा पर पहुँच जाते हैं।

सदिया से तीन-चार मील जाकर ही ब्रह्मपुत्र की एक उपनदी पार करनी पड़ती है, जो अब कुण्डिल कहलाती है। प्रसिद्धि है कि इसी नदी के किनारे कुण्डिनपुर की राजधानी थी, और यहीं से रुक्मिणी को लेने कृष्ण आये थे। पुरानी रिपोर्टों से पता चलता है कि इस शताब्दी के आरम्भ में भी यहाँ 'अति-प्राचीन' परकोटे आदि के खण्डहर थे, किन्तु जहाँ इनके पाये जाने का वर्णन था, वहाँ पर नयी सर्वे के नक्शों में लिखा है 'इम्पेनेट्रेबल फ़ॉरेस्ट'—अभेद्य जंगल! और यह अभेद्यता काव्योचित अतिरंजना नहीं, यह यायावर ने स्वयं परखकर देख लिया। इस नदी पर पुल नहीं है और गाड़ी को नौका पर लादकर पार करना पड़ता है; जब तक यह हो तब तक यायावर ने नदी-मार्ग से उस जंगल में घुसने की सोची, क्योंकि स्थल से दुर्भेद्य जंगल डोंगी में बैठकर जाने वाले के लिए उतना दुर्भेद्य नहीं रहता। पर जल्दी ही उसने समझ लिया कि दो-चार दिन की फुरसत न हो तो पड़ताल करना भी व्यर्थ है...

कदली वन...

जिसने वह नहीं देखा, वह नहीं मानेगा कि संस्कृत वाक्यों में कदली वन में विचरते हाथियों का जो वर्णन मिलता है, वह अक्षरशः सत्य हो सकता है। जंगली ही सही, केले के इतने बड़े जंगल कि दो घण्टे मोटर दौड़ाकर भी पार न हों...और उनकी चिकनी, गहरी, हरी छाँहों में कहीं हाथियों के झुण्ड, और कहीं बड़ी शालीनता से घूमते मिठून...मिठून अरना भैंसा ही होता है, किन्तु अरने भैंसे से कहीं अधिक गठे शरीर वाला और फुर्तीला...वन्य जातियाँ सभी मिठून को पूज्य मानती हैं, कुछ जातियाँ अपने को मिठून-कुलोत्पन्न बताती हैं और मिठून को अपना पूर्वज मानकर पूजती हैं। कहीं-कहीं मादा मिठून पालते भी हैं...

बारह-एक मील जाकर होली गाँव का छोटा पड़ाव था, जहाँ अमेरिकी सैनिकों ने शायद रेडियो चौकी बना रखी थी। पोलिटिकल एजेंट ने बताया था कि यहाँ के सैनिकों ने मिठून के धोखे में मिश्मियों की कुछ भैंसें मार डाली थीं; फिर एजेंट के बीच-बचाव कर के हरजाना दिलाने पर किसी तरह निबटारा हो सका था। अमेरिकी प्रायः किसी के भूलेखे में किसी को मारते और फिर हरजाना भरते रहते थे! जहाँ ऐसी घटना या घटनाएँ हो जायें, वहाँ कुछ देर के लिए खाकी वर्दी बहुत अप्रिय हो जाती—क्योंकि वन-वासियों के लिए सब फ़ौजी एक हैं, फिर फ़ौजियों में आपस में भले ही यह हो कि अंग्रेज अमेरिकी को मूर्ख कहे, अमेरिकी अंग्रेज़ को असामाजिक, या हिन्दुस्तानी एक को दम्भी और एक को आवारा! तभी यायावर इस प्रदेश में विशेष सतर्क भाव से मोटर चला रहा था। कुछ राह-चलते मिश्मियों ने हाथ उठाकर गाड़ी रोकी तो उसने रुककर चार-छः को पीछे बिठा तो लिया, और मुड़-मुड़ कर उनकी ओर को उन्हीं की-सी खुली चौड़ी हँसी हँसता रहा, पर मन ही मन सोचता रहा कि इनके कन्धों पर कसे हुए तीर-धनुष और कमर के खोंसे हुए खाँडे किस-किस काम आ सकते हैं...पर अपने-अपने पड़ाव पर ये अतिथि उतरते गये और एक अद्भुत मूर्धन्य स्वर में धन्यवाद देकर और हँसकर चलते गये...टिजू के बाद जब अन्तिम

कुछ मील के जंगल में प्रवेश हुआ, तब उसकी अत्यन्त ऊँची-नीची काई और कीचड़ की फिसलन-भरी कच्ची सड़कें पार करने के लिए ट्रक में रह गये केवल यायावर, उसका अनुचर जीतबहादुर लामा, और कुन्दन सिंह जो कभी शिलङ् में नगरपालिका का मेहतर था, किन्तु यायावर के साथ पहले अर्दली हुआ था फिर ट्रक का क्लीनर—जिसके लिए वह वेतन पाता था नौसिखिये ड्राइवर का—और जिसको अगर कोई भी 'ड्राइवर साहब' कहकर आवाज़ दे देता तो वह ऐसा विभोर होकर झूमने लगता मानो अब गिरा, अब गिरा...

जंगल पार करके पेड़ों के तने जोड़कर बनाये हुए एक काठ-घर के नीचे ट्रक रुका। यह टामेइ का पड़ाव था, जहाँ से उत्तर को एक रास्ता रीमा (उत्तरी बर्मा) को जाता है। कभी यह भारत और चीन को जोड़ने वाला एक मार्ग रहा होगा, पर अब नहीं। उन दिनों अवश्य इसकी नयी 'सर्वे' हुई थी और सड़क बनाने का विचार हो रहा था, आरम्भ का कुछ अंश बना भी था। पड़ाव के कुछ आगे ही मिश्मियों की छोटी-सी बस्ती थी, कई-एक नंग-धड़ंग बच्चे आकर ट्रक को देखने लगे। दो-तीन फ़र्लांग जाकर लूहित का किनारा मिला। नदी यहाँ वेगवती थी, निर्मल जल में नीचे पत्थर दीख पड़ते थे, पर यहाँ भी उसका रूप वैसा था जैसा पहाड़ छोड़ने पर नदी का होता है—लगभग जैसा हृषीकेश में गंगा का है—यद्यपि यहाँ के जंगल की तुलना नहीं है।

नद पार करके चार मील जंगल का रास्ता।

जंगल में बीच-बीच में खुला घास-भरा प्रदेश आ जाता, जिसमें महाकाय सेमल के धवल-गात पेड़ मानो आगमिष्यत् रक्त-प्रसूनों की सुलगती हुई पूर्वानुभूति से कंटकित हो रहे थे; और कहीं-कहीं किंशुकों के झुरमुट। कुछ ही दिन में इनमें आग खिल जायेगी; पहाड़ियों के पार्श्व को चिपटती हुई, लपलपाती एक के बाद एक रूख को लीलती हुई ऊपर तक फैल जायेगी, और बालुका के पीले उत्तरीय में लिपटा हुआ ब्रह्मपुत्र का नील गात, मानो वसन्त-श्री के लाल चुम्बनों से मुद्रांकित हो उठेगा! फिर धीरे-धीरे नद उमगेगा और उसका उद्बुद्ध पौरुष आस-पास के प्रदेश को लील लेना चाहेगा—लील लेगा—और अपनी सफलता के खेद से खिन्न और गँदला हो उठेगा...

किन्तु रूपक को और दूर तक खींचना आवश्यक नहीं है, चट्टानों के बीच की गली से होकर यायावर एक कुछ खुली जगह पहुँचकर ठिठक गया है। सामने परशुराम का कुण्ड है।

कुण्ड वास्तव में ब्रह्मपुत्र की धारा का ही एक आवर्त है। नद जब समतल भूमि में प्रविष्ट होता है तब, मानो महासागर में अपनी चरम निष्पत्ति की खोज में अभिनिष्क्रमण का निश्चय करके भी, एक बार वह पीछे मुड़कर महान स्थित-चेता हिमालय का दर्शन कर लेना चाहता है जिसके आश्रय में उसने अपनी लगभग आधी यात्रा हँसते-खेलते-उछलते-कूदते ही तय कर ली है। मण्डलाकार घूमकर, हिमालय की चरण-रज लेकर, फिर वह धीर गति से आगे बढ़ जाता है। आवर्त के दाहिनी ओर, जहाँ धारा पहले टकराती है, कुछ ऊँचाई पर पहाड़ के पार्श्व से एक सोता फूटता है जिसका जल आकर कुण्ड में पड़ता है; यह सोता ब्रह्म-धारा है। बायीं ओर जिस शिखर के पैर छूता हुआ ब्रह्मपुत्र आगे बढ़ता है, उस पर एक छोटा-सा मन्दिर है। यायावर जहाँ खड़ा होकर दृश्य देखता है, वहाँ पीछे जस्ते की चादर और लकड़ी की कई-एक कोठरियाँ हैं, जहाँ यात्री रात में ठहर सकते हैं।

यायावर ठिठककर देखता रहता है। इसी तरह कभी परशुराम भी वहीं पर ठिठककर क्षण-भर दृश्य को देखते रहे होंगे, और तब उन्होंने जाना होगा कि उनका स्वप्न ठीक था और यहाँ उनकी आत्मा शान्ति पायेगी। तब उन्होंने नीचे उतरकर स्नान किया होगा और मनस्ताप मिटाने का उपक्रम करने से पहले

शरीर की क्लान्ति धोयी होगी...

कथा है कि पिता की आज्ञा से मातृ-वध करने के पश्चात् परशुराम के मन में ग्लानि हुई, और वह पिता के आश्वासन देने पर भी अपने को मातृघात के महापातक से मुक्त न पान सके। बहुत तपस्या करके भी जब उनके मन से पाप का कलुष न धुला, तब एक दिन भगवान ने स्वप्न में दर्शन देकर उन्हें ब्रह्मपुत्र के इस कुण्ड में स्नान करने का आदेश किया और कहा कि वहाँ तपस्या करने से उनके मन का परिष्कार होगा। परशुराम खोजते हुए इस स्थल पर पहुँचे; कुण्ड में और फिर ब्रह्म-धारा के नीचे स्नान करके उन्होंने तपस्या की और पाप के बोझ से मुक्त हुए।

यायावर ने कुण्ड में, और फिर धारा के नीचे स्नान किया। कुण्ड का जल बर्फ़-सा ठण्डा है, सोते का जल गर्म। अतः इसी क्रम से स्नान करना अत्यन्त सुखद प्रतीत होता है। स्नान से पाप धुल जाते हैं; पाप तो दीखते नहीं, अतः उनके दृश्य प्रतीक के रूप में जिन वस्त्रों से स्नान किया जाता है उन्हें कुण्ड पर ही छोड़ देने की प्रथा है। इस सरल उपाय से यात्री अपने पाप वहीं छोड़कर चले आ सकते हैं! यायावर जब गया तब तो कुण्ड पर सन्नाटा था, पर संक्रान्ति आदि के स्नानों पर जब भीड़ लगती है, तब मुमुक्षुओं से अधिक उत्साह उनके पाप-मोचन के लिए वहाँ जुटे हुए मिश्मी स्त्री-पुरुष दिखाते हैं। मुमुक्षु नहाकर निकले-न-निकले कि मुक्ति-पथ के ये सहायक उसकी धोती-गमछा-लँगोट जो कुछ हो खींच लेते हैं, और कभी-कभी मुमुक्षु को उस परम निष्पाप अवस्था में ही अपने सूखे कपड़ों तक जाना पड़ता है। इसका विरोध सम्भव नहीं है, यही रीति चली आयी है। और सभ्य मुमुक्षुओं के पाप का बोझा इस प्रतीक के द्वारा ढोने का अधिकार सदा से असभ्य उपत्यकावासी मिश्मियों का रहा है। विकसित नागरिक सभ्यता के पापों का बोझ अविकसित वन्य जातियों द्वारा ढोया जाता है। यह सत्य का यह रीति स्वयं कितना अर्थपूर्ण प्रतीक है, इसकी ओर कदाचित् दोनों ही पक्षों का ध्यान कभी नहीं जाता होगा!

ट्रक तक पहुँचते-न-पहुँचते दिन छिप गया। गाड़ी का डायनेमो चार्ज नहीं करता, अतः बत्ती तो जलायी न जायेगी, अँधेरे में ही गाड़ी चलाना होगा। जितनी जल्दी हो सके, जंगल का पहला बहुत घना और कीचड़ वाला खण्ड पार कर लिया जाये, उसके बाद पक्की सड़क पर रुककर कहीं चाय बनायी जायेगी और फिर चाँद उठ आने पर आगे बढ़ा जायेगा...

जंगल पार हो लिया गया। बीच में कहीं-कहीं मोड़ों पर रास्ते से थोड़ा भटक कर फिर उलटा लौटकर पथ खोजना पड़ा, किन्तु विशेष असुविधा न हुई।

पक्की सड़क पर आकर जल्दी-जल्दी चाय पी गयी। चाँद निकल आया, और रास्ता तथा वन्य प्रदेश कुछ साफ़ दीखने लगा, पर गाड़ी चलाते ही हल्की-सी धुन्ध छाने लगी और दीखना असम्भव हो गया।

धीरे-धीरे चलते रहे। आधा रास्ता तय हो चुका था, और कुछ मील जाकर होलोगाँव आयेगा जहाँ अमेरिकी ठिया है और पास ही जंगलों के विभाग का बँगला...

हठात् स्टियरिंग लड़खड़ाया और एक शब्द हुआ, जिसकी हिन्दी अभिधा 'धड़ाम' से बँगला के ध्वन्यनुसारी 'फटाश्' में कहीं अधिक सजीवता है। पंक्चर! यायावर ने पहले स्टियरिंग सँभालकर फिर ब्रेक लगा दिये, गाड़ी रुक गयी।

पहिया देखा गया। अन्धकार में औज़ार निकालकर टटोले गये; जैक को धुरी के नीचे रखा गया। जैक नीचा था, नीचे ज़मीन भी पोली थी, उसे जमाने के लिए पत्थर की जरूरत होगी। यायावर ने कुन्दन सिंह को पत्थर ढूँढ लाने के लिए कहा, और स्वयं स्पैनर लेकर नये पहिये को खोलने लगा।

नया पहिया पंक्चर वाले पहिये के साथ टिका दिया गया। ढिबरियों को एक-एक चक्कर घुमाकर नरम कर लिया गया; अब धुरी उठे तो पहिया खोला जाये। पर कुन्दन सिंह का कोई पता नहीं। यायावर

ने थोड़ी प्रतीक्षा की, फिर भुनभुनाते हुए जाकर स्वयं पत्थर ढूँढने लगा। पत्थर लेकर लौटा, तब अभी कुन्दन सिंह को कोई चिह्न नहीं था। यायावर ने पत्थर जमाकर जैक उठाया और पहिये की ढिबरियाँ खोलने लगा। स्पैनर के एक-एक चक्कर के साथ-साथ उसका पारा एक-एक डिगरी चढ़ता जा रहा था।

सब ढिबरियाँ खोलकर जब पहिया गिराया गया तब अपने बड़े फ़ौजी बूटों को ढबर-ढबर बजाता हुआ दो पत्थर उठाये कुन्दन सिंह धुन्ध में से अवतीर्ण हुआ। यायावर ने दाँत पीसकर कहा, "मिल गये तुम्हें पत्थर?"

उजड्ड के लिए मुस्कान परमास्त्र है, वह मुस्कान जो स्पष्ट बता देती है कि जब मुझमें अपना दोष समझने की ही बुद्धि नहीं तब आप का क्रोध कैसे समझूँ!

वही मुस्कान कुन्दनसिंह के चेहरे पर थी। खीसें काढ़कर बोला, "जी, ज़रा ठहर गया था।"

यायावर और भी क्रुद्ध स्वर में कुछ कहने ही जा रहा था कि कुन्दन सिंह ने वैसे ही कहा, "ज़रा साँप लड़ गया था।"

यायावर अवाक्। साँप काट गया! 'गया' नहीं, 'गया था!' वह भी 'जरा'! थोड़ी देर बाद उसे ध्यान हुआ कि इतनी देर में उसने कुछ कहा ही नहीं है; कुछ कहना जरूरी है। पर कहे क्या इस आदमी को? अपनी असमर्थता पर गुस्सा ही उसके प्रश्न में प्रकट हुआ, "साँप मर गया कि नहीं?"

इस प्रश्न का अर्थ कुन्दन सिंह की बुद्धि के स्पष्टतया बाहर था। उसने अचकचाकर कहा, "जी?"

"तुम को जिस साँप ने काटा, वह मर गया कि नहीं? कम-से-कम दाँत तो टूट गये होंगे?" कहता हुआ यायावर भी उठा। ट्रक में से पेटी खोल, माचिस, मोमबत्ती, दवा का बक्स आदि निकालकर कुन्दन सिंह की टाँग देखने पर मालूम हुआ कि साँप ने ज़ीन की पैंट के ऊपर से काटा था, दाँत हल्के लगे। चाकू से निशान ज़रा खोलकर उसमें दवा मल दी गयी। फिर पहिया फ़िट करके गाड़ी चली। रात बारह बजे के लगभग कुण्डिल नदी पार करके थोड़ी देर में सदिया पहुँच गये। सर्किट हाउस में जो तेल का लैम्प जल रहा था, उसकी दीप्ति ऐसी लगी, मानो कभी उतना प्रकाश न देखा हो। साथ ही उस 'ठीक-ठिकाने' कमरे में दिन-भर के जंगल के दृश्य मानो स्वप्न की तरह खो गये—वैसे ही बहिष्कृत हो गये जैसे फ़िरंगी पोलिटिकल एजेंटों के दफ़्तरों से वनवासी फ़रियादी ताड़ित कर दिये जाते होंगे।

लेकिन यायावर के मन में जो जंगल की पुकार गूँजती है, उसे सर्किट हाउस के कमरे की दीवार नहीं रोक सकती...

सदिया का प्रदेश कामरूप के इतिहास के कई स्मारक अपने गहन वनों में छिपाये है। कुछ की झाँकी जब-तब मिलती रही है, कुछ कभी देखे जा सकते थे लेकिन अब बिल्कुल ही लुप्त हो गये हैं। सदिया भी प्राचीन 'सुटिया' राज्य का अवशेष है, जो स्वयं कदाचित महाभारतकालीन राजा भीष्मक के वंश के ह्रास के बाद खड़ा हुआ था। प्राचीन इतिहास के शोध में यहाँ जाना अनावश्यक है, किन्तु सदिया की व्युत्पत्ति मनोरंजक है।

कथा है कि भीष्मक का एक वंशधर वीरपाल (अथवा बीरबर) सोनागिरि का राजा था। उसकी रानी रूपवती ने पुत्र-लाभ के लिए कुबेर की स्तुति की। कुबेर एक दिन उसके पति का रूप धारण कर रूपवती के पास आये। रूपवती ने उन्हें नहीं पहचाना और उनके साथ रमण किया। अनन्तर वीरपाल को कुबेर ने स्वप्न में दर्शन देकर आदेश किया कि एक वृक्ष विशेष के नीचे जाकर देखें, वहाँ जो कुछ उसे मिले उसे पूज्य मानकर ग्रहण करे। वीरपाल वृक्ष के नीचे गया; वहाँ उसे एक तलवार, एक ढाल, और ढाल

से ढकी हुई एक सोने की बिल्ली मिली। कालान्तर में रूपवती ने पुत्र प्रसव किया जिसका नाम गौरीनारायण रखा गया। यही कुबेर-पुत्र गौरीनारायण वीरपाल के बाद राजा हुआ और रत्नध्वज पाल के विरुद से प्रसिद्ध हुआ। असमीया भाषा की एक बुरंजी (हस्तलिखित इतिहास ग्रन्थ) से विदित होता है कि उसने शक सं. 1146 (ईसवी 1244) में राज्य ग्रहण किया।

रत्नध्वज ने राजा भद्रसेन को परास्त करके एक नया नगर बसाया जिसका नाम रत्नपुर रखा। उसके पराक्रम ने उसके राज्य का बहुत विस्तार किया। बुरंजी के अनुसार बंगाल के सुलतान जलालुद्दीन मसूद मलिक जानी से उसने मैत्री स्थापित की और सुलतान ने उसे समय-समय पर गंगाजल भेजना स्वीकार किया और बदले में परशुराम कुण्ड का पानी चाहा!

रत्नध्वज का एक पुत्र उस समय बंगाल में गौड़ेश्वर राजा के पास शिक्षा के लिए रहता था। इस कुमार की बंगाल में ही मृत्यु हो गयी। सुटिया राजाओं की दाह-संस्कार विधि से अनभिज्ञ होने के कारण गौड़ेश्वर ने कुमार का शव उसके पिता के पास भेजने का निश्चय किया। रत्नध्वज तब लुहित के तट पर सिन्धुक्षेत्र में एक नया महल बनवा रहा था। यहीं सिन्धुक्षेत्र में कुमार का शव उसे दिया गया, और इसी घटना के कारण उस स्थान का नाम स-दिया (जहाँ शव दिया गया) पड़ गया। तब से यही नाम प्रचलित है।

वर्तमान देवरिया सुटिया जाति के लोग अपने को क्षत्रिय बताते हैं। सम्भव है कि 'सुटिया भी 'क्षत्रिय' से बना हो। जो हो, उनकी भाषा में हिन्दी-संस्कृत शब्द प्रभूत हैं, और बुरंजी में लिखा है कि जब सुटिया बर्मा से असम आये तब केवल उन्हीं के पास लिपि थी, जिससे सिद्ध होता है कि यह जाति साक्षर और संस्कृत थी। अब भी देवरिया जाति उच्च जाति मानी जाती है और उनके घरों में हर कोई प्रवेश भी नहीं पा सकता।

सुटिया राजा तान्त्रिक थे, और उनके बनवाये हुए ताम्रेश्वरी देवी के मन्दिर के अवशिष्ट अब भी सादिया के उत्तर में पाये जाते हैं। सन् 1848 में एक अंग्रेज़ यात्री ने यह मन्दिर देखा था; उसका ताँबे का कलश तब टूटकर अलग पड़ा हुआ था। अब यह प्रदेश जंगल ने लील लिया है। अनुमान किया जाता है कि पहले ब्रह्मपुत्र की धारा यहीं बहती थीं, उसका पाट क्रमशः दक्षिण को हटता गया और जल दुर्लभ होने से उत्तरी प्रदेश उजड़ते गये। कालान्तर में अहोम आक्रमणों से परास्त होने पर सुटिया का वैभव मिट ही गया, तब ये उत्तरी प्रदेश जंगल के आक्रमण को भी न रोक सके और डूब गये। असम में अन्यत्र कई स्थानों पर ऐसा हुआ है।[1]

गाड़ी तिनसुकिया तक नहीं पहुँची। डुमडुमा से कुछ आगे बैटरी की शक्ति समाप्त हो गयी, एंजिन बन्द हो गया। डायनेमो में सफ़ाई आदि करके जो कामचलाऊ प्रयोग किये जा सकते थे, किये गये, पर व्यर्थ। अन्त में एक अमेरिकी ट्रक के पीछे जुतकर घिसटते हुए तिनसुकिया पहुँचे, जहाँ तीन-चार दिन गाड़ी ठीक-ठाक कराने में लग गये।

तिनसुकिया रेल का जंक्शन है। यहाँ से एक लाइन तो सीधी सैखुआ घाट चली गयी है, एक और

---

1. सन् 1950 के भूकम्प से लुहित और सदिया के निकट उससे मिलने वाली डि-हांग की धाराओं में अनेक परिवर्तन हुए हैं। जिस शृंग के कारण ब्रह्मपुत्र में वह आवर्त बना था जो परशुराम कुण्ड था, वह शृंग भी धँस गया है; कुण्ड अब नहीं है!—ले.

पूर्व को मुड़कर डिगबई के तेल क्षेत्र को पार करके मारगरिटा और लेडो जाती है जहाँ बर्मा-चीन वाली सड़क का आरम्भ होता है। प्रस्तुत प्रसंग में उस क्षेत्र का वर्णन अनावश्यक है।

यों तो यह यात्रा-विशेष यहाँ से आगे अप्रासंगिक हो जाती, क्योंकि तिनसुकिया से डिब्रूगढ़ लौटकर यायावर ने अपना कार्यसूत्र फिर पकड़ा; और जैसी तरुवासी एक प्रकार की मकड़ी अपने झूलते सूत्र के सहारे पेड़ पर चढ़ जाती है और फिर झूलती है, वैसे ही उसके सहारे क्रमशः अपने केन्द्र शिलङ् जा पहुँचा जहाँ से फिर नया अभियान आरम्भ हुआ। किन्तु एकाधिक किश्तों में ही सही, परशुराम कुण्ड से उत्तर-पश्चिम की यात्रा धीरे-धीरे अग्रसर होती ही रही, और यहाँ दफ़्तर आदि गौण बातों को छोड़कर भटकने के मुख्य विषय को ही लिये रहना अभीष्ट है।

शिवसागर

बांग्ला में स, श, ष, सबका जैसे 'श' उच्चारण होता है, वैसे असमीया में सब 'ह' हो जाते हैं। इसीलिए 'शिवसागर' भी 'हिबहागर' उच्चारित होता है (यद्यपि अंग्रेज़ी लेखन-उच्चारण 'सिब्सागर' के प्रभाव से वैसा उच्चारण असमीयों में भी बढ़ता रहा है)। यह बस्ती एक बड़े ताल के किनारे बसी है, जो अहोम राजत्व-काल में बना था, और इसलिए एक अचरज माना जाता है कि उसका तल आस-पास के प्रदेश से लगभग तीस फ़ुट ऊँचा है, फिर भी ताल सदा भरा रहता है—बल्कि उसका तल भी लगभग एक-सा रहता है। इसी सागर के किनारे तीन मन्दिर हैं, और यहाँ से जोरहाट के रास्ते पर रुद्रसागर और जयसागर के किनारे अन्य मन्दिर और महल भी। शिवसिंह और रुद्रसिंह प्रतापी अहोम राजा थे, और जयमती एक वीर नारी जिसका नाम असम का बच्चा-बच्चा जानता है और जिसका चरित असमीयों को उत्कट देश-प्रेम का पाठ सिखाता है।

जोरहाट—नवगाँव—गौहाटी। गौहाटी वास्तव में 'गुवा हाटी' है—असमीया सुपारी (गुवाफल) की प्रसिद्ध प्राचीन हाट। यह असमीया कामरूप राज्य की राजधानी और प्रमुख व्यापार केन्द्र तो रही ही; इसके अतिरिक्त नीलाचल पर स्थित कामाख्या देवी के मन्दिर के कारण इसकी कीर्ति और भी फैली। असमीया लोग तो निराकारोपासक वैष्णव हैं; पर कामाख्या के दर्शन के लिए हज़ारों बंगाली प्रति वर्ष आते हैं। दर्शनार्थियों को देखकर पण्डों का जो झुण्ड उन पर टूटता है, वह बंगला शब्दों की ध्वनि पड़ते ही सतभैयों की तरह मुखर उत्साह प्रदर्शित करने लगता है, किन्तु अन्य भाषाओं को सुनकर अप्रतिभ होकर प्रायः कहता है, 'अरे एरा तो बांगाली नय!'—अरे ये तो बंगाली नहीं है! और असमीया भाषा सुनकर तो पण्डावृन्द वैसा ही श्रीहत हो जाता है जैसे प्रभात के समय का छोटा उल्लू!

मध्य-असम से पंजाब

यायावर को आज्ञा मिली कि पाँच गाड़ियों का 'कानवाई' लेकर असम से पंजाब जाये—असम से उसकी छोटी-सी टोली को स्थानान्तरित किया जा रहा था और भविष्य में उसका कार्य-क्षेत्र पंजाब और सीमाप्रान्त में होगा...

यों तो तैयारियाँ सभी तरह की होती हैं, पर उनमें 'कानवाई' की तैयारी का एक विशिष्ट स्थान होता है—ठीक वैसे, जैसे बुखारों में जूड़ी-बुखार का। इतना कहकर उसके विशद वर्णन को छोड़ देना चाहिए—क्योंकि आखिर तो वह तैयारी ही है न, स्वयं अभियान तो नहीं।

अप्रैल के एक गीले दिन भोर होते ही 'लाद चला बनजारा'। अभी झुटपुटा था, वर्षा के कारण और भी फीका। यायावर का मन स्तब्ध था। उसके लिए सब रैन-बसेरे हैं, कहीं यात्रान्त तो है ही नहीं, इसलिए

कहीं से चलने पर उदास होना निरर्थक है; किन्तु किसी-किसी पड़ाव पर जो शान्ति और स्नेह मिल जाता है, उसका आकर्षण तो बना ही रहता है...रहे, मगर राह पर आज जो मिला, उसे आज की लब्धि नहीं, कल का पाथेय मानना होगा, और चलना होगा...चल यायावर, चल! जहाँ भी कोई चला जाये, वहीं कोई हरी-भरी पहाड़ी मिल जायेगी! कल का पाथेय मिला है तो कृतज्ञ हो, प्रणाम कर, और आगे बढ़!

शिलङ् के पहले उतार की चीड़ की घाटियों से निकलकर बड़ा-पानी नदी पार करके जब खुली हरियाली की पहाड़ियों में बजरी की सड़क लहराने लगी, तब कहीं जाकर यायावर का मन चेता, और चेतकर आगे को उन्मुख हो गया। गौहाटी पार करके नीलाचल की छाया में होते हुए 'कानवाई' पलाशबाड़ी जा निकला, जो असमीया रेशम की बड़ी मण्डी है; और फिर दाहिने को ब्रह्मपुत्र और बायें को खसिया पर्वत से लगी हुई गारो पर्वत-श्रेणी रखते हुए बढ़कर ग्वालपाड़ा जा रुका। यहीं से कुछ आगे जोगीगुफा का घाट है, जहाँ नाव पर लादकर गाड़ियाँ ब्रह्मपुत्र के पार उतारी जायेंगी और कूचबिहार का रास्ता पकड़ेंगी। रात ग्वालपाड़ा में ब्रह्मपुत्र के किनारे एक टीले पर बने हुए बँगले में काटी, और सबेरे जोगीगुफा के घाट पर जा पहुँचे। जोगीगुफा नाम का इतिहास है। आस-पास का वन-प्रदेश तान्त्रिकों की साधना का क्षेत्र था और यहाँ उनकी अनेक गुफाएँ हैं। यह भी प्रसिद्धि है कि तेरहवीं शती के आरम्भ में जब तुर्कों ने बिहार से बढ़कर कामरूप पर आक्रमण किया, तब इन्हीं गुफाओं में रहने वाले तान्त्रिकों के अभिचार से उनकी पराजय हुई। इस प्रसिद्धि की ऐतिहासिकता का कोई दावा नहीं। इतना अवश्य है कि ब्रह्मपुत्र के दाहिने तट पर बसी तत्कालीन राजधानी पर अधिकार करके जब मलिक उज़बक नद की बाढ़ से बचने के लिए बायें किनारे की पहाड़ियों से लगे-लगे नदी के प्रवाह की ओर उतरने लगा, तब गारो पहाड़ियों की तलहटियों में ही उसकी सेना भटक गयी। तुर्क इतिहासकार मिनहज ने मलिक उज़बक के अभियान का वर्णन करते हुए लिखा है कि 'देश में कृषि की उन्नत और सम्पन्न अवस्था देखकर मलिक उज़बक ने अन्न भर रखना आवश्यक नहीं समझा था। जब चैत की कटनी का समय आया तब राजा और सारी प्रजा ने विद्रोह कर दिया और सब बाँध खोल दिये। मलिक उज़बक और उसकी सेना असमर्थ हो गयी और भूखों मरने लगी। तब उसने पीछे हटने का निश्चय किया।...समतल प्रदेश में पानी भरा था, और हिन्दू बसते थे, (अतः) मुसलमानों ने एक पथदर्शक को लेकर पहाड़ों की तलहटी से होकर जाने की सोची। किन्तु कुछ पड़ाव जाकर वे सँकरी पगडण्डियों और घाटियों में खो गये। सहसा सामने और पीछे हिन्दुओं ने आक्रमण किया। एक तंग घाटी में सामने हाथियों की लड़ाई हुई; मुसलमान सेना के पैर उखड़ गये और हिन्दू-मुसलमान गुत्थमगुत्था हो गये। तभी हाथी पर सवार मलिक उज़बक के तीर लगा, वह गिरा और बन्दी कर लिया गया। फिर उसके परिवार के सब लोग और सारी सेना बन्दी कर ली गयी।' यह 'दुर्घटना' चाहे तान्त्रिकों के प्रताप से हुई हो चाहे नहीं, इसमें सन्देह नहीं कि घाटी में से जाती हुई सेना पर आक्रमण आस-पास की पहाड़ियों की गुफाओं से बड़ी सफलता के साथ किया जा सकता है, और सम्भवतया किया गया होगा, तभी तो उज़बक की सेना 'सहसा' आगे-पीछे से आक्रान्त होकर परास्त हो गयी होगी।

जोगीगुफा से नद पार करके एक रास्ता धुबड़ी होकर कलकत्ते का है; किन्तु यह अच्छा नहीं है, और 'कानवाई' अच्छी सड़कों पर ही चलते हैं, जब तक़ कि लाचारी न हो; इसलिए कूचबिहार की सड़क पकड़ी गयी। तीसरे पहर तक 'कानवाई' कूचबिहार की सीमा में प्रविष्ट हो गया था; कूचबिहार पहुँचा जा सकता था, किन्तु रात में बड़े शहर में ठहरने की जगह का कष्ट हो सकता है, यह सब यायावर जानते हैं। अतः कुछ पहले ही दीनहट्टा के छोटे सफरी बँगले के आगे गाड़ियाँ रोक दी गयीं। बँगला तो बाँसों का बना

हुआ 'बासा' ही था और कमरों में जगह भी नहीं थी, पर बरामदे के कच्चे फ़र्श पर बाँस की चटाइयाँ बिछी थीं, और चारों तरफ खुला बगीचा भी था; रात काटने के लिए और क्या चाहिए? इधर प्रायः दिन छिपे ही हाट बैठती है, दीनहट्टा का बाजार अभी उठा नहीं था, केले, शाक-तरकारी, अण्डे आदि बिक रहे थे...

सबेरे कूचविहार से गुज़रे। छोटी-सी सुन्दर नगरी है। नाम वास्तव में कोचविहार होना चाहिए, क्योंकि कोच जाति की राजधानी है। किसी समय कोच साम्राज्य बहुत फैला हुआ था और उसकी धाक दूर-दूर तक थी। कोच राज-वंश में कई प्रतापी राजा हुए जिनमें नरनारायण (ई. सोलहवीं शती) सर्व-प्रसिद्ध है। नरनारायण तथा उसके भाई एवं प्रधान सेनापति शुक्लध्वज ने असम पर आक्रमण करके बहुत-सा प्रदेश जीत लिया था। शुक्लध्वज के दूर-दूर जाकर झपट्टा मारने के करतबों के कारण उसका नाम 'चील राय' पड़ गया था। एक दूसरे भाई कमल गोहाईं (गोसाईं) ने उत्तरी असम के आर-पार वह सड़क बनवायी थी जिसके अवशेष कुछ वर्ष पहले तक मिलते थे और जो कूचबिहार से सदिया तक जाती थी। अब यह सड़क दुर्गम जंगल में खो गयी है और उस प्रदेश में कोई सड़क रही ही नहीं। सदिया जाने के लिए ब्रह्मपुत्र पार करके बायें किनारे से जाना पड़ता है और सैखुआ में फिर दाहिनी पार जाते हैं।

नरनारायण और उसके भाइयों ने काशी में शिक्षा पायी थी। राजा होने पर नरनारायण के विद्याप्रेम की कीर्ति फैलने लगी और दूर-दूर से विद्वान उसकी सभा में आने लगे। कोच राज-वंश तो सनातन मतावलम्बी था; किन्तु नरनारायण की कीर्ति सुन बंगाल के स्मार्त आचार्य रघुनन्दन भट्टाचार्य भी वहाँ पहुँचे। भट्टाचार्य महोदय शास्त्रार्थ-प्रवीण थे, और बंगाल, बिहार, उड़ीसा के बहुत से पण्डितों को पटकी दे चुके थे। उनका सहज स्मार्त मत इस भू-भाग में बहुत प्रचलित भी हो गया था। कोच राज-सभा में समादृत होने पर कोच साम्राज्य भी उनका अनुयायी हो जायेगा, इसकी उन्हें पूरी आशा थी। दैवात् कोच राजपुरोहित सार्वभौम भट्टचार्य का देहान्त कुछ ही मास पहले हो चुका था, इसलिए विरोध की कोई आशंका भी न थी।

किन्तु सार्वभौम की विधवा ने राज-सभा में कहला भेजा कि दिवंगत पति की प्रतिष्ठा के लिए वही स्मार्त आचार्य से शास्त्रार्थ करेगी। राजा ने तदनुसार शास्त्रार्थ का दिन और समय नियत कर दिया, और राज्य के विद्वानों को निमन्त्रण भेज दिये गये।

एक विधवा की इतनी स्पर्धा! रघुनन्दन पण्डित ने इस बाधा को तुच्छ माना। स्त्री से राज-सभा में शास्त्रार्थ करने में समय क्यों नष्ट किया जाये, यह सोचकर नियत दिन से पहले दिन वह स्वयं ब्राह्मणी के घर पहुँचे। यहीं पर निर्णय हो जाये, तो सभा उनके निर्विरोध आधिपत्य की साक्षी होगी!

ब्राह्मणी को उन्होंने बड़े धैर्य के साथ अपनी स्मार्त अनुष्ठान-पद्धति समझायी। स्मार्त पद्धति न केवल सहज और बोध-गम्य है, वरन् वही एकमात्र ठीक पद्धति है, इस मत का प्रतिपादन जब वह कर चुके, तब विधवा ने पूछा, 'आचार्य जो पद्धति बता रहे हैं, उससे भिन्न अनुष्ठान मान्य होंगे या नहीं, और प्राचीन मतानुसार दीक्षित ब्राह्मण कुलीन ब्राह्मण माना जायेगा या नहीं?' रघुनन्दन ने निःशंक भाव से कहा, 'नहीं, ऐसे अनुष्ठान मान्य नहीं होंगे, और प्राचीन मतानुसार दीक्षा पाने वाला ब्राह्मण भ्रष्ट होगा।'

ब्राह्मणी ने पूछा, 'अच्छा तो ऐसे ब्राह्मण का विधान क्या मान्य होगा?'

रघुनन्दन पण्डित ने बहुत से प्रमाण देकर सिद्ध किया कि ऐसे भ्रष्ट ब्राह्मण का विधान स्पष्टतया अमान्य है। तब सार्वभौम की विधवा तनिक मुस्करायी। बोली, 'आचार्य के माता-पिता का विवाह तो आचार्य की अनुष्ठान-पद्धति के अनुसार न हुआ होगा? उनके पिता की दीक्षा भी प्राचीन पद्धति के

अनुसार ही हुई होगी? तो भ्रष्ट-कुलोत्पन्न ब्राह्मण का मत क्या मान्य समझा जायेगा?'

अगले दिन जब राज-सभा में शास्त्रार्थ आरम्भ करने का समय आया, तो रघुनन्दन भट्टाचार्य कहीं न दीखे।

कोच साम्राज्य का प्रसार मणिपुर तक हुआ था—कम से कम मणिपुर, जयन्ती, त्रिपुरा आदि के राजा कोच सम्राट को वार्षिक कर तो देते ही थे। नरनारायण ने कामाख्या के मन्दिर का पुनर्निर्माण कराया था। कुछ ही काल पीछे कालापहाड़ ने आकर मन्दिर का ध्वंस किया, किन्तु उसके चले जाने पर (चाहे ओडिसा के विद्रोह के कारण, चाहे नरनारायण और अहोम राज्य के नये सैन्य-संग्रह से डरकर) मन्दिर फिर बनवाया गया और नरनारायण तथा चील राय ने उसकी प्रतिष्ठा की। इस आशय का एक प्रस्तर लेख भी कामाख्या के मन्दिर में है, जिसका समय शक 1487 दिया है।

कूचबिहार से सिलिगुड़ी का मार्ग जब 'द्वार प्रदेश' से गुज़रता है तब उसकी शोभा अनूठी हो जाती है। इस अंचल में हिमालय के बारह 'द्वार' हैं; इन्हीं द्वारों से भोटिये, नेपाली, तिब्बती और पर्वतीय नाना जातियों के लोग भारत में आते-जाते थे—कुछ तीर्थ करने, कुछ व्यापारी, कुछ भू-लोलुप, कुछ यशाकांक्षी, कुछ लुटेरे...द्वार प्रदेश में अब भी कई स्थलों पर भोट मेले लगते हैं। चाय के बागानों की इस प्रदेश में भरमार है; ज्यों-ज्यों पथ पश्चिम को दार्जिलिङ् पर्वत-मूल की ओर बढ़ता है, त्यों-त्यों चाय के नपे-छँटे, बने-सँवरे पौधों के पीछे हिमालय की नयी-नयी हिमाच्छादित चोटियों का भव्यतर रूप सामने आता-जाता है। उस दृश्य के अनिवर्चनीय सौन्दर्य को वही जान सकता है, जो बार-बार उसकी अलंकार-निरपेक्ष भव्यता का अकस्मात् थप्पड़-सा खाकर लड़खड़ाया हो और फिर सँभाला हो...और जिसने वैसे थपेड़े नहीं खाये, वह उस कवि हृदय में पैठ कर उसके सत्य को अपना भी नहीं सकता जिसकी अनुभूति ने वाणी पाकर कहा होगा—

हिरण्यगर्भः समवर्तताग्रे भूतस्य जातः पतिरेक आसीत्।
स दाधार पृथिवीं द्यामुतो मा कस्मै देवाय हविषा विधेम।।

द्वार प्रदेश का एक केन्द्र है अलीपुर द्वार। वहाँ से आगे आँके-बाँके रास्ते पार करते यायावर का टँडीरा तिस्ता नदी के पुल की ओर बढ़ा। इस दुर्दम नदी पर स्थायी पुल बनाने के लिए सड़क बहुत ऊँची चढ़ी है, और पुल न केवल एक दर्शनीय स्थल है वरन् इंजीनियरी विद्या का एक बड़ा करिश्मा भी है। पुल कंकरीट का है, आस-पास दोनों ओर कुछ मील तक सड़क भी कंकरीट की बनायी गयी है कि वर्षा में जब-तब बह न जाये। पुल से ही एक रास्ता कलिम्पोङ् के लिए अलग हो जाता है। 'कानवाई' बड़ी सावधानी से मोड़ और चढ़ाव-उतार लाँघता हुआ पुल पार करके दिन छिपते सिलिगुड़ी जा पहुँचा। बस्ती से दो मील पहले ही एक खुले मैदान में सैकड़ों फ़ौजी गाड़ियाँ खड़ी थीं—यही चलन्तू कैम्प था। यहीं यायावर का 'कानवाई' भी एक तरफ़ करीने से जा खड़ा हुआ, सब ने उतरकर टाँगें सीधी कीं, और फिर कुछ खाने-पीने की खोज में निकले।

यों सिलिगुड़ी से पूर्णिया को रास्ता जाता है, और वहाँ से कटिहार होकर फिर कहीं स्टीमर से गंगा पार की जा सकती है। इधर से एक नयी फ़ौजी सड़क बनी थी जो 'असम एप्रोच रोड' कहलाती थी और जो पार्श्वनाथ के पास 'ग्राण्ड ट्रंक रोड' में जा मिलती थी। किन्तु इस सड़क की अवस्था के बारे में जो कुछ पता चला था उसके आधार पर यही निश्चय किया गया कि सिलिगुड़ी से ट्रेन में लदकर कलकत्ते जाया जाये, और वहाँ से फिर सड़क पकड़ी जाये। अतः डेढ़ दिन की दौड़-धूप के बाद वैसी ही व्यवस्था

कर ली गयी। एक फ़ौजी मालगाड़ी तीसरी रात को छूटने वाली थी; सबेरे ही 'कानवाई' की मोटरों को रेल-ठेलों पर लाद दिया गया। पूरी मालगाड़ी केवल मोटरें ले जाने वाले ठेलों की थी—आगे आठ-दस गाड़ियाँ एम्बुलेंस की लदी थीं, फिर एक अमेरिकी टोली जिसमें दो-तीन जीप और आठ-दस बड़े ट्रक थे और चालकों में कुछ गोरे अमेरिकी और बाकी नीग्रो। सवार होते ही गोरों ने ग्रामोफ़ोन पर भड़भड़ाते जैज नाचों के तवे चढ़ा दिये थे और नीग्रो ने बैंजो टुनटुनाकर गाना और हँसना शुरू किया था। आकर्ण आँखों की बात कवियों में बहुत चलती है, असल में आकर्ण तो हँसी होती है जो नीग्रो हँसता है। बहुत ही स्वच्छ आकाश में जैसे दूज-तीज को चाँद के उजले बंक के ऊपर कभी-कभी झौंसा हुआ-सा पूरा चाँद भी दीखता है, वैसे ही हँसते नीग्रो चेहरे में दाँतों की पाँती चमकती है। इनके बाद यायावर की टोली, फिर कुछ गोरे फ़ौजी कुछ ट्रकों के साथ, एक-आध आहत टैंक, और फिर सैकड़ों छोटी-बड़ी टूटी-जुड़ी लथपथ गाड़ियाँ—जिनमें प्रायः केवल ड्राइवर ही ड्राइवर थे।

रात ग्यारह के आस-पास बहुत देर तक गड़गड़ाने और हिचकियाँ लेने के बाद गाड़ी चल पड़ी। खुले ठेले थे, गर्मी का मौसम; ट्रक की पीठ से सटाकर सँकरी खाट लगाकर यायावर लेट गया और तारे देखने लगा। एंजिन के कोयले बालों में भरने लगे। गाड़ी की गति बढ़ी तो सब कपड़े इतनी जोर से फड़फड़ाने लगे कि नींद असम्भव हो गयी; और चाल धीमी पड़ती तो मच्छर बोटियाँ नोचने लगते। हवा के कारण मसहरी नहीं लग सकती थी...दिन-भर मनाया था कि रात हो तो गाड़ी चले, स्टेशन यार्ड की भीड़ में से निकलकर सोचा जाये; रात-भर मनाते बीती कि सबेरा हो तो मच्छरों से निस्तार हो!

दिन हुआ। यायावर ने सोचा कि अब कहीं गाड़ी खड़ी होगी तो मुँह-हाथ धोकर कुछ खाने की सोची जायेगी, पर गाड़ी खड़ी होती तो छोटे स्टेशन पर, या बड़े स्टेशन के पास पहुँचती हुई, पर स्टेशन से एक-डेढ़ मील बाहर ही! सुराही में थोड़ा-सा पानी रखा गया था, उसी से काम चलाया गया। चाय के लिए स्टोव जलाना असम्भव था—इतनी आड़ नहीं थी, और खड़ी गाड़ी में जलाते तो पानी खौलने से पहले गाड़ी चल पड़ती! अमेरिकियों की देखा-देखी एंजिन से तामचीनी के मग में गर्म पानी लेकर उसी में चाय की पत्ती, और डिब्बे का दूध मिलाया; चाय में किसी चीज़ का स्वाद था तो धुएँ का...

दिन-भर टाँट सिकती रही। काश कि बदली घिर आती! मिन्नतों के बाद शाम हुई और बादल घिरने लगे। थोड़ी देर में वर्षा आरम्भ हो गयी। फिर कुछ देर बाद मूसल बरसने लगे। माल-पत्तर सब ट्रकों में लाद दिया गया था—आशा थी कि रात में ही कभी बैरकपुर पहुँच जायेंगे जहाँ उतरकर कैम्प में रात रहना होगा। भीगते-भीगते यायावर को उस जाट की कहानी याद आयी जो गब्भिन घोड़ी को हाँकता हुआ चला जा रहा था; थककर सोचने लगा कि कहीं एक घोड़ा होता तो क्यों उसे घोड़ी हाँकते पैदल चलना पड़ता। राह में ही घोड़ी ब्या गयी। जाट ने बछेरे को कन्धे पर लादा और फिर चला, तब लम्बी साँस लेकर खुदा की ओर मुखातिब होकर बोला, "वाह रे सखी-सर्वरा, तेरी उल्टी अकल की बलिहारी—माँगा था नीचे, दे दिया ऊपर!"

बैरकपुर पहुँचे। अर्थात् बैरकपुर के पास कहीं घुप-अँधेरे में एक साइडिंग पर गाड़ी लगा दी गयी। जहाँ भी हो, रेल से उतरना तो है ही—और जो पीछे हैं, वे क्या सामने वाले को सोचने का मौका देंगे? जल्दी-जल्दी ट्रक उतारे गये। नीचे पक्की धरती तो है, जो होगा सो होगा, बरसने दो मूसल!

तभी एक जीप 'कानवाई' के पास आकर रुकी, और फ़ौजी पुलिस के दो सार्जेण्ट उतरे। यायावर के आने की खबर कैम्प को थी, वहाँ रहने-खाने का प्रबन्ध है और वे दोनों मार्ग दिखायेंगे—कैम्प कोई चारा मील है।

तो सखी-सर्वरा कभी-कभी नीचे माँगने पर नीचे भी देता है! अलहम्दुलिल्लाह!

अँधेरे और वृष्टि में कोई ट्रक भटक न जाये, इस विचार से सब गाड़ियों को आगे रखकर अन्तिम गाड़ी यायावर ने अपनी रखी। अगले ड्राइवर को कहा कि वह जीप के पीछे हो ले और उसे आँखों-ओट न होने दे।

टाँडा फिर चला। एक मील, दो मील, तीन मील, चार मील—अब तो कैम्प पास ही होगा। 'कानवाई' मुड़ा—क्या आ गये? पाँच मील। फिर मोड़—यह होगा। शायद बड़े मैदान में कैम्प हो। छः मील। सात मील। आठ मील। नौ मील...दस—दसवें मील में हठात् 'कानवाई' रुक गया। सन्नाटा—केवल किरमिच पर मूसलाधार वृष्टि का शब्द टपाटप-टप, ढबाढब-ढब!

यायावर लाइन तोड़कर आगे गया। अगली गाड़ी का ड्राइवर निश्चल बैठा था; सामने जीप नहीं थी।

"क्या हुआ?"

"जीप गाड़ी तो खो गिया, सा'ब!"

"कैसे खो गया? तुम्हारा ध्यान किधर था?"

"आप बोला था गाड़ी का पीछू लाल बत्ती देखते रहने को। हम देखा लेकिन फिनू वो अँधेरा में गुम हो गिया। फिर हम सोचा आगे मिलेगा। लेकिन इधर रास्ता बनू है।"

अब? अब कहीं बढ़ना तो और भटक जाना होगा, उचित यही है कि यहीं पर प्रतीक्षा की जाय। जीप स्वयं खोजने आयेगी अवश्य...

डेढ़ घण्टे बाद वह आयी। गोराशाही भाषा में यों बहुत से शब्द ऐसे होते हैं जिन्हें कोशकार जानते ही नहीं; कुछ ऐसे होते हैं जिन्हें वे शायद ईर्ष्यावश कोश में नहीं देते कि बाकी कोश फीका न जान पड़ने लगे! ऐसे ही चाशनीदार बहुत से शब्द ड्राइवर पर उँडेल कर सार्जेण्टों ने यायावर को 'कानवाई' लौटवाने को कहा, और सुझाया कि अबकी यायावर स्वयं आगे रहे ताकि अनुसरण ठीक हो सके। वैसा ही किया गया। रात साढ़े बारह बजे कैम्प के भीतर घुसे। रास्ते एक-एक फुट पानी के नीचे थे; बाँसों के फ़र्श कीचड़ हो रहे थे। खाना जो रखा गया था सो न जाने क्या हुआ—क्योंकि लंगर वाले तो अब सो गये थे। एक बारक खाली पड़ी थी, उसी में कुछ बाँसों से पटे तख्त भी थे।

खाना न सही, गीले कपड़े बदलकर पीठ तो सीधी की जाये, यायावर यह सोच ही रहा था कि सूचना मिली, 'कानवाई' की पिछली गाड़ी नहीं आयी है।

यायावर की गाड़ी फिर बाहर निकली—अकेली। जो गाड़ी रह गयी थी, उसका नेपाली ड्राइवर यथेष्ट मूर्ख था—अतः जहाँ उसने जाना होगा कि वह भटक गया, वहीं रुक तो गया होगा, पर उसके बाद भी गाड़ी के साथ ही रहेगा इसका भरोसा नहीं था। कहीं पास चिलम में साझा हो सकता हो या चाय के ही एक कुल्हड़ की आशा हो, तो वह गाड़ी छोड़कर चल देगा। और कहीं कलवारी की गन्ध आस-पास मिल गयी तो बस...

कैम्प से स्टेशन तक दो चक्कर लगे। गाड़ी का पता न मिला। तीसरे चक्कर में रास्ता छोड़कर इधर-उधर के मोड़ों की और गलियों की खोज की गयी। यायावर लगभग निराश हो चला था कि एक अहाते के बाहर एक बड़ी गाड़ी के पीछे एक छुटका ट्रक दीखा जिसकी रेखाकृति कुछ पहचानी-सी लगी। रुककर देखा, अनुमान ठीक था। ड्राइवर ने हताश होकर सो जाने का निश्चय किया था, पर जैसे लद्दू घोड़े को दूसरे घोड़े की पूँछ के अतिरिक्त और क्षितिज स्वीकार्य नहीं होता, वैसे ही 'कानवाई' ड्राइवर भी

दूसरे ट्रक के पीछे ट्रक सटाकर ही चैन की साँस ले सकता है...ड्राइवर का मुँह खुला था, और खर्राटे एंजिन के चलते होने का भ्रम उपजा सकते थे...

तीन बजे थोड़ी-सी भूखी और बिल्कुल सीली हुई नींद मिली—किन्तु जो भी मिले वही बहुत; और फिर सबेरे तो कलकत्ते जाया जा सकेगा, और दो-एक मित्रों से मिलकर और चीनी भोजन करके लौटा जा सकेगा—आगे तो अगले दिन चलना है...

यहाँ पर टायर को थोड़ी देर चुप हो जाना चाहिए। टायर के 'वात-प्रकृति' होने में तो सन्देह हो ही नहीं सकता—ठोस टायरों का युग तो गया—पर उसे भी जब-तब साँस लेनी पड़ती है! किन्तु कहने का क्रम न टूटे, इसलिए कलकत्ते से आगे की यात्रा का संक्षिप्त वर्णन यायावर की डायरी से ले लिया जाये :

'प्रातःकाल चलकर 'विलिंगडन ब्रिज' द्वारा हुगली पार करके उत्तरपाड़ा और वर्धमान (बर्दवान) होते हुए आसनसोल पहुँचे। आसनसोल में एक खुले मैदान के बीच में कैम्प था, वहीं एक 'बासे' में रात काटी। सबेरे स्टेशन जाकर नाश्ता किया और चल पड़े।'

'आसनसोल से बढ़ी—110 मील। राह की एक ओर पार्श्वनाथ गिरि को छोड़ा। बढ़ी में भी मैदान में कैम्प है—यद्यपि यहाँ व्यवस्था और अच्छी है। कैन्टीन भी है, जहाँ से डिब्बे का सामान मिल जाता है। यहीं का ठेकेदार खाना भी खिला देता है—दाल का सूप, उबालकर भूने हुए आलू और अण्डे, चावल, तरकारी, और कुछ मीठा—प्रायः पके केले को मसलकर बनायी हुई मीठी बड़ी। सप्ताह में दो दिन खुले में सिनेमा भी दिखाया जाता है—पर हमारा दिन वह नहीं था। इस समय कैम्प भी लगभग खाली है, तम्बू में आराम है। थोड़ी-सी चाँदनी में इस तनिक-से ढाल वाले मैदान का विस्तार बड़ा अच्छा लगता है।'

'बढ़ी से बढ़े, पर गया नहीं गये; डेहरी-सोन का रेल का पुल पार करके अलीनगर पहुँचे। अलीनगर का बँगला मुगलसराय स्टेशन से दो मील पहले पड़ता है। बनारस जाया जा सकता था, पर रास्ते में नाव का पुल पड़ता है, जिस पर न जाने ट्रक जा सकें या नहीं; न गये तो रेल के पुल से पार करना होगा और घण्टों लगेंगे। फिर रात को शहर में पहुँचने का आतंक तो है ही, और कानवाई लेकर दोस्तों के यहाँ नहीं जाया जा सकता। रात में छावनी में भटकें, फिर सफ़री कैम्प का पता लगावें, फिर वहाँ जगह मिले न मिले—यह उजाड़ बँगला ही अच्छा है...'

'बनारस-इलाहाबाद। इलाहाबाद में भी कानवाई ठहराने की जगह नहीं थी, और दौड़ भी छोटी रह जाती, अतः पच्चीस-एक मील और जाकर मूरतगंज के बँगले में अड्डा जमाया। खासा बड़ा बँगला है, साफ़-सुथरा। ठहरने के लिए एक्ज़ीक्यूटिव इंजीनियर की अनुमति तो चाहिए, पर वह ठहर जाने के बाद भी ली जा सकती है—दरखास्त लिखकर चौकीदार को दे दी है!'

'कानपुर। स्टेशन पर भोजन किया। गर्मी बहुत थी, साढ़े चार बजे तक वेटिंग रूम में पड़े रहे। फिर चालीस मील और जाकर बिल्हौर में रात काटी! इस अंश में इतनी बैलगाड़ियाँ मिलीं कि गाड़ी हाँकने का सारा उत्साह ठण्डा पड़ गया! बिल्हौर के छोटे-से बँगले में जा रुके।'

'निश्चय था कि आगरा होते हुए जाना होगा। इसलिए नहीं कि ताजमहल के पास से निकलेंगे, इसलिए कि भारतीय सैन्य-संगठन का मध्यवर्ती कैम्प आगरा है। कानवाई कलकत्ते से पूर्वी 'कमान' के अवधान में चला था, आगरे में उसे केन्द्रीय कमान के अवधान में आकर आगे उत्तरी कमान की सीमा में जाने की सूचना देनी होगी। एतमादुद्दौला के नीचे धूल उड़ रही थी—वहाँ भीतर नहीं गये। ताजमहल के सदर फाटक से घुसकर एक बार बाहरी फाटक से ही ताज को झाँककर ताजगंज की तरफ़ की हरियाली

में बैठकर जलपान किया, ज़रा बढ़कर मियाँ नज़ीर की उपेक्षित क़ब्र देखी और बचपन में बड़े उत्साह से कण्ठस्थ की हुई उनकी नज़्म के कुछ बन्द याद किये—

ऐसा था बाँसुरी के बजैया का बालपन
वो मधुपुरी नगर के बसैया का बालपन!
ज़ाहिर में गो वो नन्द यशोदा के आप थे
वर्ना वो आपि' माइ थे वा आपि' बाप थे।

'सुना है कि जब कवि ताजगंज से गधा हाँकते निकलते थे कि मदरसे जाकर लड़कों को पढ़ा आवें, तब रास्ते में इतनी जगह लोग उन्हें रोक-रोक कर उनसे दो-चार बन्द सुना के जाने का सफल आग्रह करते थे कि नज़ीर मियाँ को गोकुलपुरे में अपने मदरसे पहुँचते-पहुँचते साँझ हो जाती थी, और वह लड़कों को छुट्टी देकर फिर रुकते-चलते रात तक घर पहुँच जाते थे। एक वह दिन था, जब कविता स्वाभाविक उद्रेक राह चलते को खींचता था और फक्कड़ कवियों की बानी सीधें लोक-हृदय में पैठ जाती थी; एक हमारा दिन है कि ट्रक हाँकते धूल उड़ाते चले जा रहे हैं, हर पोखरे में ढील फेंकते हैं और हर झमेले में टाँग अड़ाते हैं (क्योंकि "जीवन की धारा के बीचों-बीच रहना कलाकार का धर्म है") किन्तु फिर भी उस लोक-हृदय के आस-पास भी नहीं फटकते जो वास्तव में जीवन का मूल स्रोत है! क्योंकि जीवन का स्रोत घटना का स्रोत नहीं है, वह चेतना का स्रोत है। हमारी कविता बानी नहीं रही, लिखतम हो गयी है; हृदय से हृदय तक नहीं जाती वरन् एक मस्तिष्क की शिक्षा-दीक्षा के संस्कारों की नली से होकर कागद पर ढाली जाती है जहाँ से एक दूसरा मस्तिष्क अपने संस्कारों की नली से उसे फिर खींचता है...'

'केन्द्रीय कमान में हाज़री दी, और एक बार आगरे में कानवाई की सूरत देखकर कम-से-कम मथुरा जा रहने का निश्चय किया। सिकन्दरा छोड़कर रुनकता के पास कुछ मिनट रुके, सड़क छोड़कर जमुना किनारे वह स्थल देखा जहाँ कभी सूरदास रहते थे और जहाँ अब उस स्थान को चिह्नित करने वाली कुछ बजरी-भर पड़ी है, जिसके पास एक और कोठरी और देवस्थान बन गया है—क्योंकि बिना मूर्त प्रतीक के श्रद्धा विकेन्द्रित हो जाती है!'

'मथुरा का बँगला भरा था, अतः और आगे जाने की ठानी। कानवाई को चाय-पानी करने को कहा और लगे-हाथ वृन्दावन को छू आये। वहाँ मालूम हुआ कि तीन रुपये छः आने देकर मन्दिर में अमुक सेर धूप-दीप का प्रबन्ध हो सकता है और बाईस रुपये दस आने देकर मन्दिर की सीढ़ी पर नाम खुदाया जा सकता है—और स्वर्ग के इन पहले और तीसरे दर्जों के टिकटों के अलावा ड्योढ़े-दूसरे के भी मिलते हैं। इतना ही नहीं, बिना टिकट लिये अन्य मन्दिर देखे भी नहीं जा सकते। स्वर्ग की रेल में कभी बैठने की जगह मिलेगी, जिसे यही भरोसा नहीं, वह टिकट क्या खरीदता? अतः केवल गोविन्ददेव का मन्दिर देखकर—जिसमें मूर्ति की प्रतिष्ठा नहीं हुई। किन्तु जो वास्तुकला की दृष्टि से सर्वाधिक सुन्दर है—लौट आये। कुछ आगे छाता नाम का स्थान मिला, जहाँ एक क़िले के नीचे छोटी बँगलिया थी—वहीं डेरा डाला।'

'नयी दिल्ली...सब की वह भाभी, जो कि गरीब की जोरू नहीं है! जिसकी मुस्कान की अपेक्षा सब को है, लेकिन जिससे ठठोली करने की हिम्मत किसी को नहीं होती!'

'पुरानी दिल्ली। किंग्सवे; वह स्थान जहाँ कभी सम्राट का अभिषेक हुआ था, और अब तपेदिक का अस्पताल है—ठीक है, साम्राज्य को घुन खा चुका है, अब नया युग आता है!'

सोनीपत

'समालखा। नहर विभाग का बँगला। रात...'

दूसरे दिन कानवाई पानीपत-कुरुक्षेत्र-अम्बाला होता हुआ जालन्धर पहुँच गया। यहीं तक उसे पहुँचना था—यहाँ केन्द्र था, जहाँ से नया दायित्व लेकर यायावर को फिर आगे बढ़ना था। यहाँ शहर से चार मील दूर सुनसान के बीच एक बगिया में यायावर ने डेरा डाला। पहले दिन उसका नाम रखा 'चौमीला बाग' क्योंकि बाग के फाटक पर ही चौथे मील का पत्थर था। दो-तीन दिन बाद जब साइकिल पर दो-तीन बार शहर के फेरे लगाकर समझ लिया कि बस्ती का अन्तिम चिह्न पीछे छोड़कर जब खुले निःसीम की सीमा पर पहुँचे तब जाकर कहीं डेरे के लक्षण दीखते हैं, तब उसका नाम बदलकर दिया गया 'द लिमिट'—सीमान्त! फिर कुछ दिन बाद, जब बगिया के चारों कोनों पर अमलतास के वृक्ष फूलों से लदकर ऐसे दीप्त हो उठे कि बगिया में चारों कोनों के अतिरिक्त कुछ मानो दीखता ही नहीं, तब यायावर ने उसका नाम फिर बदल दिया और अब रखा 'अमलतासी'...और यही नाम सबसे मधुर लगा, और पीछे इतना सजीव हो आया कि अब भी उसका मन पीछे देखता है तो अमलतासी को ही याद करता है। क्यों, यह बताने के लिए जो भाषा चाहिए, वह यायावर के पास नहीं है, इस फटीचर टायर के पास तो होगी कहाँ, जो...

'घूम गया जो चक्र, उसी की ओर देखता जाता हूँ...' xxx

माझुली

नागकेसर के फूल तब पूर्ण विकसित हो चुके थे, पंखुड़ियाँ झरने लगी थीं और केसर की मादक गन्ध छोटी-छोटी पहाड़ियों और उपत्यकाओं को लाँघती हुई शून्य में फैल रही थी। तीसरे पहर बड़े-बड़े शुभ्र बादल उठते थे और बच्चों की तरह नाना प्रकार के जन्तुओं का रूप धरने की क्रीड़ा करते हुए आकाश के प्रांगण के पार निकल जाते थे। मन्दिर-श्रेणी के नीचे बिछे हुए सरोवर का नील विक्षुब्ध हो उठता था और मानो उसे परचाने के लिए किनारे के अशोक-वृक्ष के दो-चार खिले फूल झरकर उस पर आ गिरते थे...

मैंने मधुमक्खियों से बचते हुए अशोक के उन दीप्तवर्ण फूलों का एक गुच्छा तोड़ लिया। तब नहीं जानता था कि क्यों, लेकिन थोड़ी देर बाद अपने पैरों की गति देखकर जाना कि मैं शुभ्रा के घर की ओर जा रहा हूँ।

मैंने फूल शुभ्रा को दे दिये। कहा, "शुभ्रा, मैं विदा माँगने आया हूँ।"

शुभ्रा फूल अपने जूड़े में खोंसते हुए मेरी ओर देखकर हँस दी। एक खुली सफ़ेद बादल-सी हँसी!

मैंने फिर कहा, "भोर होते ही मैं यहाँ से चला जाऊँगा।"

उसने पूछा, "फिर कहाँ देखना होगा?"

अब की बार मैंने हँसना आवश्यक पाया—वैसी ही खुली हँसी, क्योंकि खुलापन ही एक अभेद्य आड़ है।

फिर मैंने कहा, "फिर कभी होगा तो, शायद। कब का क्या पता? पर अशोक तो हर साल फूलेगा, कोई ला दिया करेगा। काले के साथ दीप्त रंग सजता है।"

उसने मुँह फेर लिया। अशोक के फूलों से सजा हुआ कवरी-बन्ध मुझे पूरा दीख गया। पर यह मुझे नहीं लगा कि वह इसीलिए उधर मुड़ी थी।

मैं जल्दी से लौट चला।

पच्छिम के देहातों के सूखे भू-भागों में बैलगाड़ी की चूँ-चूँ अच्छी नहीं लगती। पर असम के बाँसों से घिरे पथ में वही ध्वनि पवन की सरसराहट के साथ मिलकर एक अद्‌भुत संगीत का रूप लेती। मानो विस्तीर्ण हरियाला अन्धकार अपने पूरक रक्ताभ आलोक की स्तुति में कोई मन्द्र-गम्भीर छन्द गुनगुना उठे।

तड़के तीन बजे चला था; सात बजे ब्रह्मपुत्र के तट पर पहुँच गया। अपना बोरिया-बिस्तर और दस

दिन का राशन नाव में लादा। 'नावरिया' ने बड़े उल्लास के साथ कछार को लात मारी और नाव प्रवाह में डाल दी। यों तो ब्रह्मपुत्र के जिस अपूर्व द्वीप पर मुझे जाना था, उसका उत्तरी छोर तीन मील नीचे ही मिल जाता, पर वहाँ घाट की सुविधा न होती इसलिए और आठ मील नीचे धारा के साथ बहकर घाट पर जा लगने का विचार था।

नाव नदी के बीच में जाकर खड़ी हो गयी। मैंने ध्यान से किनारे की शिस्त लेकर देखा, हम बिल्कुल स्थिर खड़े हैं। हवा ज़ोर की थी, मैंने कहा, "नावरिया, पाल खड़ी करो।"

नावरिया केवल ज़ोर से हँस दिया।

असमीया लोग खूब हँसते हैं। बाधाओं पर और भी अधिक हँसते हैं। इसलिए कि वे बाधा को बाधा मानते ही नहीं, वह तो केवल काम न करने की एक युक्ति है, और काम न करना पड़े तो क्यों न हँसा जाये! बात यह थी कि नदी का प्रवाह तो दक्खिन को था, जिधर हमें जाना था; पर हवा का रुख उलटा था। पाल लगाने से तो हम तीव्रता से उलटी दिशा में चलने लगते, बिना पाल के केवल जहाँ के तहाँ थे।

जिस तरह कश्मीरियों की प्रिय उक्ति है 'कुछ फ़िकिर नई' उसी तरह असमियों की जीवनालोचना का निचोड़ जिस एक वाक्य में आ जाता है वह है 'बड़ दिकदारी'। मैंने हवा की ओर मुँह उठाकर कहा, 'बड़ डिकडारी!' असमिया लोग 'द' का प्रायः 'ड' ही उच्चारण करते हैं।

नावरिया ने मान लिया कि मैं उससे पूर्ण सहमत हूँ, और बैठकर वह तम्बाकू चबाने लगा।

लगभग तीन घण्टे बाद, हम लोग जहाँ से चले थे उस स्थान से कुछ और ऊपर ही किनारे आ लगे। मैंने गाँव से फिर बैलगाड़ी मँगवाकर सामान लादा और दूसरी दिशा से उस द्वीप पर आक्रमण करने चल पड़ा।

नानी कहा करती थीं, 'यह लड़का न जाने कैसी घड़ी में जन्मा है। उल्टी गंगा बहायेगा।' गंगा तो पुण्यसलिला है, पर ब्रह्मपुत्र ज़रूर उलटा बहाया जा सकता है, आप मान लें।

मेरे साथ मेरा अनुचर मनदोज भी था। इस लघुकाय गोरखे में सबसे बड़ा गुण यह था कि वह जब जहाँ हो सो सकता था। फिर बैलगाड़ी में तो हमें नौ घण्टे हो चुके थे—रात हो गयी थी...मैंने अपने लिए स्थान सागने की ओर बनाया था, उसके बाद मेरे कपड़ों का और राशन का बक्स था, फिर मनदोज के बैठने का स्थान, फिर पीछे हमारे दोनों बिस्तरे—इस प्रकार गाड़ी का बैलेंस भी ठीक हो गया था और हमें स्थान भी अपनी रुचि के अनुकूल मिल गया था—मुझे सामने का दृश्य देखने का चाव था, और मनदोज को ट्रंकों की दरार में सिर फँसाकर और बिस्तरों पर टाँगें फैलाकर सोने का। हम लोग कुछ खाकर एक बजे 'प्रत्यावर्तन के पथ पर' चले थे; तब से एक बार आधे घण्टे के लिए मेरे जगाने पर मनदोज उठा था—हमने चाय बनाकर पी थी। अब रात के ग्यारह बजे थे, मनदोज तो सो ही रहा था—और अब तो सुबह तक जागने का प्रश्न ही क्या? गाड़ीवान भी कुछ-एक गीत गुनगुनाकर ऊब गया था और कुछ-कुछ ऊँघता हुआ बैठा था, बैल यन्त्रवत् चले जा रहे थे।

तारे थे। ऊपर छत के अधगोल और सामने गाड़ीवान के कन्धे के बीच की जगह में से दो-चार तारे दीखते थे, कभी-कभी मोड़-माड़ आने पर एक-आध अधिक दीप्त तारा झलक दे जाता था। मैं भी ऊँघने लगा—ऊँघ का जादुई मरहम मेरे थके अंगों और टूटती हड्डियों को सहलाने लगा।

हठात् चौंककर जागा। गाड़ी खड़ी थी। गाड़ीवान ने कहा, "हम लोग पहुँच गये।"

मैंने देखा, एक सरोवर के किनारे गाड़ी खड़ी है। अशोक का पेड़ शायद इसके पास भी होगा। पर वह फिर देखा जायेगा। मैंने ज़ोर से आवाज़ दी, "मनदोज! ओ मनदोज!"

नींद से भर्राई आवाज़ बोली, "जी साऽब।"

"उठो अब। सामान उतारो। यहाँ बाहर ही बिस्तरे कर लेंगे, सबेरे देखा जायेगा।"

सहसा चुप, यद्यपि मैं अनुभव कर सका कि वह सुप्ति की नहीं है, अत्यन्त सजग है।

"क्यों मनदोज, क्या है?"

मनदोज ने अविचलित भाव से उत्तर दिया "साऽब, बिस्तरा तो गीर गया।"

मनदोज के सोते-सोते दोनों बिस्तरे गाड़ी के दचके से कहीं गिर गये थे, दुचकों के कारण सामने हमें पता न लगा और पीछे मनदोज की नींद न टूटी।

मैंने बड़े यत्नपूर्वक जल्दी-जल्दी मन-ही-मन दुहराना शुरू किया, "असम बड़ा सुन्दर देश है। यहाँ के लोग बड़े हँसमुख और मिलनसार हैं। असम बड़ा सुन्दर–" क्योंकि नहीं तो मुँह से जो कुछ निकलता वह पक्के साहबों के साथ रहे हुए मनदोज को अप्रत्याशित भले ही न लगता, मेरे लिए अवश्य पश्चात्ताप का कारण बनता।

फिर मनदोज को कुछ कहने के लिए मैंने कहा, "चाय बनाओ।" गाड़ीवान से कहा, "सामान उतार कर गाड़ी मोड़ो, हम बिस्तर खोजने चलेंगे।"

मनदोज ने तत्परता से कहा, "जी माऽब!" और ट्रंक उतार लिये।

गाड़ीवान ने कुछ कम तत्परता से कहा, "बड़ डिकडारी।"

सौभाग्यवश अधिक दूर नहीं जाना पड़ा। कोई तीन मील दूर पर एक, और आधा मील और आगे दूसरा बिस्तर मिल गया। और जो एक गढ़े के पास के कीचड़में गिरा था वह बिस्तरा मेरा नहीं, मनदोज का था। जी कुछ ठण्डा हुआ। तीन घण्टे बाद लौटकर देखा, आग जलकर ठण्डी हो चली है, केतली उस पर चढ़ी है, और मनदोज–ट्रंक पर सिर टेके सो रहा है।

सबेरे ही मोटर पकड़ी और अढ़ाई घण्टे बाद कोकिलामुख जा पहुँचे। नाम से अनुमान था कि यहाँ कोकिला नदी ब्रह्मपुत्र में पड़ती होगी; पर थे वहाँ केवल तीन-चार झोंपड़े, और नाव की प्रतीक्षा में बैठने वालों के लिए ठेकेदारों द्वारा बनाया हुआ एक फूस का छप्पर। कोकिला कुछ मील दूर पड़ती थी; सम्भव है पहले कभी उसका मुख यहीं रहा हो।

हमने बड़ी नाव की प्रतीक्षा न कर एक आठ मन की डोंगी भाड़े ठहरायी और बैठ गये। यहाँ से ठीक सामने द्वीप का मध्य भाग पड़ता था, सीधे लगभग तीन मील का फ़ासला था; पर बीच में एक और छोटे द्वीप का चक्कर काटकर जाना पड़ता था इसलिए चार मील से कुछ अधिक जाना पड़ेगा। फिर द्वीप के मध्यवर्ती घाट कमलाबाड़ी में पहुँच जायेंगे।

यहाँ पर इस रहस्यमय द्वीप का कुछ परिचय दे देना उचित होगा।

ब्रह्मपुत्र स्रोत से समुद्र तक अपने मार्ग में पूर्व, पश्चिम, उत्तर, दक्षिण चारों दिशाओं में बह लेता है। उत्तर-पूर्वी असम में प्रवेश करते समय उसका पूर्व-मुखी प्रवाह ब्रह्मकुण्ड में आवर्तित होकर दक्षिण-पश्चिम को बहने लगता है, फिर गंगा (पद्मा) से मिलने पर वह दक्षिण-मुखी हो जाता है। ब्रह्मकुण्ड के आस-पास उसका रूप कुछ वैसा ही है जैसा लछमनझूला-ऋषिकेश की गंगा का, यद्यपि ब्रह्मपुत्र के गहन वनाच्छादित महिष-गजेन्द्र-सेवित कछार का सौन्दर्य अपूर्व और अतुलनीय ही है।

तो ब्रह्मपुत्र के समतल मार्ग के बीच में माझुली नाम का एक द्वीप है। नदियों में छोटे-मोटे टापू होना मामूली बात है। लेकिन माझुली अपने ढंग का अनूठा टापू है—संसार की किसी और नदी में 70 मील लम्बा और 10 मील चौड़ा, लगभग 25 हज़ार की जनसंख्या वाला द्वीप मैंने तो नहीं सुना! यों वर्षा काल में जब नदी का पानी चढ़ता है तो द्वीप की लम्बाई बीस-एक मील कम हो जाती है और जगह-जगह पानी भर जाता है, लेकिन तो भी क्या?

माझुली का यही एक महत्त्व हो सो नहीं! असमिया सांस्कृतिक जीवन में उसका एक गौरवपूर्ण स्थान है। वैष्णव सन्त शंकर देव और उनके शिष्य माधव देव के सम्प्रदाय ने यहीं पर सत्र स्थापित किये, और उनकी परम्परा को चलाने वाले वैष्णवों के कई सत्र यहाँ अब भी चल रहे हैं। एकेश्वरवादी निराकारोपासक असमिया वैष्णव असम भर में फैले हुए हैं और उनके धार्मिक जीवन को माझुली के ही सत्राधिकारों से प्रेरणा मिलती है। यों विभिन्न सत्रों की प्रतिष्ठा में न्यूनाधिक का अन्तर होना स्वाभाविक है, पर उत्तर-भारत के अनेक मठों और मठाधीशों की तरह ये स्थान व्यसन और विलासिता के शिकार होकर जन-साधारण की दृष्टि में पतित नहीं हो गये हैं, और सभी सत्र असमिया हिन्दुओं द्वारा आदर की दृष्टि से देखे जाते हैं। अभी इतना परिचय यथेष्ट होगा, कुछ और तो प्रकारान्तर से क्रमशः मिलेगा ही।

दोपहर होते-न-होते कमलाबाड़ी जा पहुँचे। घाट से बढ़कर मीरी जाति के एक गाँव के पास से होकर डाक बँगले पर जा पहुँचा, सामान रखकर मुँह-हाथ धोया। मनदोज से प्रार्थना की कि अब कम-से-कम घण्टा भर जागते रहकर कुछ डिब्बे का और कुछ ताज़ा मिला कर भोजन दे दे, और उसके 'जी साऽब' की अन्तर्ध्वनि से कुछ आश्वस्त होकर आरामकुर्सी पर बैठकर प्रतीक्षा करने लगा।

प्यास थी। यों मनदोज को पीने के लिए पानी उबालकर रखने की आदत डाल दी थी, पर अभी फ़ौरन तो वह नहीं चलेगा; चौकीदार से पूछा तो उसने बताया कि वहाँ विलायती फ़िल्टर है, साहब लोग उसी का पानी पीते हैं। मैंने कहा, उसमें हाथ-पम्प से ताज़ा पानी डाल दे और छनने पर गिलास-भर दे दे। दो मिनट के अन्दर ही वह गिलास भर पानी ले आया तो मैंने विस्मय से पूछा, इतनी जल्दी छन भी गया? बासी पड़ा हुआ तो नहीं है?"

चौकीदार ने आहत स्वर में कहा, "नहीं, साऽब, अभी ताजा डालकर लाया हूँ।"

मानवता में मेरी अपार श्रद्धा है। पर असम के पलटनिया जीवन में सीख लिया था कि पानी के बारे में सहज विश्वासी न हो। मैंने जाकर फ़िल्टर देखा तो उसके ऊपरी अंश में बिल्कुल पानी नहीं था, चलनी के नीचे जल अब भी भरा था। मैंने अविश्वास के साथ कहा, "सारा पानी इतनी देर में छन भी गया?"

चौकीदार की मुद्रा ने कहा, 'साहबों के साथ अपार धैर्य की ज़रूरत पड़ती है—पर मुझ में है।' वाणी ने कहा, "नहीं, मैंने चलनी उठाकर भर दिया था।"

कारण? यही कि फ़िल्टर करके निकालने में बहुत देर लगती है जो कि 'बड़ डिकडारी' की बात है।

मैंने मन मारकर कहा, "भाल!" वह चला गया, तो मैंने छिपाकर पानी नाली में डाला, और दो-एक किताबें निकालकर बैठ गया कि चाय आने तक प्यास को बहलाये रखूँ। पीछे मनदोज से फ़िल्टर का पानी फिंकवाकर नया भरवाया—कि रात भर में बिना 'बड़ डिकडारी' के छन जाये!

कुछ एक बकरियाँ डाक बँगले के हाते में चली आयीं। बिना झिझक के वे बरामदे की ओर बढ़ीं, सीढ़ी चढ़कर बरामदे में और फिर कमरे में चली आयीं। एक बार मेरी ओर देखा, शालीनता से सिर मोड़कर

मेरी उपस्थिति को क्षमा कर दिया और थूथनी से मेरी पुस्तकें उलटने लगीं...

मुझे मानवेतर प्राणियों में ठीक वैसी ही दिलचस्पी है जैसी मानव शिशुओं में—इतर जन्तुओं में शिशु के सभी गुण-अवगुण होते हैं और दोनों का समान पर्यवेक्षण विकासवाद के सिद्धान्तों को सहज-ग्राह्य बनाने के लिए सबसे अच्छी पाठशाला है! कभी-कभी बहुत समय तक निश्चल बैठकर मैं एक-आध ढीठ गौरेया को इतना आश्वस्त कर सका हूँ कि वह क्षण-भर मेरे कन्धे पर बैठकर फुर्र उड़ जाय; कुत्ते, तोते, मोर, चकोर, कबूतर, तीतर आदि के अलावा गिलहरी, बनबिलार, लँगड़े कौए और चील के बच्चे तक मैंने पाले हैं; और उनका विश्वास भाजन बनने में आनन्द पाया है, पर माझुली में जन्तु और मानव में जैसा साधारण सहज साहचर्य देखा वैसा और नहीं देखा। पहली यात्रा में तो यह बात छोटे-छोटे पशु-पक्षियों को लेकर ही लक्षित हुई—दो एक बार हाथी अपने-आप डाक बँगले में आकर घुटने टेक और सूँड़ उठाकर सलाम करके मेरे हाथों केले और मूँगफली आदि खा गये, पर ये आस-पास के सत्रों के सिखाये हुए हाथी थे—किन्तु दूसरी बार माझुली आकर मैंने देखा कि द्वीप के हिंस्र पशुओं के साथ भी मानो मानव द्वीपवासियों का अलिखित समझौता है...

दूसरी बार जब गया तब बाढ़ के दिन थे। बाढ़ के दिनों द्वीप की लम्बाई प्रायः दो-तिहाई रह जाती है और बीच में भी जहाँ-तहाँ नदी-नाले-दीर्घा और खाल-बील तथा 'मरी नदियाँ' अपनी मर्यादाएँ तोड़कर बहुत-सा प्रदेश लील लेती हैं; जिससे द्वीप का क्षेत्रफल शायद आठवाँ भाग हो जाता है...द्वीप में जहाँ-तहाँ धरातल कुछ ऊँचा है वहीं गाँव बसे हैं। किन्तु इतनी ऊँची भूमि बहुत कम है जो बिल्कुल सुरक्षित हो; और गाँव के घरों में बहुधा पानी आ जाता है। कुछ सत्र ही इतनी ऊँची जगह पर हैं कि पक्की इमारत बनाना उचित समझा जाये, नहीं तो घर प्रायः बाँस और फूस के 'बासे' हैं—सम्पन्न घर में दीवार पर गारे की पपड़ी जमाकर ऊपर चूने से पुताई कर दी जाती है, बस। इस वर्णन से अनुमान नहीं हो सकता कि असमिया घर कितना स्वच्छ और सुव्यवस्थित होता है, वह देखकर अनुभव करने की चीज़ है।

माझुली में सबसे ऊँची जगह वहाँ की एक मात्र सड़क है। उत्तरी असम को जाने के लिए यही मार्ग है, और इसे वर्ष-भर चालू रखने के लिए बहुत ऊँची पटरी पर बनाया गया है। सड़क द्वीप के आर-पार बनी है; द्वीप पार करके ब्रह्मपुत्र की दूसरी धारा सुवर्णश्री अथवा सुवनसिरी फिर पार करनी पड़ती है।

बाढ़ में, जब गाँवों में पानी भर जाता है, तब नीचे प्रदेश तो डूब ही जाते हैं। तब द्वीप-भर के साँप ऊँची ज़मीन पर या पेड़ों पर चढ़ जाते हैं; वन्य पशु, जिनमें बाघ की पर्याप्त संख्या भी है, दलदल और हाथी-घास के प्रदेश से सिमटते हुए क्रमशः सड़क की पटरी की ओर बढ़ आते हैं और अन्त में सड़क पर ही आ जमते हैं।

दूसरी ओर गाँवों में जलप्लावन द्वारा खदेड़े जाकर ग्रामवासी भी ऊँची ज़मीनों पर आश्रय लेते हैं। प्रत्येक गाँव में अनेक डोंगियाँ तो होती ही हैं, जो निकटवर्ती खाल या मरी नदी में पड़ी रहती हैं; स्थानान्तर करने में ये काम आती हैं। हर गाँव के अपने-अपने मचान भी बने होते हैं, जिनकी देख-रेख और मरम्मत गाँव-भर की जिम्मेदारी होती है। पानी अधिक बढ़ आने पर ग्रामवासी पेड़ों पर बने हुए इन मचानों का आश्रय लेते हैं, और अपने ढोर-डाँगरों को खदेड़कर सड़क की पटरी पर कर देते हैं; वहीं सूखी पुआल डाल देते हैं।

इस प्रकार बाढ़ के दिनों में वह दस-एक मील की सड़क की पटरी एक विराट् मेले का रूप ले लेती है—भेड़-बकरी, लोमड़ी-सियार बाघ-बघेल-बिलार, साँप-बिच्छू सब मानो अपनी-अपनी भीटी पर आ जमते

हैं और मचानों पर बैठे मानव प्राणी धैर्यपूर्वक मेला देखा करते हैं। परदेशी वह दृश्य देखकर थर्रा जायें, किन्तु जिस तरह मौसम में मौसमी बुखार होता ही है और कोई यह नहीं कहता कि महामारी फैल गयी है, उसी तरह माझुली के वासी भी अपने जीवन-क्रम के इस नियत अनिवार्य अंश को स्वीकार कर लेते है। दैव पर झल्लाया नहीं जाता, उसे सहने का उपाय किया जाता है। 'डिकडारी' वह है निःसन्देह, किन्तु ढाँचे में बैठायी हुई, साँचे में ढली हुई, इसलिए वश्य। और फिर पानी उतर जाता है, सब लोग अपने-अपने घर जाते हैं, पशु अपने बाड़ों में, बाघ अपनी माँद में और साँप अपनी बाँबी में, और ढर्रा चलता रहता है। ढर्रे का चलना ही तो सनातन है, और इस सनातन तत्त्व की सहज अनुभूति ही तो 'विश्वमैत्री' और 'जीवदया' का रहस्य...

यह नहीं कि जीवन के अनुक्रम में व्याघात न होता हो। किन्तु, बाघ एक-आध को खा ले, दो-एक को थपड़िया जाये, तो भी क्या? जिस तरह यह लम्बी हाथी-डूबी घास सारी दलदल भूमि पर छा जाती है, उसी तरह विवर्तन का नियम भी...

इस सबका व्यक्तिगत अनुभव हुआ दूसरी यात्रा में; किन्तु पहली ही यात्रा में जब बकरियाँ मेरी पुस्तकें उलट-पलटकर कुछ हताश होकर चली गयीं तब चाय पीते-पीते मैं कल्पना में माझुली के जीवन का चित्र देखने लगा, और वह चित्र शब्दों के सूत्र में गुँथने लगा...

आज भी मेमने आकर मेरी पुस्तकों को उलटा जायेंगे,
और नीलकंठ किंशुक के ठूँठ पर ऊँघेगा
और सेमल की बुढ़ियें हवा पर तैरती चली जायेंगी।
आज भी धुँधला आर्द्र प्रकाश बिछल जायेगा नील स्फटिक खण्डों पर
चिकनी लचकीली ग्रीवाओं और तरंगायित नितम्ब-लहरियों के,
आज भी वस्त्र-खण्डों में से कुच-मुकुलों का निर्व्याज सौन्दर्य झाँक जायेगा
निरायास स्वच्छन्दता की ही ओट लेकर!
आज भी फूस के छप्परों को छितरा जायेगी ढोलकों की गमक,
और बाँसुरी का भटकता सुर
वेणु-कुंज में बसी अपनी चिरन्तन जननी को उत्कण्ठा से पुकारेगा!
और असाढ़ में नदी भरेगी, और दस्यु लहरें
लूट ले जायेंगी कगारों की रेती, तोड़ लेंगी करारें,
और फेन की ध्वजा फहराती हुई सदर्प बढ़ती चली जायेंगी
अन्तहीन सागर की ओर!
एक बार फिर : रातें अँधियारी हो जायेंगी और दिन उदास,
पत्तियाँ पीली पड़ जायेंगी और तने जलमग्न होंगे,
बिच्छू और साँप के फूत्कारों में क्रोध बेबस हो उठेगा,
बाघ आठ को मार डालेगा
और पुजारी की बहू को झँझोड़कर छोड़ जायेगा,
और कुएँ के पास छः भेड़ों की अंतड़ियाँ सड़ती रहेंगी,
और मानवीय खोपड़ी के आयतन पर

गलगंडों का विस्तार विद्रूप हँसी हँसेगा!
एक बार फिर
लड़खड़ाते तरु-शिखरों से युग-दर्शी आँखें
मटमैले प्लावन को हेरेंगी–
काल की भेदक व्यथा ही काल को पारदर्शी बना देगी
और झलकेगा एक स्वप्न, जिसमें
फेन का उफान हट जायेगा, और बेत वृक्षों की छड़ी-सी अँगुलियों से
रेशम के पालनों पर झूलते हुए उतरेंगे
लोमहर्ष कीड़े–
बुदबुदाती दलदल की कीचड़ में खोजते
अंकुर किसी पंकाकुल जीवन के–
जिन्हें शीघ्र भूखे हाथ टोह-टोह खोद लेंगे
उनके सहारे एक बार फिर
मूर्छित विपन्न प्राणों में, युग-जीवन की युगातीत चेतना जगाने को!
काल का प्रवाह एक सूत्र है, पाश है, जो बाँधता है, बेबसी में।
ज्ञान एक लीक है जो बहिष्कृत करती है!
मेरी आँखें अनभिज्ञता के झरोखे से
स्पष्ट देख पाती हैं–
युगातीत शान्ति इस चक्रावर्त जीवन-विवर्तन पर।
इतना ही देखता हूँ। आगे यदि देखता,
और यदि जानता, और गहरे पैठता,
तो शायद मेरी दृष्टि भी
बँध जाती, घिर जाती, कट जाती काल के प्रवाह की थकान से।
मैं न तब देख पाता कौतूहली मेमने,
न ही मुझे बोध होता नील-स्फटिक ग्रीवा का,
ध्यान मेरा टिकता न वक्ष के मुकुल पर!
एक बार और फिर, फिर और एक बार,
और एक बार फिर।
किन्तु आज ढोल की गमक पर
कीर्तन का स्वर टेर रहा है :
चम्पक की शय्या पर देवी राधा सोयी हैं–
आवें कब श्याम? मिटे वेदना विरह की
मिटे प्यास उभयमुखी, दोहरे विलय में
जागे नयी एक अन्तहीनता
क्योंकि जितनी समर्थ अन्तहीन शक्ति श्याम की है–
उतनी ही आदिहीन देवी की भी प्यास हैं!

आउनियाटी सत्र के सत्राधिकारी ने हाथी भेजा। हाथी छोटा था—इतना छोटा कि उसकी पीठ पर घोड़े की तरह काठी मारकर बैठा जा सके!—किन्तु अत्यन्त फुर्तीला। हम सड़क से उतरकर पगडण्डियाँ-नाले-ताल-दीर्घाएँ और खालें पार करते हुए दो घण्टे में आउनियाटी पहुँच गये।

आउनियाटी सत्र में आधुनिकता ने प्रश्रय पाया है—सत्र में रेडियो है और नियत समय पर शिष्य-मण्डली सत्राधिकारी अथवा गोसाईं के बरामदे में एकत्र होकर समाचार सुनती है। किन्तु आधुनिकता इतनी नहीं बढ़ी है कि मुझ-सा परदेशी एक अत्यन्त कौतूहल की वस्तु न रह जाये! मैं पहुँचा तो दोपहर के रेडियो-प्रोग्राम का समय था, गोसाईं-घर में तीन सौ शिष्यों की भीड़ के सामने रेडियो के पास चौकी पर गोसाईं बैठे थे।

परिचय में धर्म-कुल-नाम आदि सब पूछा जा चुका, तब अधिकारी ने मुझे अपने पास एक और चौकी पर आसन डलवाकर बिठाया। रेडियो बन्द कर दिया गया और बातचीत होने लगी। अधिकार संस्कृत पढ़े हैं; मेरी संस्कृतमयी हिन्दी वह अच्छी तरह समझते और उनकी असमिया मैं समझ सकता था। तीन सौ निःस्तब्ध श्रोताओं के सामने एक व्यक्ति से बातचीत करने का अभ्यास मुझे तो नहीं था, फिर भी बात चल ही निकली, और उसी में से क्रमशः यह प्रस्ताव भी निकला कि मैं शिष्य-मण्डली को तत्कालीन विश्व-परिस्थिति पर प्रवचन भी दूँ! मैंने सबको प्रश्न पूछने का निमन्त्रण देकर बात आरम्भ की और लगभग दो घण्टे तक बातचीत चलती रही।

सत्र में आतिथ्य की परिपाटी है। एक कमरे में हाथ-मुँह धुलाकर चौकी पर बिठाया गया, पत्तल पर सत्र के बने हुए मिट्टी के पात्र में सत्र का बना मीठा दही दिया गया, फिर नारियल के कर्पूरमिश्रित लड्डू और दूध; और—आधुनिकता के नाम पर! —चाय। दही और चाय में कोई स्वाभाविक मेल तो नहीं जानता, पर सत्र में स्वयं गोसाईं के हाथ से दही पाना अतिथि के लिए गौरव की बात है, यह मैं शिष्य-मण्डली के चेहरों पर स्पष्ट लिखा देख सका। तीसरे पहर जब गोसाईं को प्रणाम करके हाथी पर सवार हुआ, और उनकी आज्ञानुसार चार ब्रह्मचारी सत्र-द्वार तक पहुँचा गये, तब महावत ने कहा भी; "प्रभु (शिष्य-समुदाय सत्राधिकार को प्रभु सम्बोधन करता है) आप से बहुत प्रसन्न हुए हैं।"

मैंने मुस्कराकर पूछा, "कैसे जाना?"

"उन्होंने आज तक इतनी देर किसी बाहरी आदमी से बात नहीं की—कमिश्नर भी आता है तो थोड़ी देर बात करके भेंट समाप्त कर देते हैं—"

कमिश्नर के साथ तुलना हास्यास्पद लगी। हँसी रोककर मैंने कहा, "कमिश्नर तो फिरंगी है न, मैं तो अपने देश का आदमी हूँ; और फिर वह अधिकार से आता है, मैं तो मिलने आया था—"

महावत ने सिर हिलाकर कहा, "ना, आपोनि बिडान मानुह।" [नहीं, आप विद्वान मानुष(हैं)]

मैं हँस दिया।

डाक बँगले पहुँचकर हाथी को केले और महावत को दो रुपये देकर बैठा ही था कि दो ब्रह्मचारियों ने आकर कहा, "प्रभु ने आपके लिए प्रसाद भेजा है"—और केले के पत्ते से मुँह-बँधी दो छोटी मटकियाँ मेज़ पर रख दीं। दूध की रबड़ी करके जमाया गया यह मीठा दही कई दिन तक रहता है और रखा जाता है।

मैंने अभिभूत होकर ब्रह्मचारियों को धन्यवाद दिया और गोसाईं को पुनः कृतज्ञ प्रणाम कहला भेजा।

दक्षिणपाट सत्र का हाथी भीमकाय था और प्रौढ़—दक्षिणपाट सत्र भी अधिक प्राचीन है और आधुनिकता की छूत से अधिक सुरक्षित भी; सत्राधिकार संस्कृत के पण्डित हैं।

कमलाबाड़ी से यह सत्र लगभग दस मील पड़ता है, अतः सवेरे ही प्रस्थान किया गया। राह में जगह-जगह हाथी-डूबी घास के जंगल पार किये, जिनमें हाथी की पीठ पर सवार हम लोगों के केवल सिर घास से ऊपर उठते थे और कन्धे तक शरीर छिप जाता था! पैदल चलने वाले इन जंगलों में घास के भीतर-ही-भीतर सुरंगें बना लेते हैं, सुरंगों की ही चौमुहानियाँ भी होती हैं और उनमें भटक जाने पर तनिक भी कठिनाई नहीं होती!

हाथी सधा हुआ था, महावत दक्ष। अंकुश की आवश्यकता नहीं पड़ती थी; महावत के आदेशानुसार हाथी राह के झाड़-झंखाड़ इधर या उधर ठेलता या उखाड़ फेंकता, शाखें तोड़कर गिरा देता; आज्ञा मिलने पर बीच-बीच में पत्तियाँ खा भी लेता...

घास के दो झुरमुटों के बीच में एक खुली वीरान जगह पार करते हुए हाथी अचानक उछला, और फिर फुंकार मारकर एक ओर बेतहाशा दौड़ा। महावत माथे पर से पीछे खिसककर मेरे पास आ गया। अंकुश उसके हाथ में था नहीं, कमर में खोंसी हुई एक छोटी बँसरी हाथी के माथे पर मार-मार कर वह उसे वश में करने का विफल प्रयत्न करने लगा; पर हाथी किसी तरह नहीं माना, फुंकारता हुआ इधर और उधर दौड़ता रहा, बीच-बीच में मुड़-मुड़ कर तिरछी नज़र से पीछे को देख लेता और फिर और तेज़ दौड़ने लगता...

मैं टाँगें सामने को फैलाकर बैठा हुआ था; महावत ने पीछे हटते समय एक टाँग पकड़ ली थी और उससे क्रमशः और ज़ोर से चिपटता जा रहा था।

मैंने पूछा, "क्या हुआ है हाथी को?"

बोला, "नाग देख कर डर गया है–"

"तुमने देखा था? कहाँ?"

"हाँ, हाथी के पैर के पास ही था–बच ही गया। नाग से हाथी बहुत डरता है–"

"अंकुश नहीं है?"

"अंकुश तो मैं लाया नहीं–कभी जरूरत नहीं पड़ती।" और महावत और भी ज़ोर में मेरी टाँग से चिपट गया।

"यह कब तक ऐसे घबराया रहेगा?"

"अभी ठीक हो जायेगा–साहब डरें नहीं–"और मेरी टाँग पर उसकी जकड़ और भी कड़ी पड़ गयी।

अब तक सहता गया था। अब 'न डरने' की यह शिक्षा पाकर मैंने कहा, "डर मैं रहा हूँ कि तुम?" और झकझोरकर टाँग छुड़ा ली। महावत दुबका रहा।

लगभग आध घण्टे बाद हाथी हाँफता हुआ रुक गया, और फिर हम लोग धीरे-धीरे आगे बढ़े। सत्र-द्वार में प्रविष्ट होकर साल, जारुल[1] और बाँसों के सघन कुंज पार करते हुए हम लोग गोसाईं-घर की ओर बढ़े। मेरे सम्बन्ध में शायद आउनियाटी सत्र से पहले से ही पूछताछ कर ली गयी थी। गोसाईं-घर से पहले ही मुझे सोन-भँड़ाल (स्वर्ण भण्डार) में ले जाकर आसान दिया गया और सूचित किया गया कि प्रभु का आदेश है, अतिथि धूप में दूर से आये हैं, पहले विश्राम और जलपान कर लें, फिर भेंट होगी।

मैंने कहना चाहा कि नहीं, पहले दर्शन करूँगा, पर प्रभु के आदेश में न-नु-नच नहीं होती, यह उनके

1. ज़ारुल (lagerstroemia) एक वृक्ष होता है जिसकी लकड़ी पानी में सड़ती नहीं; असम में डोंगियाँ इसी लकड़ी से बनती हैं। इसी की छोटी जाति उत्तर भारत में 'सावनी' कहलाती है।

काकती[1] से कहलाना आवश्यक न था। काँसे के सुन्दर कामदार पात्रों में दही, चिउड़ा, शक्कर आदि परोसे गये। बात चलाने के लिए मैंने पूछा, 'ये कांसे के पात्र क्या यहीं के बने हैं?' मालूम हुआ कि सभी कुछ सत्र का ही है, वहीं की गायों का दूध, वहीं की ईख का शक्कर, वहीं के कांस्यकारों के बनाये बर्तन; आसन तो वहाँ के थे ही—बुनाई असम की प्रत्येक गृहस्थी में अनिवार्य रूप से होती है और सुन्दर होती है। मैंने कारीगरी की प्रशंसा की। मुँह-हाथ धोकर हम गोसाईं जी के सामने उपस्थित हुए; दाहिनी ओर मेरे लिए चौकी पर आसन पहले से बिछा था और शिष्य-समुदाय भी बैठा था—पचास-एक ब्रह्मचारी।

शिष्टाचार के बाद गोसाईं ने मुख्त्यार की ओर उन्मुख होकर पूछा कि क्या मैं असमिया समझता हूँ? मैंने सीधे हिन्दी में निवेदन किया कि अधिकार असमिया या संस्कृत में बात करें, मैं समझ लूँगा और मेरी हिन्दी भी शायद वह समझ ही लेंग। उन्होंने पूछा कि मैंने क्या असमिया पढ़ी है? मैंने कहा, नहीं, लेकिन जितनी सुनी है उससे, और हिन्दी और बांग्ला के यत्किंचित् ज्ञान के सहारे, समझ लेता हूँ। असमिया हिन्दी से ऐसी दूर नहीं है, उच्चारण में भेद न होते तो आसानी से समझ में आ जाती। पढ़ने में अन्तर कम हो जाता है।

उन्होंने कहा, "तब तो आप पढ़ लेते हैं।"

मैंने स्वीकार किया कि बांग्ला लिपि मैं जानता था, इसलिए असमिया पढ़ ही सकता था, और शंकरदेव-माधवदेव के जो कुछ भक्ति के गीत मैंने पढ़कर देखे वे ब्रजभाषा के काफी निकट मालूम हुए—ये 'बड़-गीत' नागरी में छपे हों तो हम सब समझ लें।

उन्होंने प्रसन्न होकर पूछा, "तो माधवदेव के बड़-गीत आपने पढ़े हैं?"

"हाँ।"

फिर असमिया वैष्णव सम्प्रदाय के विषय में बातें होती रहीं। गोसाईं ने कहा, "यहाँ पर जो परदेसी आते हैं उनमें ऐसे कम होते हैं जो हमारे देश और संस्कृति में रुचि रखते हों।" और एक क्षीण-सी उदासी उनके चेहरे पर दौड़ गयी।

मैंने कहा, "मैं तो देखने और सीखने ही आया हूँ। यों भी मैं जहाँ जाता हूँ वहाँ के जीवन और परिवेश को समझने का यत्न करता हूँ, फिर असम तो सचमुच 'सोनार असम' (सोने का असम—'ओ मोर सोनार असम' कई असमिया जातीय गीतों की टेक है) है; भारत के सुन्दरतम अंचलों में एक—"

उन्होंने कहा, "फिर भी हम लोगों को बहुत दुःख नहीं है। यहाँ हम लोग तटस्थ हैं और वैसा ही रहना चाहते हैं। जीवन के प्रवाह में बह जाना ही होता तो हम इस द्वीप पर क्यों आकर स्थापित होते। युद्ध से घिरे देश में जैसे माझुली एक अछूता द्वीप है, वैसे ही जीवन के संघर्ष में धैर्य भी एक अछूता द्वीप है।"

और भी बातें होती रहीं। फिर मैंने अनुमति ली और उठा। सत्राधिकार ने आशीर्वाद दिया, काकती और मुख्त्यार साथ पहुँचाने आये। राह में एक बड़े ताल में गोसाईं जी का बजरा भी देखा जो बाढ़ के समय काम आता है, और ताल में खिले हुए फूल भी।

द्वार पर पहुँचकर हाथी पर सवार हो रहे थे कि सत्राधिकार का सन्देसा आया। हम रुक गये। सन्देशवाहक ने कहा, "प्रभु ने विशेष आशीर्वाद दिया है, और यह चिह्न भेजा है।"

मैंने देखा, एक बड़े थाल में काँसे के दो सुन्दर पात्र—देखकर पहचाना, इन्हीं में मुझे जलपान दिया

1. काकत काग़ज, काकती सचिव और कोषाध्यक्ष दोनों का काम करता है।

गया था।

मैं क्षण-भर लज्जा और संकोच से गड़ गया। यह तो फिरंगी अधिकारियों का सभ्य लूट का तरीका रहा कि जो वस्तु हथियाना चाहा उसकी विशिष्ट प्रशंसा कर दी; मालिक ने इशारा समझ लिया और वस्तु भेंट कर दी...मैंने कहा, "गोसाईं को मेरी ओर से बहुत-बहुत धन्यवाद दें; किन्तु, यह उपहार मैं नहीं लूँगा। मैंने इन पात्रों की प्रशंसा इसलिए की थी कि लोक-शिल्प में मुझे रुचि है और ये उसके अच्छे नमूने हैं। मैं तो बल्कि कांस्यकारों से भी मिलना चाहता।"

लेकिन यह तो अनहोनी बात है! प्रभु का प्रसाद कोई लौटा दे? काकती ने कहा, "नहीं, प्रभु ने कहा है, हम भेंट से प्रसन्न होकर ही यह देते हैं, ताकि हमारी स्मृति रहे। आप इसे स्वीकार करें, संकोच करने की बात नहीं है। प्रसाद न लेना असम्भव है।"

गड़ामूर का सत्र सबसे उदास लगा; किन्तु उस उदासी में भी जीवन था, यह अनुभव करते देर न लगी।

गड़ामूर के सत्राधिकार और उनके पुत्र दोनों नजरबन्द हैं, यह मैं जानता था। इसीलिए उस सत्र में जाने को और भी उत्सुक था। धार्मिक दृष्टि से दक्षिणपाट के सत्र का गौरव भले ही ऊँचा हो, साधारण असमिया की दृष्टि में गड़ामूर का एक विशिष्ट स्थान था। राजनीतिक जागृति में यह सत्र सबसे आगे रहा और सन् 1942 में यह सरकार का और स्थानीय अधिकारियों का विशेष रूप से कोप-भाजन बना। पण्डित जवाहरलाल नेहरू जब असम गये तो माझुली में गड़ामूर के ही अतिथि हुए थे; और वहाँ के गोसाईं अपनी सज्जनता, उदारता और विद्वत्ता के कारण जनप्रिय थे।

सन् 1942 के अगस्त आन्दोलन के बाद ही गोसाईं को और फिर उनके युवा पुत्र को नजरबन्द कर लिया गया। तब से अधिकारी गड़ामूर के नाम से ही भड़कते थे। यह सब मैं माझुली जाने से पहले जानता था। अधिक जानना भी चाहता था, और कुछ कहना भी चाहता था; इसीलिए पहले से ही निश्चय कर रखा था कि और चाहे जो देखूँ या न देखूँ, गड़ामूर अवश्य जाऊँगा। जोरहाट में एक-आध जगह इस बात का उल्लेख करने पर वहाँ के पुलिस सुपरिंटेंडेंट ने कान खड़े करके पूछा था, "क्या करने? साथ में बन्दूक-वन्दूक कुछ रखते हो कि नहीं?" और मेरे हँसकर 'ना' करने पर कन्धे कुछ ऐसे ढंग से उचकाये थे कि 'तुम्हें भाड़ में पड़ना हो तो पड़ो—पीछे यह न कहना कि तुम्हें सावधान नहीं किया गया था!' इसलिए गड़ामूर के विषय में और भी कौतूहल था।

ख़ैर! कमलाबाड़ी से सड़क-सड़क तीन मील पैदल चलकर अपने नक्शे के अनुसार एक पुल के आगे से बायें हाथ को मुड़ने वाली कच्ची सड़क पकड़ी। रास्ता साफ़-सुथरा था, बीच में घास के पतले लम्बे डोरे पड़े हुए थे। लगभग आधा मील जाकर सड़क कुछ लड़खड़ाने लगी; एक-आध टूटा पुल पड़ा, जिसे खाल के आर-पार ताल के स्तम्भ डालकर कामचलाऊ बना लिया गया था; फिर सड़क एक कच्ची पटरी बन गयी। मैंने जान लिया कि हम लोग गड़ामूर सत्र की ज़मींदारी में आ गये।

सामने कुछ आबादी देखी। मैंने राह के एक ओर बचकर निकलते हुए एक व्यक्ति से पूछा, "यही गड़ामूर है?"

उसने एक बार सिर से पैर तक मुझे देखा। मैं वर्दी पहने था, केवल टोपी इच्छापूर्वक पीछे छोड़ आया था, और पैरों में पेशावरी चप्पल थे ताकि घरों में जाते समय जूता खोलने-पहनने की सुविधा रहे। थोड़ी देर सोचते-से रहने के बाद उसने रुखाई से कहा, "हाँ"।

गोसाईं-घर का रास्ता कौन-सा है?"

उसकी रुखाई और सजग हो गयी। उसने एक बार घूरकर मुझे देखा और चुपचाप आगे चल पड़ा, उत्तर नहीं दिया।

मेरा माथा ठनका। असमिया जो हो, अशिष्ट कभी नहीं होता। यह चुप्पी केवल अशिष्टता नहीं, विरोध है; क्यों?

आगे बढ़ा। वहाँ एक दूकान-सी के सामने तीन-चार व्यक्ति खड़े बातें कर रहे थे। मैंने रुककर उनसे पूछा, "गोसाईं-घर का रास्ता किधर है?"

हठात् सन्नाटा। तीनों-चारों आदमी बिना उत्तर दिये बिखर गये।

विरोध का रूप स्पष्ट होने लगा। मैंने दुकानदार से पूछा। उसने कुछ इधर-उधर करके कहा, "खोज लो।"

पीछे सुना, वे तीन-चार व्यक्ति कुछ दूर पर आपस में बात कर रहे हैं। एक ने धीरे से कहा, "मुख्त्यार को खबर करनी चाहिए।" मैंने सुन लिया। मुड़कर कहा, "हाँ आप लोग मुख्त्यार को खबर कर दीजिए कि दूर देश से एक बन्धु मिलने आया है।"

वे मेरे असमिया समझ जाने पर चौंके। फिर इधर-उधर चले गये। मैं भी यों ही एक ओर चल पड़ा। सोचा, भटकते हुए गोसाईं-घर के आस-पास भी कहीं पहुँच गया तो पहचानने में मुश्किल न होगी।

थोड़ी देर में एक व्यक्ति मेरे पास आ गया और बोला, "आप कहाँ जाना चाहते हैं?"

मैंने मुड़कर देखा। कुछ उस व्यक्ति के ढंग से और कुछ इस बात से कि वह स्वयं मुझसे बोला है, अटकल लगाकर मैंने कहा, "आपनि मुख्त्यार?"

उसके चौंककर कहा, "हाँ।"

मैंने अपना परिचय दिया। उसने भी कुछ बाध्य से हो गये होने का भाव दिखाकर नाम बताया।

मैंने कहा, "मैं गड़ामूर देखने आया था। गोसाईं की प्रशंसा मैंने बहुत सुन रखी है—"

उसने तमककर कहा, "देखिए गड़ामूर गरीब है। यहाँ अब कुछ नहीं बचा। गोसाई जेल में हैं, आप को मालूम होगा। देखने को क्या है?"

"आप सब लोग। गोसाईं होते तब तो और बात थी, अब तो आप लोगों से मिलना ही ज़रूरी है। कुछ आप की बात सुनूँगा, कुछ अपनी कहूँगा। दूर उत्तर भारत से आया हूँ, यहाँ के लोगों से भाई-चारा रखना चाहता हूँ।"

उसने तनिक पसीजकर, किन्तु फिर भी अविश्वास के साथ कहा : "हम लोगों से आप बड़े आदमियों का क्या मेल? आप क्या काम करते हैं?"

मैंने बताया कि मैं फ़ौज में हूँ, पर जिस विभाग में हूँ उसका मुख्य उद्देश्य है लोक-सम्पर्क स्थापित करना।

"क्यों? हम से तो सेना का कोई मतलब नहीं निकलेगा—"

"आप से सेना का नहीं, सेना से आप का मतलब सिद्ध होना चाहिए। जिस सेना के पीछे जनता की सदिच्छा नहीं हो वह जीतकर भी हारती है। जीत वह है जिसे आप लोग अपनी जीत मानें।"

उसने तनिक और पसीजकर कहा, "भाल कठा (ठीक बात है)।"

हम लोग धीरे-धीरे एक ओर बढ़े जा रहे थे। मुख्त्यार ने रुककर कहा, "यहाँ बैठिए थोड़ा।" दाहिनी ओर उसके घर का आँगन था। हम बेंच पर बैठ गये।

मुख्त्यार ने एक लड़के को पुकारा और कहा, "खबर कर दो।" किसको क्या खबर, यह नहीं कहा

गया; पर लड़का घर की ओर मुड़कर बाहर चला तो मैंने समझ लिया कि खबर चाय के लिए नहीं, पंचायत के लिए की जा रही है। मैंने कहा, "अगर आप लोगों को बुला रहे हैं तो नाम-घर में ही क्यों न चला जाये?"

मुख्त्यार ने मेरी ओर देखकर कहा, "आप हमारे देश की प्रथाओं से परिचित जान पड़ते हैं।" असम में हर गाँव में एक नाम-घर होता है जहाँ कीर्तन भी होता है और गाँव के सार्वजनिक कामों के लिए सम्मिलनी भी जुटती है।

मैंने कहा, "सीख रहा हूँ।"

पंचायत में लगभग दो घण्टे, विचार-परिवर्तन हुआ। मुख्त्यार बांग्ला भी जानते थे, दो-एक व्यक्ति मामूली अंग्रेज़ी भी। हिन्दी-बांग्ला-असमिया-अंग्रेज़ी में बातचीत होती रही। पहला ही प्रश्न मुझसे पूछा गया कि मेरे पास बन्दूक या पिस्तौल है? मैंने कहा, 'नहीं।' तो पूछा गया कि अवश्य ही डाक बँगले में रखी होगी? मैंने फिर इनकार किया और कहा कि मेरा काम तो केवल बन्धु भाव बढ़ाने का है और मेरे विभाग का उद्देश्य भी ऐसा ही है। एक ने कहा, "लेकिन बन्दूक रखने में बुराई क्या है? आत्म-रक्षा के लिए तो रखी जा सकती है?"

"हाँ, कभी ज़रूरत हो सकती है। लेकिन आप लोगों के मध्य में क्यों? यहाँ तो आप सब मेरे रक्षक हैं!"

किसी ने कहा, "भाल कठा।"

और किसी ने कहा, "जो बन्धु-भाव से आया है, वह मिल्टरी है तो क्या? वह हमसे बन्धुत्व ही पायेगा।"

पंचायत सफलतापूर्वक समाप्त हुई।

फिर मुख्त्यार के यहाँ नारियल के लड्डू और मठरी के साथ चाय-पान करके, सूना गोसाईं-घर आदि देखकर मैं चलने को उठा। बहुत से लोग ग्राम-सीमा तक छोड़ने आये। दो युवक पहुँचाने चले जो लौटते हुए दोनों साइकिलें भी ला सकेंगे—मेरे बहुत मना करने पर भी पैदल लौटने की अनुमति मुझे न मिली।

चला तो मुझे फिर आने का निमन्त्रण दिया गया। मैंने कहा, "अवश्य आऊँगा। इसीलिए नहीं कि आप लोगों का स्नेह मिला है, इसलिए भी कि आप से जो कुछ सुनने को मिला है उसकी पड़ताल करनी होगी—फिर आकर आपको बताऊँगा कि मैं क्या कर सका हूँ या आपको क्या करना चाहिए।"

इस बात के पीछे इतिहास है, जिसका कुछ स्पष्टीकरण उचित है। पूरी बात न तो प्रासंगिक ही है न प्रकाशनीय ही, क्योंकि अपने काम के सिलसिले में कई बातें जानी-सुनीं जो तब गोप्य थीं और जिनका गोपन अब अनावश्यक भले ही हो, प्रकाशन विधि-मर्यादा के प्रतिकूल तो है ही। फिर भी कुछ ब्यौरा दिया ही जा सकता है।

सन् 1942 के अगस्त आन्दोलन के बाद गड़ामूर अधिकारियों का कोप-भाजन बना, यह तो ऊपर बता चुका हूँ। इन अधिकारियों में मुख्य था जोरहाट जिले का तत्कालीन अंग्रेज़ डिप्टी कमिश्नर, जिसने गड़ामूर गोसाईं के प्रश्न को व्यक्तिगत प्रश्न बना लिया था। गड़ामूर सत्र पर उसकी अकृपा ने सत्र के शिष्य-मात्र को सताने के निश्चय का रूप ले लिया था। यह कैसे किया जा रहा है, यह पंचायत में मुझे बताया गया था किन्तु तब मैं विश्वास न कर सका क्योंकि मेरी यह धारणा थी कि अंग्रेज का दमन सदा वैध होता है—वह नृशंस भी होता है तो उसकी नृशंसता कानून की माँग का जामा पहनकर आती है, नंगी

कभी नहीं होती। इसके अपवाद व्यक्ति हो सकते हैं; किन्तु साधारणतया यह अंग्रेज़ चरित्र की विशेषता है, और अंग्रेज़ी शासन की तो है ही। (यह धारणा मेरी अब भी है।) किन्तु, माझुली से लौट कर जोरहाट में मुख्त्यार ने मुझे जो सरकारी दस्तावेज़ दिखाये, और डिप्टी कमिश्नर से मिलने पर उसका जो रवैया रहा, उससे मैंने समझ लिया कि गड़ामूर वालों की बात ठीक है और उसे यों ही छोड़ देना एक नैतिक पाप होगा...किन्तु उपाय कैसे हो सकता है, यह मुझे आसानी से न सूझता अगर डिप्टी कमिश्नर ही मुझ से चिढ़कर 'एक अनुभवहीन पल्टनिये के सिविल शासन में अनधिकार हस्तक्षेप' की दुहाई देकर ऊँचे अधिकारियों तक न पहुँचते, और जाँच में युद्ध-विभाग का पूरा समर्थन मुझे न मिलता। इस्तीफ़ा देना नैतिक विरोध है अवश्य, और ऐसी परिस्थितियाँ होती हैं जहाँ वही ठीक अथवा एकमात्र उपाय होता है, किन्तु यहाँ यह बात नहीं थी, और नहीं तो इसलिए कि उससे स्थिति रत्ती-भर न बदलती और गड़ामूर को तो कोई सुविधा न होती।

अस्तु। वस्तुस्थिति यह थी कि गड़ामूर सत्र की अपनी जो राशन की दुकान थी उसे जिलाधीश ने इसलिए बन्द कर दिया था कि 'उसका संचालन सन्तोषजनक नहीं है।' किन्तु, उसके बाद सत्रवासियों को राशन की किसी दूकान से सम्बद्ध नहीं किया गया था, न सत्र के लिए ही राशन की स्वीकृति दी गयी थी। (दूसरे हर सत्र को व्यक्तियों के निजी राशन के अतिरिक्त सत्र के लिए विशेष राशन मिलता था।) आज्ञा में यह अवश्य लिखा था कि 'सत्र-निवासियों को सत्र के बाहर की किसी दूकान से राशन खरीदने की मनाही नहीं है' किन्तु दूकानों को तो मनाही थी कि उनसे सम्बद्ध व्यक्तियों को छोड़कर और किसी के हाथ राशन न बेचें; और उन्हें बेचने के लिए माल दिया भी जाता था उसी परिमाण में। एक दूसरी आज्ञा में स्पष्ट लिखा गया था कि 'केवल सत्र का राशन बन्द किया गया है, उसकी सीमा से बाहर बसने वाले अथवा उसके अनुशासन से स्वच्छन्द व्यक्ति अमुक-अमुक स्थान से राशन ले सकेंगे।'

धान और मकई तो सत्र अपनी उपजाते थे, चीनी के बिना भी रहा जा सकता था। किन्तु। नमक—और तेल और घासलेट?

और एक दिन मैं गड़ामूर गया था। मलेरिया और जूड़ी, पेचिश और मियादी बुखार से बहुत से लोग पड़े थे; कोई घर ऐसा न था जिसमें एक रोगी न हो। साँझ हो गयी थी, जिस-जिस घर में मैं देखने जाता गृहस्वामी या कोई व्यक्ति थोड़ी-सी सूखी पुआल उठाकर मुट्ठा बनाते और सुलगाकर प्रकाश कर देते। उसी प्रकाश में मैं रोगी का चेहरा देख लेता और दो बातें कर लेता, फिर अन्धकार हो जाता और थोड़ी देर में हम लोग बाहर आ जाते; दूसरे घर में फिर इसी की आवृत्ति होती।

माझुली द्वीप की 22-24 हज़ार की आबादी (और अधिक नहीं तो 100 वर्ग मील क्षेत्रफल) के लिए केवल एक सरकारी दवाखाना है, जिसे डिस्ट्रिक्ट बोर्ड से दो सौ रुपये वार्षिक सहायता मिलती है। पड़त फैलाकर देखें तो गाँव के प्रत्येक व्यक्ति के स्वास्थ्य पर लगभग पौने दो पाई खर्च होता है—या यों कहें कि मलेरिया से बचने या मुक्त होने के लिए व्यक्ति कुनैन की एक खुराक का एक-चौथाई अंश साल में एक बार पा सकता है।

प्रणाम है उस सत्र को और ग्राम को जो न झुका, न झुका, न झुका...

कमलाबाड़ी से कोकिलामुख लौटते तूफान ने घेर लिया; दिन छिपते पहुँचे। पैसेंजर बस भर चुकी थी, (और ऐसे स्थानों में 24 सीट की गाड़ी तब भरती है जब 32 बैठ चुके हों!) कहने-सुनने पर ड्राइवर ने मुझे और ले लिया और अपने दाहिनी ओर बिठा लिया। मनदोज को सामान के साथ (केवल अपना बिस्तर

मैंने साथ रखा लिया!) बैलगाड़ी पर आने को कहा। रात जोरहाट काटी, दूसरे दिन सामान आ जाने पर दो किस्तों में बस द्वारा बोकाखाट; वहाँ से आगे बस नहीं थी, आती-जाती मिलिटरी लारियों में चढ़ूढी लेते हुए रात तक नौगाँव पहुँच गये। यहाँ अपना ट्रक मुझे लेने आने को था; यहीं तीन सप्ताह की डाक और समाचार-पत्र मिलने की आशा थी। सब मिले; किन्तु इस वरदान का आराम से भोग करने बैठूँ, इससे पहले ही यह सब लेकर आये हुए मेरे विभाग के एक अफ़सर ने कहा, "कुछ और भी सामान और कमाण्डर की एक चिट्ठी भी तुम्हारे लिए लाया हूँ। तुम्हें अभी केन्द्र नहीं लौटना है, यहीं से दूसरा दौरा आरम्भ है–मणिपुर रोड।"

"क्यों? खैर तो है?" कहते हुए मैंने कर्नल की चिट्ठी खोली। "पूरे समाचार तुम्हें एब (पत्रवाहक कप्तान का पुकारने का नाम) से मालूम होंगे। मणिपुर रोड से लेकर उत्तरी शिवसागर तक का सारा प्रदेश तुम्हारे जिम्मे है। कुछ खाद्य, एक-एक बोतल रम और जिन, एक रिवाल्वर और 150 कारतूस भेज रहा हूँ। और सब चीज़ों का उदारता से, कारतूसों का किफ़ायत से, उपयोग करना। कुछ और मँगाना हो तो एब से कह देना। और ठिकाना बता देना; अगले सप्ताह में एक हवलदार तुम्हारे साथ रहने को भेजूँगा वह लेता जायेगा। पीछे मैं भी आ मिलूँगा। सम्पर्क रखना। गुड लक।" पत्र के साथ ही उससे भी संक्षिप्त पट्टा (मूवमेंट आर्डर) था, जिसके अनुसार मुझे मणिपुर रोड और डिगबई तक के प्रदेश में जहाँ-जहाँ चाहूँ जाने और मौखिक आदेशों के अनुसार कार्य करने की अर्हता प्रदान की गयी थी, और स्थानीय कमाण्डरों को मेरे कार्य में योग देने को कहा गया था।

मैंने एब स्टुअर्ट से कहा, "यह बात!" और अखबार उठाया। सुर्खी चीख रही थी, "भारत का सीमोल्लंघन–जापानियों ने मणिपुर का रास्ता काट दिया–कोहिमा का आसन्न संकट–"

मैंने फिर कहा, "अच्छा, यह बात!" और उनकी बात सुनते-सुनते उनके साथ ही नक्शों पर झुक गया।

अगले छह सप्ताह तक माझुली का स्मरण करने की फुरसत न मिली। उसके बाद एक गाँव के स्कूल में एक बच्ची से अचानक केवड़े के फूल का उपहार पाकर मुझे माझुली के यात्रारम्भ की याद आयी, तब नागकेशर और अशोक दोनों ही के फूल लुप्त हो चुके थे, और हर समय छाये रहने वाले बादलों के नीचे उनकी घनी हरियाली और काली-काली दीखने लगी थी!

'बहता पानी निर्मला'

मुझे बचपन से नक्शे देखने का शौक है। आप समझेंगे कि कुछ भूगोल विज्ञान की तरफ़ प्रवृत्ति होगी—नहीं, सो बात नहीं; असल बात यह है कि नक्शों के सहारे दूर-दुनिया की सैर का मजा लिया जा सकता है। यों तो वास्तविक जीवन में भी काफ़ी घूमा-भटका हूँ, पर उससे कभी तृप्ति नहीं हुई, हमेशा मन में यही रहा कि कहीं और चलें, कोई और नयी जगह देखें, और इस लालसा ने अभी भी पीछा नहीं छोड़ा है। नक्शों से यह फ़ायदा होता है कि मन के घोड़े पर सवार होकर कहीं चले जाइए, कोई रोक नहीं, अड़चन नहीं, और जब चाहे लौट आइए, या न भी लौटिए—कोई पूछने वाला नहीं कि हज़रत कहाँ रम रहे!

यों तो नक्शों में तरह-तरह के रंगों से कुछ मदद मिलती है यह तै करने में कि कहाँ जावें—जिसे हरी-भरी जगह देखनी हो वह नक्शों की हरी-भरी जगहों में घूमे, जिसे पहाड़ी प्रदेश देखने हों वह भूरे या पीले प्रदेशों में चला जाय, और जिसे एकदम अछूते, अपरिचित प्रदेश में जाने का जोखिम पसन्द हो वह बिल्कुल सफेद हिस्सों की ओर चल निकले—अनादिकालीन बर्फ़ीले मरु-प्रदेशों में, जंगलों में, समुद्र में, समुद्र-द्वीपों में...नक्शों में कहीं लिखा रहता है कि 'इस प्रदेश की सर्वे नहीं हुई—हिमालय के अनेक भाग ऐसे हैं'—या कि 'अगम्य जंगल!'—असमिया सीमा-प्रदेश में ऐसे स्थल हैं; ज़रा कल्पना कीजिए ऐसी जगहों में जा निकलने का आनन्द!

लेकिन इससे अधिक सहायता मिलती है जगहों के नामों से। बचपन में एक नाम पढ़ा था 'अमरकंटक': यह नाम ही इतना पसन्द आया कि मैंने चुपके से एक कम्बल और दो-चार कपड़ों का बण्डल बना लिया कि अभी चल दूँगा वहाँ के लिए! वह जाना नहीं हुआ, अभी तक भी अमरकंटक नहीं देखा है और इस प्रकार उसका काँटा अभी तक सालता ही है, पर नक्शे की यात्रा तो कई बार की है, और अमरकंटक के बारे में उतना सब जानता हूँ जो वहाँ जाकर जान पाता। ऐसा ही एक और नाम था तरंगम्बाड़ी—यों नक्शों में उसका रूप विकृत होकर त्रांकुबार हो गया है। 'तरंगों वाली बस्ती'—सागर के किनारे के गाँव का यह नाम सुनकर क्या आपके मन में तरंग नहीं उठती कि जाकर देखें? कई नाम ऐसे भी होते हैं जिन का अर्थ समझ में नहीं आता, पर ध्वनि ही मोह लेती है। जैसे 'तिरुकुरंगुडि'—नाम सुनकर लगता है, मानो हिरनों का समूह चौकड़ी भरता जा रहा हो। कुछ नाम ऐसे भी होते हैं कि अर्थ जानने पर ही उसका जादू चलता है जैसे, 'लू-हित'; ऊपरी ब्रह्मपुत्र के इस नाम को संस्कृत करके लोहित्य

बना लिया गया है जिससे अनुमान होता है कि वह लाल या ताम्र वर्ण की होगी, पर वास्तव में लू-हित का अर्थ है 'तारों की राजकन्या' या ऐसा ही कुछ। ब्रह्मपुत्र का सौन्दर्य जिन्होंने नहीं देखा उनकी तो बात ही क्या, जिन्होंने देखा भी है वे भी क्या इस नाम को जानकर 'तारों की राजकन्या' के तरुण लावण्यमय रूप को देखने को ललक न उठेंगे?

"होनहार बिरवान के होत चीकने पात": मैं कुछ होनहार बिरवा तो नहीं था, पर नक्शों के बग़दादी कालीन पर बैठकर हवाई यात्रा करने की इस आदत से यह तो पता लग ही सकता था कि आगे चलकर भी कहीं टिककर नहीं बैठूँगा। बात भी ऐसी है, लगातार कुछ दिन भी एक जगह रहता हूँ तो कुछ अपनी इच्छा से नहीं, लाचारी से; और उस लाचारी में बहुत से नक्शे जुटाकर फिर अपने लिए कोई हीला निकाल ही लेता हूँ। और आप सच मानिए, जीने की कला सबसे पहले एक स्थान से दूसरे स्थान पर जाने की कला है—कम से कम आधुनिक काल में, जब मानव-जाति का इतना बड़ा अंश या तो प्रवासी है, या शरणार्थी ही : एक स्थान से दूसरे स्थान, एक पेशे से दूसरे में; एक घर से दूसरे घर, इत्यादि!

यात्रा करने के कई तरीके हैं। एक तो यह कि आप सोच-विचार कर निश्चय कर लें कि कहाँ जाना है, कब जाना है, कहाँ-कहाँ घूमना है, कितना खर्च होगा : फिर उसी के अनुसार छुट्टी लीजिए, टिकट कटवाइए, सीट या बर्थ बुक कीजिए, होटल डाक बँगले को सूचना देकर रिज़र्व कराइए या भावी अतिथेयों को खबर दीजिए—और तब चल पड़िए। ब़ल्कि तरीका तो यही एक है—क्योंकि यह व्यवस्थित तरीका है। और इसमें मज़ा बिल्कुल नहीं है, यह भी नहीं कहा जा सकता, क्योंकि बहुत से लोग ऐसे यात्रा करते हैं और बड़े उत्साह से भरे वापस आते हैं।

दूसरा तरीका यह है कि आप इरादा तो कीजिए कहीं जाने का, छुट्टी भी लीजिए, इरादा और पूरी योजना भी चाहे घोषित कर दीजिए, पर ऐन मौके पर चल दीजिए कहीं और को। जैसे घोषित कर दीजिए कि आप बड़े दिनों की छुट्टियों में बम्बई जा रहे हैं, लोगों को ईर्ष्या से कहने दीजिए कि अमुक बम्बई का सीज़न देखने जा रहा है, मगर चुपके से पैक कर लीजिए ज़बरदस्त गर्म कपड़े और जा निकलिए बर्फ़ से ढँके श्रीनगर में!

लेकिन अपनी भी कुछ बात कहूँ। मैं दूसरे तरीके का कायल हूँ यह तो आप समझ ही गये होंगे लेकिन जब निकलता ही हूँ, तब एक तीसरा तरीका ही अख्तियार करता हूँ। जैसे कहा तो सबसे यह कि बम्बई जा रहे हैं, मगर जब स्टेशन गये तो यह तै करके कि नैनीताल जा रहे हैं और वहाँ से हिमालय के भीतरी प्रदेशों में, और इस तरह जा निकले—शिलङ्!

शिवसागर से आगे सोनारी के पास डि-खू नदी की बाढ़ में कैसे फँस गया था, इसका यही रहस्य है।

अंग्रेज़ी में कहावत है कि 'एक कील की वजह से राज्य खो जाता है'—वह यों कि कील की वजह से नाल, नाल की वजह से घोड़ा, घोड़े के कारण लड़ाई और लड़ाई के कारण राज्य से हाथ धोना पड़ता है। हमारे पास छिनने को राज्य तो था नहीं, पर एक दाँत माँजने के ब्रुश और मोटर की एक मामूली-सी ढिबरी के लिए हम कैसी मुसीबत में पड़े यह हमी जानते हैं!

सोनारी एक छोटा-सा गाँव है—होम राजाओं की पुरानी राजधानी शिवसागर से कोई अठारह मील दूर। वहाँ भी नाम के आकर्षण से चला गया था। यों असम में 'सोना' या स्वर्ण' बहुत से नामों में है—सुबनश्री, सोन-भराली, वगैरह—और असम भी 'सोनार असम' सोने का असम कहलाता है! बरसात के दिन थे, रास्ता खराब, एक दिन सबेरे घूमने निकला तो देखा कि नदी बढ़कर सड़क के बराबर आ गयी है। मैं

शिवसागर से तीन-चार मील पर था, सोचा कि एक नया दाँत-ब्रुश ले लूँ क्योंकि पुराना घिस चला था; और मोटर की भी एक ढिबरी ठीक करवाकर ही लौटूँ—उसकी चूड़ी घिस जाने से थोड़ा-थोड़ा तेल चूता रहता था, वैसे कोई बहुत ज़रूरी काम नहीं था। ख़ैर, इसमें कोई दो घण्टे लग गये, खाना खाने में एक घण्टा और : तीन घण्टे बाद वापस लौटने लगे तो देखा, सड़क पर पानी फैल गया है। पानी गहरा नहीं होगा, यह सोचकर मैं मोटर बढ़ाता चला गया। आगे देखा, सब ओर पानी ही पानी है, सड़क का कहीं पता नहीं लगता, सिर्फ़ पेड़ों की कतार से अन्दाज़ लग सकता था। पर पानी बड़े ज़ोर से एक तरफ़ बह रहा था, क्योंकि सड़क के एक तरफ़ नदी थी, दूसरी तरफ़ नीची सतह के धान के खेत, जिनकी ओर पानी बढ़ रहा था। पानी के धक्के से सड़क कई जगह टूट गयी थी। मैं फिर भी बढ़ता गया, क्योंकि आखिर पीछे भी तो पानी ही था। पर थोड़ी देर बाद पानी कुछ और गहरा हो गया और उसके धक्के से मोटर भी सड़क पर से हटकर किनारे की ओर जाने लगी : आगे कहीं कुछ दीखता नहीं था, क्योंकि सड़क की सतह शायद दो-तीन मील आगे तक बहुत नीची ही थी। सड़क के दोनों ओर जो पेड़ थे, उनमें कइयों पर साँप लटक रहे थे, क्योंकि बाढ़ से बचने के लिए वे पहले सड़क पर आते थे और फिर पेड़ों पर चढ़ जाते थे।

मैंने लौटने का ही निश्चय किया। पर सड़क दीखती तो थी नहीं, अन्दाज़ से ही मैं बीच के पक्के हिस्से पर गाड़ी चला रहा था। मोड़ने के लिए उसे पटरी से उतारना पड़ेगा—और इधर-उधर सड़क है भी कि नहीं, इसका क्या भरोसा? मैं और एक जगह देख भी चुका था कि आँखों के सामने ही कैसे समूचा ट्रक दलदल में धँसकर गायब हो जाता है। इसलिए मोटर को बिना घुमाये उल्टे गियर में ही कोई ढाई मील तक लाया, यहाँ सड़क कुछ ऊँची थी, उस पर गाड़ी घुमाकर शिवसागर पहुँचा।

शिवसागर से सोनारी को एक दूसरी सड़क भी जाती थी चाय-बागानों में से होकर, यह सड़क अच्छी थी पर इसके बीच में एक नदी पड़ती थी जिसे नाव से पार करना होता था। मैंने सोचा कि इसी रास्ते चलें, क्योंकि सामान तो सब सोनारी में था, मैं डाक बँगले से कुछ घण्टों के लिए ही तो निकला था! शिवसागर में एक तो मोटर की ढिबरी कसवानी थी, और दूसरे दाँत-ब्रुश और कुछ तेल-साबुन लेना था, बस। वह भी लौटने की जल्दी के कारण नहीं लिया था!

इस सड़क से नदी तक तो पहुँच गये—वह भी बड़ी मुश्किल से क्योंकि रास्ते में बड़ी फिसलन थी और गाड़ी बार-बार अटक जाती थी। नदी में नाव पर गाड़ी लाद भी ली, और पार भी चले गये : यहाँ भी नदी में बड़ी बाढ़ आयी थी और बहते हुए टूटे छप्पर बता रहे थे कि नदी किसी गाँव को लीलती हुई आयी है—एक भैंस भी बहती हुई आयी, और पेड़-पौधों की तो गिनती क्या। उस पार नदी का कगार ऊँचा था; मोटर के लिए उतारा बना हुआ था। लेकिन नाव से किनारे तक जो तख्ते डाले गये थे, वह ठीक नहीं लगे थे, मोटर जब तख्तों पर आयी और नाव एक तरफ़ को झुकी तो तख्ते फिसल गये, नाव दूर हट गयी, मोटर नीचे गिरी, आधी पानी में, आधी किनारे पर : मैं ज़ोर से ब्रेक दबाये बैठा था, पर ऐसे अधिक देर तक तो नहीं चल सकता था। लेकिन मैं तो मोटर के साथ खुद बँधा था, उतरकर समझा नहीं सकता था! ख़ैर, आध घण्टा उस स्वर्गनसैनी पर बैठे-बैठे, असमिया, हिन्दी और बांग्ला की खिचड़ी में लोगों को बताता रहा कि क्या करें, तब मोटर ऊपर चढ़ायी जा सकी। थोड़ा आगे ही ऊँची जगह गाँव था, वहाँ मोटर रोककर चाय की तलाश की, यहीं सोनारी से आये दो साइकिल-सवारों से मालूम हुआ कि वे कन्धे तक पानी में से निकलकर आये हैं—साइकिलें कन्धों पर उठाकर!—और मोटर तो कदापि नहीं जा सकती।

इस तरह इधर भी निराशा थी। पानी अभी बढ़ रहा था, यह गाँव ऊँची जगह था पर यहाँ कैद हो जाना मैं नहीं चाहता था, इसलिए फिर नाव पर मोटर चढ़ाकर उसी रास्ते नदी पार की। सबने मना किया पर मेरे सिर पर भूत सवार था, और हठ-धर्मी का अपना अनूठा रस होता है!

रात शिवसागर पहुँचे। एक सज्जन ने ठहरने को जगह दी, भोजन-बिस्तर का प्रबन्ध भी हो गया, पर दाँत का ब्रुश तो उधार नहीं लिया जा सकता! सबेरे-सबेरे चलकर अस्सी मील दूर डिब्रूगढ़ पहुँचे, वहाँ ब्रुश लेकर मुँह-हाथ धोकर सुस्थ हुए, यहीं एक कमीज और पैण्ट खरीदकर कपड़े बदले, रात के लिए एक कम्बल खरीदा। मन ही मन अपने को कोसा कि न नया दाँत-ब्रुश लेने के लिए सोनारी निकले होते, न यह मुसीबत होती—क्योंकि इसकी ऐसी तात्कालिक जरूरत तो थी नहीं, न मोटर की ढिबरी का मामला ही इतना जरूरी था। लेकिन अब उपाय क्या था?

इस तरह बारह दिन और काटने पड़े, क्योंकि सोनारी के सब रास्ते बन्द थे। लौटकर देखा, सोनारी के डाक बँगले में भी पानी भर गया था, कपड़े सब सील कर सड़ रहे थे, किताबें तो गल ही गयी थीं। बचा था तो केवल स्नानघर में ऊँचे ताक पर रखा हुआ साबुन का डिब्बा, और दाँतों का ब्रुश!

नक्शे मैं अब भी देखता हूँ। वास्तव में जितनी यात्राएँ स्थूल पैरों से करता हूँ, उससे ज़्यादा कल्पना के चरणों से करता हूँ। लोग कहते हैं कि मैंने अपने जीवन का कुछ नहीं बनाया, मगर मैं बहुत प्रसन्न हूँ, और किसी से ईर्ष्या नहीं करता। आप भी अगर इतने खुश हों तो ठीक—तो शायद आप पहले से मेरा नुस्खा जानते हैं—नहीं तो मेरी आप को सलाह है, "जनाब, अपना बोरिया-बिस्तर समेटिए और ज़रा चलते-फिरते नज़र आइए।" यह आप का अपमान नहीं है, एक जीवन-दर्शन का निचोड़ है। 'रमता राम' इसीलिए कहते हैं कि जो रमता नहीं, वह राम नहीं। टिकना तो मौत है।

❖ ❖ ❖